전능의 팔찌

THE OMNIPOTENT
BRACELET

김현석 현대 판타지 소설
FUSION FANTASTIC STORY

전능의 팔찌 8

김현석 현대 판타지 소설

초판 1쇄 찍은 날 § 2012년 2월 22일
초판 1쇄 펴낸 날 § 2012년 2월 29일

지은이 § 김현석
펴낸이 § 서경석

편집부장 § 권태완
편집책임 § 박우진

펴낸곳 § 도서출판 청어람
등록번호 § 제1081-1-89호
등록일자 § 1999. 5. 31
어람번호 § 제 1-1341호

주소 § 경기도 부천시 원미구 심곡2동 163-2 서경B/D 3F (우) 420-822
전화 § 032-656-4452 팩스 § 032-656-4453
http://www.chungeoram.com
E-mail § chungeoram@chungeoram.com

ISBN 978-89-251-2785-9 04810
ISBN 978-89-251-2596-1 (세트)

전능의 팔찌

THE OMNIPOTENT BRACELET

8

FUSION FANTASTIC STORY

김현석 현대 판타지 소설

청람

CONTENTS

CHAPTER 01

아티팩트 선물하가

전능의 팔찌

THE OMNIPOTENT BRACELET

"죽엇!"

휘이익—!

싸움에 이골이 난 녀석인지 주먹이 매서운 속도로 쏘아져 온다. 하나 이에 맞을 현수가 아니다.

놈의 주먹이 코끝을 스치고 지나는 순간 무게중심을 앞으로 이동시킴과 동시에 놈의 오른쪽 허리 부분을 강타했다.

퍼억—!

"케에엑!"

와당탕탕—!

옆에 있던 쓰레기통이 쓰러지면서 내용물을 적나라하게 드러냈다. 그러거나 말거나 해리라 불린 녀석이 품속의 잭나이프를 꺼내 들었다. 날을 예리하게 세웠는지 어둠 속에서도 빛을 반사시키고 있다.

"냄새나는 동양 놈아! 너 오늘 한번 죽어봐라."

슬슬 다가서는가 싶더니 좌우로 칼을 휘젓는다. 이것은 무의미한 몸짓이 아니다.

상대와 나 사이의 거리를 가늠해 보는 것이며, 접근을 예방하고 반응이 늦다 싶으면 곧장 찔러들 기세이다.

그러는 이놈에게서 프로의 향기가 느껴진다.

골목에 숨어 있다 지나가는 행인을 상대로 강도질이나 하는 잡범의 솜씨가 아닌 듯 여겨진 것이다.

"크흐흐! 네놈이 감히 해리의 구역에서……."

휘이익—!

해리의 눈알이 좌우로 흔들리는가 싶더니 이내 깊숙이 찔러든다. 단 한 방에 치명상을 입히겠다는 의도이다.

하나 어찌 당해주겠는가!

"훙, 그렇게는 안 되지. 넌 오늘 상대를 잘못 골랐어."

슬쩍 한 발짝 좌로 이동한 현수는 옆으로 움직이는 척하다 갑자기 앞으로 나서며 돌려차기를 시도했다.

휘이익—! 퍼억—!

"켁!"

콰앙—!

딱 한 방이다. 거리를 좁힘과 동시에 강력하게 휘두른 발뒤축에 놈의 관자놀이가 제대로 걸린 것이다.

그 결과 마치 영화의 한 장면처럼 거칠게 내동댕이쳐졌다.

현수는 얼른 다가가 잭나이프를 발로 차서 한쪽으로 치웠다. 그리곤 바닥에 떨어져 있던 지갑을 주웠다. 여성용이다.

"짜식! 별것도 아닌 것이……."

마법을 쓰지 않고 해결한 것이 마음에 들었기에 현수는 먼지도 묻지 않은 지갑을 탁탁 털었다.

"아가씨! 이거 당신 지갑이죠?"

"助けてくれて本当にありがとうございます."

바들바들 떨고 있던 여인이 한 말이다. 그리고 구해줘서 고맙다는 뜻의 일본어였다.

"아! 일본인이었군요."

"한국인이신가요?"

"네, 한국인 맞습니다!"

"아아, 그러셨군요. 감사드립니다."

여자는 자신의 눈썰미가 맞았다는 표정을 짓는다.

여기엔 그럴 만한 이유가 있다.

현수는 모르는 사실이지만 눈앞의 여인은 일본에선 제법 이름이 알려진 연예인이다.

이 여자는 일본인의 패션 감각이 한국인보다 뒤떨어진다는 선입견이 있다.

한류의 한 부분인 한국 드라마의 영향 때문이다.

거기에 나오는 한국 배우들로 인해 한국에 대한 호감이 상당히 많다. 반면 주위에서 흔히 보는 일본 연예인들은 왠지 모르게 조금 찌질하다 느끼고 있다.

하긴 키도 작고, 체격도 왜소하니 그렇게 느껴지는 것이 어쩌면 당연한 일일 것이다.

어쨌든 조금 전의 현수는 위기에 처한 다른 사람을 위해 용감한 행동을 했다.

이런 경우 일본 사내들 대부분은 구경만 한다. 하지만 한국 남자들은 위험을 무릅쓰고라도 남을 돕는다.

2001년, 지하철 선로에 떨어진 일본인을 구하고 본인은 희생된 이수현이란 남자가 대표적인 예가 될 것이다.

아무튼 현수는 용감하게 나섰고, 멋지게 악당들을 쓰러뜨렸다. 그렇기에 한국인일 것이란 생각을 했었던 것이다.

"다친 덴 없으신가요?"

"네, 저는 괜찮은데 저 사람은 조금……."

"제가 한번 살펴보죠."

현수가 쓰러져 있던 사내에게 다가가 용태를 살폈다. 둔기로 뒤통수를 맞았는지 피가 흘러나오고 있었다.

"휴대전화 있으시면 999번으로 연락하세요. 급한 환자가 있다고 앰뷸런스 요청을 하십시오."

"네에. 알겠습니다."

여자가 핸드백에서 전화를 꺼내 서툰 영어로 통화하는 동안 현수는 환자의 신체를 스캔했다.

"마나 디텍션!"

마나의 상태를 보니 다행히 후두부에 심한 상처만 있을 뿐

심각한 뇌출혈 증상은 감지되지 않았다.

"연희 씨! 손수건 있어요?"

"네, 여기!"

어느새 다가와 불안한 듯 두리번거리던 연희가 건넨 손수건을 찢은 현수는 그걸로 환자의 머리를 감쌌다.

힐(Heal) 같은 마법을 쓰지 않은 이유는 연희와 어느새 전화를 걸고 되돌아온 일본 여자 때문이다.

곁에서 빤히 바라보고 있는데 상처가 아무는 것이 눈에 보이는 마법을 쓸 수는 없지 않은가!

잠시 후, 앰뷸런스와 경찰차가 다가왔다. 구급차가 환자를 싣고 간 뒤 현수는 진술을 위해 경찰서를 다녀와야 했다.

기절한 채 체포된 두 놈은 지명 수배 되었던 강도들이다. 그것도 보통 강도가 아니라 신출귀몰한 놈들이라 한다.

그런데 어이없게 생포된 것이다. 런던의 경찰들이 지난 7년 동안 잡으려 해도 잡을 수 없던 놈들이다.

하여 영웅 대접을 받으며 간단한 진술을 하고 사인하는 것만으로 모든 일이 끝났다. 한국에서처럼 가해자와 피해자가 뒤바뀌는 부당한 일 따윈 없었던 것이다.

"정말 다행이에요. 근데 현수 씨 싸움을 그렇게 잘했어요?"

경찰서를 나서자마자 연희가 한 말이다.

"네……? 아, 그거요? 요양하느라 있었던 산에서 전래 무술을 조금 배웠어요. 그게 큰 도움이 되었네요."

"아! 그랬군요. 아무튼 용감했어요."

연희는 산속에서 택견 비슷한 것을 배워온 것으로 짐작했기에 꼬치꼬치 캐묻지 않았다.

"에구, 용감은 무슨……! 놈들이 약한 겁니다. 그나저나 이제 호텔로 가야죠?"

"네에, 가요. 오늘 정말 대단한 하루였지요? 현수 씨도 반년 만에 만나고, 맛있는 음식도 먹었어요. 그리고 카지노에서 돈도 따보고, 강도도 잡았잖아요. 안 그래요?"

연희는 진짜 재미있는 하루였다는 듯 환한 웃음을 짓는다.

"네에, 이런 날을 다사다난한 날이라고 하죠."

"호호! 네에."

연희는 기분이 몹시 좋은 듯 또 한 번 웃음을 지어 보였다.

둘은 호텔로 돌아가 각자의 방에서 샤워를 했다. 그리곤 현수가 연희의 룸으로 가서 간단히 맥주 한 잔을 더 마셨다.

이쯤 되면 조금씩 진도를 나가야 한다.

하지만 현수는 이런 방면엔 숙맥이다. 여자친구가 있어본 적이 없기에 마냥 조심스럽기만 하기 때문이다.

혹여 이상한 오해는 하지 않을까 싶어 조신한 여자처럼 얌전히 맥주만 마셨다. 그러다 제 방으로 되돌아갔다.

연희가 몹시 피곤한 듯 하품을 하였기 때문이다.

다음 날 이른 아침, 현수는 경찰의 방문을 받았다.

한국으로 치면 지역 경찰서 서장쯤 되는 사람이다.

"덕분에 지명 수배 되었던 놈들을 체포할 수 있었습니다. 감사합니다. 혹시 이곳 맨체스터에 얼마나 더 머무실 건지요?"

"조만간 떠나야 하는데 그건 왜 묻죠?"

"아, 아쉽습니다. 조금 더 계신다면 맨유 경기에 초청하려 했습니다."

축구를 좋아하는 사람이었다면 만사를 제치고 이런 제의를 즉각적으로 승낙했을 것이다. 하지만 현수는 스포츠엔 별 관심이 없다. 그렇기에 정중한 거절을 했다.

"아닙니다. 별로 큰일도 아닌 걸요."

"큰일이 아니긴요. 그런 자들 때문에 관광객이 감소한다는 신문 기사도 있었습니다. 아무튼 가는 날까지 저희 도움이 필요하면 언제든 연락 주십시오. 기꺼이 돕겠습니다."

"네, 감사합니다."

경찰이 준 명함을 주머니에 넣었을 때 연희가 나왔다. 여전히 캐주얼한 복장이다.

"연희 씨! 오늘은 어딜 찍을 계획이에요?"

"오전엔 몇 군데 정원을 방문할 생각이에요. 그리곤 곧장 리버풀로 갈 계획이에요. 현수 씨는요?"

"나는……."

현수의 말이 채 끝나기도 전에 연희가 먼저 입을 열었다.

"여기서 곧바로 귀국하실 거죠?"

"네……? 아, 네에."

얼떨결에 대답을 하자 연희가 약간은 실망했다는 표정을 지으며 손을 내민다.

"역시 그렇군요. 아쉽지만 여기서 헤어져야겠네요. 저도 조만간 귀국할 테니 그때 다시 만나요."

현수는 얼떨결에 악수까지 해버리고 말았다. 뭔가 이야길 더 하려는데 경찰이 먼저 입을 연다.

"아무튼 미스터 킴에게 영국 경찰을 대표하여 감사를 드립니다. 즐거운 여행되시길 빕니다."

"아! 네에."

볼일을 마친 경찰이 멀어져 가는 동안 연희는 가방을 어깨에 둘러맸다. 안에는 카메라와 캠코더 등이 담겨 있을 것이다.

그런데 가방이 하나가 아니다. 아예 체크아웃을 하려는지 커다란 짐 가방까지 있다.

"현수 씨! 제가 사놓은 기차표 시간이 다 돼서 그러니 여기서 헤어져요. 서울에 가면 제가 연락드릴게요."

"네……? 아! 네에. 그럼 이만……! 몸 조심하시구요. 건강한 모습으로 되돌아오세요."

"네에, 현수 씨두요."

조금 더 지체하면 리버풀행 기차를 놓칠 상황이기에 연희는 뒤도 안 돌아보고 멀어져 갔다.

뒷모습조차 어찌나 예쁜지 와락 안아주고 싶다는 생각을 하던 현수의 뇌리로 스치는 상념이 있었다.

"아차!"

후다닥 뛰어간 현수가 연희의 어깨를 잡았다.

"연희 씨! 이거요……."

"어머! 이건 뭐예요?"

"런던에 있는 벼룩시장에서 우연히 구한 거예요. 여기서 만났던 것을 기억해 달라는 의미로 드리는 겁니다."

현수가 내민 것은 패랭이꽃 모양을 한 작은 반지이다.

겉보기엔 평범하지만 결코 평범할 수 없는 기물이다.

러시아에서 이리냐에게 준 것보다 더한 마법이 걸린 아티팩트이기 때문이다.

이리냐의 것은 상급 마나석이 박힌 것이다. 하나 이것은 최상급 중에서도 최상급을 골라서 박았다.

당연히 마나의 양이 풍부하다.

이리냐에게 준 것에 비하면 거의 100배 이상이다. 이는 더 많은 마법을 더 오랫동안 지속시켜 줄 수 있음을 의미한다.

다섯 개의 잎사귀엔 각각의 마법진이 그려져 있다.

첫째는 이리냐에게 준 것처럼 면역력 증진 마법인 임플로빙 이뮤너티가 인챈트되어 있다. 반지를 끼고 있는 한 감기 같은 질병에 걸리지 않게 될 것이다.

둘째는 바디 리프레쉬 마법이다. 오장육부 전부 늘 건강한 상태를 유지하라는 의미이다.

셋째는 연희가 극도의 공포 내지는 불안함을 느낄 때 사방으로 체인 라이트닝이 폭사되는 것이다.

해외여행 중 어젯밤과 같이 강도 내지는 성폭행범을 만날 수 있다. 이때 위기로부터 탈출하도록 인챈트한 것이다.

넷째엔 이 마법이 실현되도록 하기 위해 정신 감응 마법진을 새겨 넣었다. 자칫 불상사를 야기시킬 수 있기 때문이다.

다섯째는 텔레포트 마법진이 그려져 있다.

위기를 겪었는데 또 다른 위기를 겪지 않는다는 보장은 없다. 예를 들어 체인 라이트닝 마법이 구현된 뒤에도 연희의 능력으론 어쩔 수 없는 어려움에 봉착될 수도 있다.

또 다시 극도의 공포 내지는 불안함을 느끼게 되면 어젯밤에 묵었던 호텔 뒤편 정원으로 텔레포트 되도록 했다.

나중에 다시 만났을 때 도착 좌표만 수정하면 다른 곳으로 순간 이동하게 될 것이다.

마지막으로 가운데 박혀 있는 마나석은 정말 위급한 순간 연희를 보호하기 위한 앱솔루트 배리어가 인챈트 되어 있다.

비행기 추락이나 교통사고 같은 불의의 사고가 일어났을 때 연희의 몸을 중심으로 60㎝ 이내엔 어떠한 것도 다가가지 못하도록 하는 것이다.

바로 곁에서 수류탄이 터진다 하더라도 안전하다.

하지만 워낙 강력한 마법이기에 세 번까지만 마볍이 구현된다. 이후엔 평범한 돌이 되는 것이다.

그리고 전능의 팔찌에 비해 보호 반경이 적은 것은 멀린은 9써클인 반면 현수는 7써클이기 때문이다.

"고마워요. 현수 씨! 소중히 간직할게요."

"잘 때에도 빼놓지 마세요."

"그럼요. 꼭 그렇게 할게요."

"네에."

"이만 갈게요. 나중에 다시 만나요."

연희는 총총걸음으로 멀어져 갔다. 따라가고 싶었지만 현수는 멍한 표정으로 뒷모습만 바라보고 있었다.

연희가 이렇듯 바쁘게 가는 것은 기차 시간 때문인 것도 있다. 하지만 그게 이유의 전부는 아니다.

이른 아침, 눈을 뜬 연희는 한 통의 전화를 받았다. 업무지원팀장의 전화였다. 갑자기 빨리 설계를 해야 하는 상황이 되었으니 얼른 볼일을 마치고 귀국하라는 명령이었다.

갑자기 마음은 급하고 할 일만 많은 상황이 되자 서둘러 떠난 것이다.

"쩌업……!"

졸지에 짝 잃은 외기러기가 된 현수는 룸으로 되돌아갔다. 잠시 후, 체크아웃을 하곤 곧장 귀국해 버렸다.

*　　　*　　　*

"어머! 사장님. 잘 다녀오셨어요?"

은정이 반색하며 웃음 띤 얼굴로 고개를 숙인다.

"네에, 별일 없었지요?"

"킨샤사에서 추가 주문 온 게 있었는데 잘 처리되었어요."

현수는 고개를 끄덕였다. 빈틈없는 일처리가 되었다는 뜻이기 때문이다. 그러다 눈을 크게 떴다.

"어……! 못 보던 거네요."

며칠 자리를 비운 새 사무실에 변화가 있었다. 두 개의 칸막이가 새롭게 자리 잡은 것이다.

"네에. 사장님께서 말씀하셨던 민 실장님이 출근하셨는데 저희 때문에 불편해하시는 것 같아 칸막이를 설치했어요."

보아하니 하나는 민주영의 것이고, 다른 하나는 은정의 것인 듯하다. 같은 실장급이라는 의미일 것이다.

"잘 했네요. 근데 민 실장은 아직 출근 전인가요?"

"아뇨. 나오셨다가 현재는 외근 중이에요."

"외근……? 무슨 외근이요?"

현수는 아무런 업무 지시도 한 적이 없기에 의아하다는 표정을 지었다. 무슨 뜻인지 알았다는 듯 은정이 배시시 웃음 짓고는 말을 이었다.

"추가로 수출할 상품을 알아본다고 나가셨어요."

"아……!"

"사장님은 안 계신데 민 실장님이 출근하셔서 첫날은 그냥 뻘쭘하게 앉아 계시기만 했어요. 해서 제가 회사 상황을 이야기해 드렸어요."

"잘 했네요. 사장실로 오세요."

"네, 커피부터 한 잔 드려요?"

"좋죠."

현수가 자리에 앉아 그간 못 본 뉴스를 살피는 동안 은정이 커피잔을 들고 들어왔다.

"자, 이건 러시아 출장 기념품이에요."

"어머, 이건……! 와아, 정말 너무 예뻐요."

은정의 큰 눈이 더 커진다. 현수가 건넨 것이 너무 마음에 든 탓이다.

그것은 은반지이다. 하지만 평범한 것은 결코 아니다.

아르센 대륙의 어떤 드워프가 심혈을 기울여 제작한 것이다. 이는 멀린이 드래곤의 레어에서 가져온 것들 중 하나이다.

폭이 약 1㎝ 정도 되는데 예술적인 문양으로 제작되어 있다.

그리고 포인트를 준 것처럼 작은 다이아몬드 두 개가 박힌 것으로 보인다. 하나 이것은 다이아몬드가 아니다.

투명한 상급 마나석이다.

이렇게 생긴 것은 세 개이다. 은정와 수진, 그리고 지혜를 위해 지난밤에 만든 것이다.

박혀 있는 두 개의 마나석 중 하나는 면역력 증진 마법이 구현되는 데 필요한 마나를 공급한다. 다른 하나는 바디 리프레쉬 마법진을 작동시킨다.

상급이긴 하지만 마나석의 크기가 작은 관계로 두 마법은 일몰 후에만 구현된다. 밤 10시부터 새벽 6시까지 작동되도록 마나 제어진이 그려져 있는 까닭이다.

계산대로라면 적어도 10년은 효력을 발휘할 것이다.

"케이스는 없지만 상당히 고가예요. 그러니 웬만하면 손에서 빼지 않는 게 좋을 겁니다."

대놓고 아티팩트라는 소리를 할 수 없기에 돌려 말한 것이다. 하나 현수의 말은 은정의 귀에 들리지 않았다.

벌써부터 반지에 정신이 팔려 있었기 때문이다. 하지만 무언가 들리긴 했는지 건성으로라도 대답은 한다.

"네에."

자신이 무엇에 대한 대답을 했는지 모르지만 은정은 이 반지를 결코 뺄 생각이 없다.

잘 때는 물론이고, 목욕을 할 때에도 빼지 않을 것이다. 반지에 대단한 의미를 부여하고 있는 상황이기 때문이다.

잠시 후, 수진과 지혜가 사무실로 복귀했다.

그녀들 역시 반지를 받고 무척이나 좋아했다. 기능도 기능이지만 디자인 자체가 처음 보는 것이기 때문이다.

현수는 셋이 있는 자리에서 다시 한 번 반지에 대해 언급했다. 단순히 비싸다고만 하면 몸에서 떼어놓을 수 있기에 노파심에서 한마디 더 한 것이다.

"그 반지들은 중세 때의 것으로 주술 능력이 있는 마법사가 만든 거라고 합니다. 그래서 끼고만 있어도 몸이 건강해진다고 하니 웬만하면 빼지 마세요."

"네, 사장님!"

수진과 지혜 역시 너무도 마음에 드는 이 반지를 뺄 마음이 없기에 얼른 고개를 끄덕였다.

점심을 먹고 나니 주영이 들어온다.

"사장님, 오셨습니까?"

"야, 그러지 마. 회사라고는 하지만 너 하고 난 친구다. 그러니 그냥 평소처럼 말해."

"……!"

주영은 얼른 대답하지 못했다. 현수의 말도 일리가 있지만 엄연한 조직이니 존칭을 쓰는 것이 마땅하다 생각한 때문이다. 그런데 현수가 못을 박는다.

"안 그럼 자른다. 앞으로도 그냥 예전처럼 말해."

"알았다. 그렇게 할게."

주영이 할 수 없다는 표정을 짓는다.

현수는 분명 대학 동창이며 친구이다. 하지만 헤어나올 수 없는 나락으로부터 든든한 밧줄을 내려준 사람이다.

그런 친구가 자신의 일을 도와달라는 이야길 했다. 그것 또한 자신을 구제하기 위함이라는 것을 안다.

그렇기에 출근하기로 마음먹은 순간부터 깍듯이 대하리라 생각했다. 그런데 말을 놓으라 하니 조심스러웠던 것이다.

"그래, 앞으로도 쭈욱 그렇게 해. 알았지?"

"오냐, 네가 원하니 그렇게 하지. 참, 명함 주문한 게 다 되었다고 해서 찾아왔는데 어떠냐?"

민주영이 건넨 명함엔 '이실리프 무역상사 신상품개발실 실장 민주영' 이란 글씨가 인쇄되어 있었다.

회사의 로고는 마법사의 로브 위에 스태프와 장검이 교차되어 있는 그림이다.

"신상품 개발만 하려고?"

"그럼, 이거 말고 다른 업무도 있냐?"

"당근이지. 너 오늘부터 이실리프 무역상사의 출납 장부를 맡아야겠다."
"장부 기장을 하라고? 세무사 사무실에 맡기지 않았어?"
"그랬지. 그런데 앞으론 우리가 직접 했으면 해. 그래야 현황 파악이 더 쉬울 것 같아서."
"그럼 신상품 개발은?"
"장부 정리할 거 다하면 그때 쉬엄쉬엄 해."
"알았다."
주영은 어째 일이 쉽다는 생각을 했다.
남들이 다 만들어놓은 것 중 러시아와 콩고민주공화국으로 수출할 만한 것을 찾는 것뿐이기 때문이다.
발품을 많이 팔아야 하는 일이지만 크게 힘들 것도 없다. 그렇기에 뭔가 회사에 도움 되는 일이 없을까 생각하던 중이다.
하여 얼른 기장 업무를 맡겠다고 한 것이다.
"근데 나한테 주는 선물은 없냐?"
"물론 있지. 자, 이거!"
현수가 건넨 것은 금속으로 만든 듯한 조끼였다. 주영은 한여름에 웬 조끼냐는 표정을 지었다.
"그거 방검하고, 방탄 기능이 있다는 거야."
"뭐어……? 크크! 선물하고는……."
"다시 다치면 못 고칠 수도 있으니까 앞으론 몸조심해. 나쁜 놈들 보면 덤벼들지 말고 슬슬 피하고. 알았지?"
"오냐! 고맙다. 잘 입으마."
주영은 보라는 듯 조끼를 걸쳤다.

"크크, 7월에 조끼 입는 사람은 나밖에 없을걸."

"그래. 그렇긴 해도 보기엔 좋다. 잘 어울려."

현수는 보는 것만으로도 흐뭇하다는 듯 고개를 끄덕였다. 그런데 주영이 고개를 갸웃거린다.

잠깐 걸친 거지만 계절이 계절인 만큼 살짝 덥다는 느낌이 들어야 한다. 그런데 전혀 그렇지 않고 오히려 시원하다.

그렇기에 의아하다는 표정을 짓고 있었던 것이다.

"참, 그거 러시아에서도 특수부대에서만 사용하는 신형 특수 금속으로 만든 거라 체온을 일정하게 유지시켜 주는 기능도 있다고 했다."

"진짜……? 진짜 그런 거야?"

"그래, 항상 36.5~37.2℃를 유지시켜 준다고 해. 그래서 여름엔 시원하고 겨울엔 따뜻하게 느껴질 거라고 하더라."

"와아, 이게 진짜 그거면 대단한 거잖아? 근데 세탁 방법은 뭐래? 드라이 맡겨야 하나? 흐음, 물빨래는 안 될 것이고."

주영이 진짜 심각한 고민이라는 듯 이맛살을 찌푸리자 현수가 피식 웃었다.

"그건 금속으로 만든 거라 세탁할 필요 없어. 가끔 젖은 수건으로 닦기만 하면 된다고 하더라."

"아, 그래?"

주영은 마음에 든다는 듯 새삼스레 조끼를 손바닥으로 쓸어 본다. 어떤 금속인지 알 수 없지만 매끄럽다는 느낌이다.

현수는 곁눈질로 주영의 눈치를 살폈다. 혹시라도 안 입겠다고 거절하면 어쩌나 하는 생각 때문이다.

사실 이 조끼는 드래곤의 레어에서 나온 갑옷 중 하나를 변형시킨 것이다.

그 갑옷은 아다만티움 합금으로 제작된 것이다. 실제 무게는 약 30㎏이 넘는데 갑옷 내부에 경량화 마법을 인챈트했다.

하여 주영이 체감하는 무게는 약 300g 정도이다.

그리고, 본래는 약 7㎜ 두께였지만 압축 마법을 걸어 1㎜ 내외로 얇아진 상태이다.

그렇기에 딱딱하기만 하던 것에 연화 마법까지 걸어서 일반적인 옷감처럼 느껴지게 만들었다.

끝으로 형상 기억 마법까지 구현시켰다. 금속이기에 찌그러지면 원상태로 복원하기 어렵다는 것을 고려한 마법이다.

어쨌거나 이 갑옷은 칼과 창, 그리고 기사들의 랜스(Lance) 및 화살 등으로부터 보호하기 위해 제작된 것이다.

따라서 현수가 말한 방검 기능은 확실하다. 그럼에도 방탄 기능이 있다고 한 것은 일종의 뻥이다.

요즘 세상엔 방검보다 방탄 기능이 우선이다.

그런데 방검 기능만 있다고 하면 이상하다 여길 것이기에 한 말이다.

하지만 현수가 하나 간과하고 있는 점이 있다.

그것은 아다만티움이란 금속에 대한 정확한 이해가 부족하기 때문이다.

아다만티움은 단단한 금속이라는 뜻인 아다만트(Adamant)

라는 어원에서 비롯된 말이다. 그렇기에 웬만한 권총 탄환 정도는 막아낼 능력이 있다.

다시 말해 주영이 걸친 갑옷은 권총 탄환 정도는 무난히 막아낼 능력이 있는 물건이다.

어쨌거나 주영은 조끼가 마음에 드는 듯하다. 그렇지 않았다면 이리저리 살펴보고 쓰다듬지 않을 것이다.

"야, 근데 이건 어째 주머니가 하나도 없냐?"

"그래? 아마 군용이라 그럴 거야."

"그런가?"

주영은 고개만 갸웃거렸다.

"참, 대구에서 전화 왔었다."

"대구? 누군데? 남자야, 여자야?"

"여자! 근데 누구냐? 목소리 꽤 괜찮던데?"

주영이 이실직고하라는 듯 은근한 눈으로 째려본다.

"짜식! 그건 국가 기밀이라 절대 말 못한다."

현수가 사장실로 들어가자 주영은 다시 조끼를 쓰다듬는다.

분명 금속으로 만들었는데도 촉감이 매우 부드럽다 느낀 때문이다.

"진짜 방검 기능과 방탄 기능이 있을까?"

주영은 고개를 갸웃거리곤 자신의 자리로 갔다.

CHAPTER 02
세정파 거덜 내가

띠리리링! 띠리링! 띠리리리링……!

"여보세요."

"지현 씨?"

"네, 현수 씨! 저 지현이에요. 잘 다녀오셨어요? 가셨던 일은 잘 되었구요?"

"덕분에요. 근데 무슨 일 있어요? 전화하셨다고 들었어요."

"아! 그것 때문에 하셨구나. 아뇨, 당연히 아무 일도 없지요. 전화한 건 혹시 오셨다 싶어서였구요."

"아! 저는 또……."

"근데 언제 귀국하셨어요?"

"토요일 밤 늦은 시각에 당도했어요."

"아! 그러셨구나. 그럼 좀 쉬셨어요?"

"네, 어제 하루 푹 쉬었습니다. 근데 진짜 아무 일 없어요?"

"네, 그냥 여쭤본 거예요."

현수는 분명히 무슨 용무가 있을 것이란 생각을 했다. 지현의 어투에서 약간 머뭇거린다는 느낌이 든 때문이다.

"지현 씨! 무슨 일이든 마음에 두지 말고 이야기해요. 저도 남자라 되게 둔감해서 말 안 하면 눈치 못 채요."

"네에, 근데……."

"……!"

현수는 채근 대신 기다렸다. 무슨 일인지 몰라도 쉽게 입을 열지 못하고 있다. 마음속에 부담감이 있다는 뜻이다.

하여 캐묻지 않은 것이다.

"전에 말씀하셨잖아요. 어머니한테 갈 때 같이 가자고요."

"아! 네에, 그랬지요. 러시아 출장을 다녀왔으니 이제 가야지요. 그런데 언제 가나요?"

"내일 모레, 수요일에 갈 건데 시간 괜찮으세요?"

"수요일이요? 잠깐만요. 제 일정 확인 좀 해볼게요."

말을 마친 현수는 송화기를 손으로 가린 채 은정을 불러 일정 확인을 했다. 특별히 서울에 있어야 할 일은 없다고 한다.

"네, 수요일에 시간이 있네요. 제가 몇 시까지 어디로 가면 되죠?"

"너무 늦은 오후가 아니기만 하면 되요."

"좋습니다. 그러지요. 내려가면서 전화 드릴게요."

"네, 고마워요. 그리고 미안해요. 번거롭게 해드려서."

"아! 아닙니다. 여행 삼아 다녀오죠. 그나저나 제가 도움이 안 될 수도 있어요. 그러니 너무 큰 기대는 하지 마세요."

"네, 그럴게요. 그럼 수요일에 봬요."

"네에."

전화를 내려놓은 현수는 잠시 생각을 정리하곤 핸드폰에서 이수정의 전화번호를 검색했다.

딩딩딩! 디리리리링! 딩딩! 디리리링……!

"어머, 오빠! 귀국하셨어요?"

이수정은 상당히 반색하는 음색이다.

"네에, 수정 씨! 전엔 고마웠어요. 덕분에 편하게 갔네요."

"어머, 아니에요. 별일도 아닌 걸요."

"그래도요. 근데 지금 근무 중이에요?"

"네, 비행기 타러 가는 중이에요."

"그럼, 뭐 하나만 간단히 물어볼게요."

"네에."

"그날, 러시아에서 오면서 뭐 먹어보라고 했잖아요."

"네, 그랬지요."

"그래서 먹어봤어요?"

"네에. 그날 오면서 너무 배가 고파서 샌드위치를 조금 먹어봤어요. 근데 신기하게도 안 체했어요. 꼭 그랬었거든요. 그래서 그 다음부턴 조금씩 먹어보는데 이젠 괜찮은 거 같아요."

"아! 다행이네요."

"네, 신기하게도 그 증상이 싹 사라졌어요."

"잘되었어요. 이제 굶지 않아도 되네요."

"아! 오빠. 미안한데요. 저 전화 끊어야 해요. 갔다 와서 제가 전화 드릴게요. 미안해요."

수정이 먼저 전화를 끊는다. 하지만 기분 나쁘지 않았다.

항공사 승무원으로서 비행기를 타기 전에 전화를 끊는 것이 당연하기 때문이다. 또한 자신의 생각이 맞아떨어졌다는 사실에 기분이 좋았던 때문이기도 하다.

"흐음, 그랬단 말이지?"

팔베개를 한 채 의자에 기댄 현수는 생각을 정리했다.

지현은 성폭행 당할 위기에 처했었다. 그때 자궁의 마나는 잔뜩 위축된 상태로 정체되어 있었다.

이와 비슷한 이유로 같은 증상을 보이는 여자가 있다면 임신이 어렵지 않겠는가 하는 생각을 해보았다.

기회가 닿으면 언제고 확인해 볼 일이다.

수정의 경우는 어렸을 적 비행기 안에서 체했던 기억이 뇌리에 남아 비행하는 동안 물을 제외한 어떠한 음식물도 섭취하지 못하는 어려움을 겪었다.

그 기억을 제거하니 그런 증상이 사라졌다.

그렇다면 외상 후 스트레스로 인한 기억상실로 일곱 살짜리로 되돌아간 지현의 모친 역시 구해낼 수 있겠다는 생각이 든 것이다.

'그러려면 마나가 충분해야 하는군.'

수정의 기억을 읽고 삭제할 때 거의 모든 마나가 빨려 나갔던 것을 떠올린 것이다.

현수는 체내의 마나량을 점검했다.

어제 저녁 산책 삼아 아차산 기슭으로 나갔다가 적당한 곳에 자리를 잡고 마나 심법을 운용했다.

하여 꽉꽉 채워 넣은 그대로이다.

'흐음, 언제고 시간을 내서 써클 올리기에 힘을 쓰던지 해야지. 이거야 원…….'

7써클 마스터에서 한 단계만 업그레이드되어 8써클 비기너가 되면 체내에 담을 수 있는 마나의 양이 대폭 늘어난다.

그때가 되면 지금처럼 일일이 마나량을 점검하지 않아도 될 것이다. 거의 네 배 가까이 될 것이기 때문이다.

삐이이익—!

"네, 사장님."

언제 들어도 상냥한 은정의 음성이다.

"민 실장 좀 들어오라고 하고요. 민 실장 자리로도 인터컴이 되도록 하세요."

"네, 알겠습니다."

잠시 후 주영이 들어왔다.

"앉아라."

"그래."

"신상품 개발을 해보니 어떠냐?"

"그게, 생각보다 쉽지 않다. 상품은 많은데 어떤 게 좋을지 골라내기 어렵기 때문이야."

"하긴 콩고민주공화국과 러시아 사람들이 어떻게 사는지 모르니 적당한 걸 찾기 어려울 거야."

"필요하다면 출장 보내줄 수 있냐?"

"물론이지. 언제든 말만 해."

"알았다. 하여간 열심히 찾아볼게."

"그래, 매달 5천만 달러어치를 수출하는 게 결코 쉬운 일이 아니라는 거 알지? 그러니 잘 부탁한다."

"알았다. 걱정 마라! 최선을 다할 테니……."

주영이 나간 후 현수는 또 다시 생각 속에 잠겼다. 그러다 문득 떠오른 상념이 있어 전화기를 들었다.

띠리리링! 띠리리리링!

"네, 역삼동 제일부동산입니다."

"안녕하세요? 김현수라는 사람인데요."

"네, 김현수 고객님!"

부동산 사무실 사장 역시 반색하는 음색이다.

"세정빌딩 어떻게 되었습니까? 알아보셨어요?"

"네, 그렇지 않아도 전화 기다렸습니다. 일단 더 이상의 귀신은 나타나지 않았습니다. 그리고 저쪽에 대고 팔 의향이 있느냐고 물었더니 그러겠다고 합니다."

"그래요? 그렇다면 남은 건 가격이네요."

"네, 그래서 지금 밀고 당기기를 하는 중입니다."

"흠, 현재 얼마를 달라고 하는가요?"

"아다시피 세정빌딩은 공시가가 230억이지만 실제론 이보다 높은 가치를 지녔습니다. 대로변은 아니지만 지하철역에서 가깝기 때문이죠. 게다가 유동인구도 엄청 많습니다."

부동산 사장은 가치를 증명하려는 듯 말이 많았다.

"그래서요?"

현수의 대꾸는 다소 퉁명스러웠다. 구구절절한 이야긴 듣고 싶지 않았던 것이다.

"아무튼 저쪽에선 260억 정도를 이야기하고 있습니다."

"260억이면 제 능력으론 안 되는군요."

"알고 있습니다. 250억까지만 가능하다 하셨으니까요."

부동산 사무소 사장은 어떻게든 이 거래를 성사시켜야 한다는 생각인 모양이다.

"귀신이 출몰하는 건물을 제값 다 주고 사면 바보라고 손가락질 당하는 거 아시죠?"

"물론 압니다. 하지만 그때 이후론 더 이상의 귀신이 나오지 않았습니다. 그래서……."

부동산 사장이 말끝을 흐렸다.

"알겠습니다. 당장 급한 건 아니니 조금 더 두고 보죠."

"네에."

부동산 사무소 사장의 음성엔 맥 빠진 기색이 역력했다.

"흐음, 아직도 정신을 못 차린다 이거지?"

현수는 유진기의 얼굴을 떠올리고는 나직이 이를 갈았다.

세상에 온갖 나쁜 짓을 다하는 놈이 제몫을 모두 챙기겠다고 나서는데 어찌 좌시하겠는가!

이때 은정이 서류철을 들고 들어선다.

"사장님, 안 계신 동안 결재하실 게 이만큼 쌓였네요."

"한 일주일쯤 자리 비워서 그런지 조금 많군요."

"네, 킨샤사의 천지약품에서 추가로 주문한 것들이 워낙 다양하고 양도 많아서 그래요."

밀린 업무를 하는 동안 이런저런 생각을 했다. 그리곤 우선순위를 정했다.

첫째가 세정빌딩 매입이다. 조만간 대대적인 인력 충원이 필요하기 때문이다.

"흐음, 금고 안에 있던 것들이 사라졌음에도 별 타격이 없다는 건가?"

그날 유진기의 금고에서 가져온 것은 다음과 같다.

1kg짜리 골드바 300개 : 약 180억 원.

10,000엔짜리 지폐 뭉치 : 약 14억 8천만 원.

100달러짜리 지폐 뭉치 : 약 5억 7천만 원.

50,000원짜리 지폐 뭉치 : 약 10억 원.

금액으로만 따지면 211억 5천만 원 정도 된다.

이밖에도 조경빈의 머리카락을 수집해 놓은 앨범 외 여섯 권의 앨범이 더 있었다. 또한 200여 권에 달하는 각종 장부가 있었고, 고려청자, 이조백자 등 골동품이 있었다.

마지막으로 스미스&웨슨의 M&P 권총 다섯 자루와 실탄 2,000여 발도 있었다.

실질적 가치를 지닌 골드바 등이 사라졌음에도 유진기는 경찰에 신고하진 못했을 것이다.

그것 자체가 불법행위의 결과물이기 때문이다.

그렇더라도, 상당히 큰 금액이 사라졌음에도 세정파는 여전하다. 케이먼 군도에 은닉해 둔 거액이 여전히 존재하기 때문일 것이다.

지난번에 장부를 살피던 중 외국 은행으로 송금된 기록을 본 바 있다. 그렇기에 서둘러 장부들을 꺼냈다.

그리곤 독서삼매경에 빠진 사람처럼 다시 한 번 장부들을 샅샅이 훑었다.

시중 은행에도 차명계좌로 상당히 많은 금액이 분산 예치되어 있다는 것을 확인할 수 있었다.

모르긴 몰라도 조직원들의 가족명의인 듯하다. 이 돈은 현수의 능력으론 어쩔 수 없는 것이다.

하여 잔뜩 이맛살을 찌푸린 채 나머지 장부들을 뒤적였다. 그러던 중 케이먼 제도(Cayman Island) '율리우스 바에르 은행' 이라는 이름이 눈에 뜨였다.

이때부터 고도의 집중력을 발휘하여 나머지 부분들을 세세히 살폈다.

"유레카(Eureka)!"

현수의 눈이 번쩍 뜨인 것은 장부 뒤표지 포켓에 끼워진 주황색 포스트잇을 발견한 직후였다.

거기엔 다음과 같이 쓰여 있다.

60YU 02KU 25SA TPWJ DVKA KSTP

89YU 1JIN 13GI ALFO SMSS OTJR

숫자와 문자가 어우러진 두 장의 포스트잇에 적힌 것은 율리우스 바에르 은행의 비밀계좌와 비밀번호임이 틀림없다.

인터넷을 검색해 보니 여러 가지를 알 수 있었다.

우선 케이먼 제도의 은행들은 예금주의 이름 없이 숫자와 문자가 조합된 계좌번호만으로 거래를 한다. 따라서 거래명세서를 분실하더라도 예금주가 드러나는 일이 없다.

은행직원들도 이 계좌번호만으로는 예금주의 신원을 알 수 없다. 극소수 은행 간부들만이 신원을 확인할 수 있다.

만일 실수로 번호를 잘못 기재하여 송금하면 남의 계좌로 들어가 영영 찾을 수 없는 경우도 생긴다.

비밀계좌는 당좌계정으로, 유동성 예금이기 때문에 이자가 붙지 않는다. 1980년 이전까지는 예금자가 보관료를 무는 형태로 운영되기도 하였다.

나머지 장부를 모두 뒤져 보았지만 구좌는 두 개뿐인 것 같다.

장부에 쓰여 있기론 60으로 시작하는 계좌엔 6,000만 달러, 89로 시작하는 계좌엔 5,700만 달러가 예치되어 있다.

한국 돈으로 환산해 보니 1,343억 7,450만원이란 거금이다.

"이놈들은 대체 뭐야? 어떻게 해서 이렇게 많은 돈을 챙겼지? 그리고 뭐야? 어디다 아방궁이라도 차릴 셈이었나?"

현수는 모르는 일이지만 이 돈 가운데 일부는 유진기의 부친인 유국상이 동료들을 배반한 결과 얻은 돈이다.

젊은 시절, 대규모 금괴밀수에 가담했다가 동료들을 죽이고 가져온 금괴가 바탕이 되어 모인 돈이기 때문이다.

"흐음, 이걸 어떻게 찾아온다?"

외국 은행과의 거래를 해본 적이 없기에 현수는 난감했다. 이때부터 인터넷 서핑을 시작했다.

방법을 찾기 위함이다.

전액을 국내 봉사단체 등에 기부하는 것을 고려해 보았다. 하지만 기부자가 기부를 철회하면 되돌려 줘야 한다.

따라서 효과적인 방법이 아니다.

전산이 발달된 시대이기에 웬만한 방법으론 놈들의 돈을 빼

돌릴 방법이 없다. 추적당할 것이 뻔하기 때문이다.

그러던 중 묘안이 떠올랐다.

"하지만 그 방법이 먹힐까? 으으음……!"

현수가 고심하고 있는데 핸드폰이 울린다.

위이이이잉, 위이이이잉—!

'어라! 드미트리가? 웬일이지?'

현수는 얼른 전화를 받았다. 그렇지 않아도 전화를 하려던 참이었기 때문이다.

"아! 미스터 드미트리!"

"네, 김 사장님. 잘 다녀오셨습니까?"

"덕분에 아주 편한 여행을 했습니다."

"그렇다면 다행입니다. 그런데 잠시 의논할 일이 생겼는데 방문해도 괜찮겠습니까?"

"그러시죠. 편한 시간에 오십시오."

"네, 그럼 잠시 후에 뵙겠습니다."

전화를 끊고 고개를 갸웃거렸다. 모든 거래가 원만하게 합의되었고, 그 내용대로 진행되는 중이기 때문이다.

"흐음, 대체 무슨 일일까?"

현수의 고심은 그리 길지 못했다.

이은정 실장이 들어온 때문이다.

똑, 똑, 똑—!

"네, 들어오세요."

"사장님, 이건 대구에서 온 우편물이고요. 이건 할머니 검사 결과예요."

"그래요? 근데 할머니는 어떠시대요?"

현수는 별뜻 없이 편지와 검사 기록지를 받으며 물은 것이다. 그런데 은정은 그렇게 생각지 않는 듯하다.

잠시 흠칫하더니 이내 아무렇지도 않은 표정이 된다.

"많이 좋아지셨대요. 병원에선 당뇨 증상이 사라져서 다른 사람 검사한 거 아니냐고 했대요."

"다행입니다. 좋아지셔서."

"네에, 모두 사장님 덕분입니다."

"내 덕은 무슨……. 아무튼 좋아지셨다니 다행입니다."

"네에. 그럼 전 이만……!"

현수가 편지에 시선을 돌리자 은정이 나간다. 그런 그녀의 얼굴은 붉게 상기되어 있었다.

'아! 사장님…….'

은정의 내심이 어떤지는 본인만 알 것이다. 하나 그녀의 몸짓을 보면 대충 짐작은 된다.

사장실 문을 닫고 나간 은정은 두 손으로 자신의 가슴을 살짝 누르고 있다.

두근거리는 심장을 진정시키려는 것으로 보인다.

왜 심장이 두근거리는지는 은정 자신도 모를 것이다.

어쨌거나 현수는 은정 할머니의 검사 기록을 살펴보았다.

공복 혈당 98, 식후 2시간 혈당은 126이다.

모두 정상 범주에 드는 수치이다.

다음은 대구 동부경찰서 최창혁 경사의 검사 기록지이다.
꺼내보니 검사 기록 복사본 외에도 쪽지 하나가 더 있다.

너무도 고마운 김현수 도사님께!

도사님, 안녕하신지요?
먼저 제 생명을 구해주신 점에 대해 깊은 감사를 드립니다.
아이들만 남겨놓고 세상을 떠났다면 어찌 살까를 생각해 보니 지금도 너무 고마워 눈물이 앞을 가립니다.
게다가 오랜 지병인 당뇨와 고혈압까지 낫게 해주셨으니 필설로는 은혜에 대한 감사를 드릴 수 없어 아쉽습니다.
정말 고맙습니다. 그리고 또 고맙습니다.
제 아이들에겐 도사님에 대한 이야기를 했습니다.
알고만 있고 절대 발설치 말라 하였으니 소문이 나거나 하지는 않을 것입니다.
모든 이야길 듣고 큰 아이는 도사님을 평생의 은인으로 여기고 늘 고마워하며 살겠다고 합니다.
작은 녀석도 고마운 아저씨라면서 다음에 만나면 꼭 큰절을 올리겠다고 합니다.
아무튼 도사님께서 베푼 은혜 덕에 제2의 인생을 살고 있습니다. 저도 이제부터는 남들을 돌아보는 너그러운 마음을 가지려 노력하겠습니다.
정말 감사드립니다.

작은 지면이기에 도사님이 베푼 은혜에 대한 감사를 표하는 것이 너무도 어렵군요.

어쨌거나 언제, 어디서든 제가 필요한 일이 있으시다면 불러만 주십시오. 분골쇄신이 되는 한이 있더라도 도사님을 위해 앞장서겠습니다.

정말, 정말 감사합니다.

대구에서 최장혁 올림.

현수는 피식 웃음을 지었다. 비웃음이 아니라 편지를 쓴 최 경사의 심정이 충분히 이해된 때문이다.

'사람은 역시 착하게 살고 봐야 해.'

자신의 마법 덕에 한 사람이 병마로부터 해방된 것에 마음의 위안을 얻은 현수는 검사 기록을 살폈다.

그러고 보니 최 경사의 신체는 대단한 변화를 겪었다. 우선 혈당의 변화가 너무도 뚜렷하다.

항목	이전 검사 결과	최종 검사 결과
공복시 혈당	207	86
식후 2시간 혈당	283	112
당화혈색소	9.8%	6.5%

현수의 의학 상식에 의하면 최장혁 경사는 중증 당뇨병 환자였다. 그런데 완전한 정상인이 되었다.

이전의 수축기와 이완기 혈압은 183/124였다.

그런데 118/74로 줄어들었다.

더 이상 고혈압 환자가 아닌 것이다.

기록지엔 다른 것을 검사한 결과도 있었다.

항목	이전 결과	최종 결과
총콜레스테롤	265.4㎎/*dl*	196.4㎎/*dl*
트리글리세라이드	212	82
HDL 콜레스테롤	31	89
LDL 콜레스테롤	192	91

최종 검사 결과가 계속해서 유지된다면 최장혁 경사는 이제 급성심근경색, 뇌졸중, 동맥경화 등 성인병으로부터 상당히 멀어지게 된 것이다.

고혈압과 당뇨, 그리고 콜레스테롤은 약물 등을 이용하여 인위적으로 수치를 조절할 수는 있다.

하나 정상인이 되도록 하는 기술은 아직 없다.

그렇기에 최 경사가 진료받던 병원에선 난리가 벌어졌다. 당뇨 및 고혈압이 완치된 것으로 여겨지기 때문이다.

하여 논문을 쓸 수 있도록 도와달라는 요청이 빗발쳤다.

하지만 최 경사는 바쁜 경찰 업무 때문에 그럴 수 없다는 핑계를 대고 이에 응하지 않고 있다.

자칫 현수에게 누가 될까 싶기 때문이다.

"흐음, 회복 포션이 확실히 효과가 있다는 뜻이군. 그렇다면 양이 문제야. 얼마나 복용시켜야 하는지를 알아봐야 하는데 난감하군."

잠시 어찌할까를 생각하던 중 번뜩이는 상념이 있었다.

"포션의 성분 분석을 해보면 대량 생산도 가능하지 않을까?"

현수는 곧바로 전화기를 들었다.

띠링, 띠링 띠리리리링! 띠링! 띠띠링! 띠리리리링!

대한약품 민윤서 사장의 핸드폰 컬러링은 미국의 남매 가수 카펜터즈의 'Top of the world' 였다.

하긴 요즘 신명나는 세월을 보내는 중이다. 날마다 근심만 하다 기쁜 일이 많으니 이런 노래로 마음을 표현한 모양이다.

현수는 피식 웃음을 지었다. 민윤서 사장이 기뻐하는 것 역시 자신의 영향 덕이기 때문이다.

"아! 김현수 사장님."

"네, 요즘 바쁘시죠?"

"네, 엄청 바쁩니다. 라인 돌아가는 거 확인해야 하고, 원료 사서 대야 하고, 포장한 거 확인해야 하고 그럽니다."

"바쁘면 좋은 거죠."

"네, 모두 김 사장님 덕입니다. 그런데 어쩐 일로 전화를 주셨습니까?"

"제가 인편에 뭘 보낼 겁니다. 이걸 김지우 연구소장님께 주셔서 성분 분석 좀 해주세요. 근데 조금 급한 겁니다. 특별히 처리할 일이 없다면 지급으로 처리해 주시면 좋겠네요."

"알겠습니다. 보내만 주시면 최우선적으로 처리하도록 하지요. 그 밖의 다른 사항은 없으십니까?"

"네……? 그게 무슨 말씀이시죠?"

"예를 들어 오늘 저녁에 만나서 술이나 한잔하자는 등의 용무는 없으시냐는 겁니다."

"아! 그건……."

현수는 전혀 생각지 않았던 일이기에 말끝을 흐렸다.

"말 나온 김에 저녁 식사나 같이 하시죠."

"그, 그럼 그럴까요?"

특별히 바쁜 일도 없는데 대놓고 거절할 수 없었기에 얼떨결에 한 승낙이다.

"하하! 네에. 이따 제가 이실리프 무역상사 근처로 가겠습니다. 그러니 저녁 때 어디 가시면 안 됩니다."

"하하, 네에. 알겠습니다."

상대의 의중을 알기에 현수는 기분 좋게 허락했다.

전화를 내려놓고 이런저런 생각을 했다. 월간 5천만 달러씩 수출하는 것도 쉬운 일이 아니기 때문이다.

대한약품에서 1,000만 달러, 듀 닥터 1,000만 달러, 스피드와 엘딕은 많아야 750만 달러 정도일 것이다.

나머지 2,250만 달러를 채워 넣어야 한다.

대기업들은 러시아에서 이미 지사를 내놓은 상태이다. 따라서 재벌사 제품을 제하고 나면 마땅한 것이 없다.

반제품이나 원료는 안 되고, 오로지 완제품만 수입하겠다고 했으니 얼른 찾아내야 하는 상황인 것이다.

그렇기에 인터넷을 두루 살폈지만 마땅한 것이 눈에 뜨이지 않아 조금은 답답했다.

똑, 똑, 똑!

"사장님, 미스터 드미트리께서 오셨습니다."

"아! 그래요? 안으로 모셔주세요."

"네에."

이은정 실장이 나가자 드미트리가 들어선다.

"하하! 반갑습니다."

"네, 어서 오십시오."

자리에 앉자 은정이 차를 내왔다. 한 모금씩 들이키자 드미트리가 웃는 낯으로 묻는다.

"저는 지르코프하곤 아주 친하게 지냈던 사이입니다. 그 친구는 어떻던가요?"

"미스터 지르코프와 친구 사이였습니까?"

"네, 같은 시기에 조직에 발을 들여놓은 동료지요."

"아! 그랬군요. 미스터 지르코프는 아주 좋은 것 같습니다."

드미트리는 그럴 줄 알았다는 듯 고개를 끄덕인다.

"하긴, 그럴 겁니다. 그 친구 자기 관리가 아주 철저하거든요. 그 친구가 잘해드렸지요?"

"하하, 물론입니다. 분에 넘치는 대접을 받았습니다. 다 미스터 드미트리 덕분이군요."

"그게 그렇게 되나요? 아무튼 지르코프가 안부를 여쭤달라고 하더군요. 그리고 불편함은 없으셨는지 알고 싶답니다."

"아! 그랬습니까? 그런 것 없다고 전해주십시오."

현수는 의례적인 말일 거라 생각했다. 하지만 드미트리의 말은 사실이다.

현수가 영국으로 떠난 다음 날 지르코프는 드미트리에게 국제 전화를 걸었다. 그리곤 현수가 잘 도착했는지 물었다.

영국에서의 일정이 딱 하루라는 말을 했던 때문이다.

아무튼 드미트리가 아직은 귀국하지 않았다고 하자 도착하는 대로 안부를 물어달라고 했다.

드미트리는 노보로시스크 지역 전체를 관할하는 레드 마피아의 보스가 대체 왜 이러나 싶었다.

휘하에 적어도 2,000명이 넘는 조직원을 데리고 있으니 이렇게까지 저자세를 취할 필요는 없기 때문이다.

알고 보니 그날 오전 지르코프는 모스크바의 보스 알렉세이 이바노비치로부터 전화 한 통을 받았다.

현수의 하룻밤 상대로 준비시켰던 이리나의 상황을 묻는 내용이다. 물론 잘 있기에 그렇다고 대답을 했다.

보스는 이리나의 안전에 각별히 신경을 쓰고, 불편함이 없도록 잘 보살피라는 명령을 내렸다.

그러면서 현수가 자신의 귀빈이며, 이리나는 그의 여인이기 때문이라는 토를 달았다.

이리나의 입장에서 보면 졸지에 현수의 현지처가 된 것이다.

아무튼 현수에게 명령권은 없다. 하지만 결코 함부로 대할 수 없는 상황이 된 것이다.

하여 드미트리에게 전화까지 한 것이다. 자칫 보스에게 안 좋은 이야기라도 하면 오지로 밀려날 수 있기 때문이다.

"지르코프가 꼭 한번 다시 모시고 싶다고 했습니다."

"네에, 저도 다시 뵙고 싶다고 전해주십시오."

현수는 의례적으로 한 말이었지만 드미트리는 아닌 모양이다. 현수의 말을 받아 적고 있었던 것이다.

"그나저나 웬일로 나를 보자고 한 겁니까?"

"보스로부터 사장님께 새로운 제안 하나를 하라는 지시를 받았습니다."

"모스크바를 지배하시는 그분을 말씀하시는 겁니까?"

"그렇습니다."

"뭐지요?"

"보스께서는 이번에 통관될 컨테이너 숫자를 조금 더 늘릴 수 있는지를 여쭈라 하셨습니다."

"흐음, 그건……."

현수는 뜻밖의 말에 잠시 침묵했다. 이때 드미트리가 은근한 표정을 짓고는 조금 다가왔는다.

"김 사장님! 늘어날 컨테이너의 숫자는 대략 50여 개입니다. 안에 담길 것은 KA－52 Alligator Hokum B 공격헬기 스무 대를 무장시킬 각종 미사일과 포탄이구요."

"그럼 레이저로 유도하는 Kh－25ML 전술 공대지 미사일과 FAB－500 범용폭탄 같은 것들을 또……?"

"네, 차후엔 공급하기 어렵다고 하자 콩고민주공화국 반군 측에서 긴급하게 반입 물량을 늘려달라는 청을 했답니다."

"으으음……!"

CHAPTER 03

레드 마피아의 거듭된 부탁

현수는 부러 침음을 냈다.

저쪽에서 물량을 늘려서 보낸다면 어쩔 수 없이 통관시켜 줘야 한다. 그렇게 못하겠다고 하면 치졸하든 어떻든 보복당할 것이 뻔하기 때문이다.

이런 상황이기에 최대한 많은 것을 얻어낼 요량으로 꾀를 낸 것이다. 이를 완곡한 거절의 의미로 받아들였는지 드미트리가 얼른 말을 잇는다.

"전과 마찬가지로 김현수 사장님께서 직접 확인할 수 있도록 하라는 보스의 지시가 내려졌습니다."

"으으음!"

"또한 이실리프 무역상사와 드모비치 상사와의 거래를 일

년간 연장해 드린다고 합니다."

드모비치 상사는 현수가 생각하는 것보다 훨씬 큰 규모이다.

한국의 종합무역상사인 LG상사의 2011년 매출은 약 14조 원이다. 이 회사는 석유화학 제품, 금속석탄 제품, 에너지 제품, 컴퓨터 주변 기기, 소형 디지털 기기 등을 취급한다.

드모비치 역시 이에 버금한다.

연 매출 120억 달러 정도의 매출을 올리는 거대기업이다.

다만 취급 품목이 약간 다를 뿐이다. 각종 생활용품 및 의약품도 있지만 공산제품과 무기도 있다.

어쨌거나 현수에게서 의약품 등을 수입하는 것은 어차피 있어야 할 일 가운데 하나이다.

게다가 한국산 의약품은 품질이 좋다.

듀 닥터 역시 좋은 제품이다. 엘딕과 스피드도 고품질이다. 지나산처럼 개판인 물건이 아닌 것이다. 그러므로 드모비치 상사로선 오히려 거래하자고 달려들 상황인 것이다.

따라서 이실리프 무역상사와의 거래 연장은 손해 보는 일이 아니다. 오히려 다른 거래선을 찾아야 하는 번거로움이 없으니 드모비치 상사로도 이득인 것이다.

"미스터 드미트리!"

"네, 김현수 사장님."

드미트리의 태도는 이전과 확실히 달랐다. 전에도 예를 갖추기는 했으나 지금처럼 공손한 태도는 보이지 않았다.

오히려 약간을 깔보는 듯한 거만함이 있었다. 하지만 지금은 그런 느낌이 전혀 없다.

보스의 귀빈이 되었기 때문일 것이다.

"참, 까먹고 말을 안 했는데 이번에도 노보로시스크로 가셔서 확인하시게 될 겁니다."

"으음, 그건……."

현수는 언제든 다시 러시아로 가게 되면 이리냐를 취하기로 약속했다. 그렇기에 잠시 말을 잃었다.

어찌할 것인가를 생각해야 하기 때문이다.

사내로서 약속을 했다. 그런데 한 입으로 두말할 수는 없다. 따라서 노보로시스크는 절대 가서는 안 될 곳이다.

"그건 좋은데 노보로시스크가 아닌 다른 곳에서 보내는 방법은 없습니까?"

"왜 그러십니까? 혹시 지르코프 그 녀석이 김 사장님께 무례를 범해서 거긴 가고 싶지 않은 겁니까?"

당장에라도 지르코프를 어찌하려는지 드미트리의 얼굴이 붉게 달아올랐다.

"아, 그건 아닙니다. 미스터 지르코프는 제게 융숭한 대접을 해주었습니다."

"그런데 왜……?"

"그냥, 그럴 수 있는지 알고 싶어서 그럽니다. 상트페테르부르크(Saint Petersburg)도 항구이지 않습니까?"

"그렇기는 합니다. 하나 보스의 지시에 따라 이미 노보로시스크로 모두 보내지는 중입니다. 만일 김 사장님 뜻대로 상트

페테르부르크에서 선적하려면 많은 시일과 돈이 들어서……."

드미트리는 말끝을 잇지 못했다. 생각만 해도 복잡한 일이 많을 것 같았기 때문이다.

현수 역시 굳이 물어보지 않아도 불편한 일이 많을 것이란 생각이다. 그렇기에 잠시 말을 끊었다.

몸이 단 드미트리가 다시 입을 연다.

"반드시 그렇게 해달라고 하시면 그렇게 해드릴 겁니다. 아마도……! 그런데 그 이유가 뭔지 말씀해 주셔야 하지 않겠습니까? 그래야 저도 보스에게……."

"아닙니다. 그냥 그렇게 합시다. 나 하나 때문에 너무 번거로운 일이 벌어지는 걸 원치 않습니다."

"아! 그렇습니까? 그렇다면 다행입니다."

드미트리의 얼굴은 언제 붉었느냐는 듯 환한 웃음으로 채워졌다. 보스로부터 칭찬받을 일을 생각한 때문이다.

사실 알렉세이 이바노비치는 이번 청을 현수가 받아들이지 않을 수도 있다 생각을 했다.

위험부담이 커지면 자칫 천지건설과 천지약품에 큰 해가 되는 일이 될 수 있다는 것을 잘 알기 때문이다.

그렇기에 현수가 받아들이면 좋고, 못하겠다고 하면 굳이 강요하지 말라고 했다.

콩고민주공화국 반군들에게 요청을 받아들이기 어렵다는 회신을 보내주기만 하면 되기 때문이다.

어느 틈인지 드미트리는 노트북을 꺼내서 무언가를 입력하고 있다. 보스에게 임무를 완수했음을 보고하는 것일 것이다.

현수는 잠시 그 모양을 두고만 보았다. 이윽고 입력을 마치고 고개를 든다.

"미스터 드미트리!"

"네, 김 사장님."

"나도 보스에게 청이 있다고 전해주시겠소?"

"아! 그렇습니까? 말씀만 하십시오."

"케이먼 제도의 은행에 돈이 좀 있습니다. 보스께 말씀드려 세탁을 해주십시오."

"그렇습니까? 그건 뭐 별로 어려운 일이 아니군요. 그런데 액수는 얼마나 됩니까?"

"1억 2,700만 달러 정도 됩니다."

"휘유, 엄청난 거금이군요. 시간이 조금 걸리겠습니다."

생각보다 큰돈인지 드미트리가 움찔한다. 하나 잠시였다. 메신저에 뭔가 입력하더니 이내 자신만만한 표정이 된다.

"세탁한 돈은 어디로 보내 드릴까요?"

"콩고민주공화국에 있는 계좌로 넣어주십시오."

"알겠습니다. 언제든 송금만 해주시면 곧바로 처리해 드리겠습니다. 다만 약간의 비용이 발생될 수 있습니다."

"그건 그렇겠죠. 기꺼이 지불하겠습니다."

드미트리는 메신저로 무언가를 입력했다. 방금 현수가 말한 내용일 것이다. 입력 후 답변을 기다리는 동안 물었다.

"그런데 국제 금융전산망을 이용하면 자금을 세탁하더라도 추적이 되겠지요?"

"대부분의 경우는 그렇습니다. 하나 우리 조직의 계좌로 들어온 돈은 추적이 불가능합니다. 왜 그런지는 아시지요?"

"그렇겠군요. 안심이 됩니다."

현수는 지체없이 고개를 끄덕였다. 러시아 정부조차 건드리지 못하는 것이 레드 마피아이다.

세정파가 어떤 계좌로 돈이 움직였는지를 알아낸다 하더라도 입조차 열지 못할 것이다. 한국의 일개 조폭 조직과 레드 마피아는 아예 비교 대상이 아니기 때문이다.

아무튼 1억 2,700만 달러는 레드마파아의 계좌로 들어가게 된다. 그렇게 또 몇몇 계좌를 거치는 동안 이합집산을 반복할 것이다. 그리곤 최종적으로 콩고민주공화국에서 개설한 계좌로 들어갈 것이다.

금융실명제가 아직 실시되지 않기에 누구의 이름으로 계좌를 만들던 상관이 없을 것이다.

이렇게 되면 한국으로 돈이 들어오는 것이 아니기 때문에 출처를 밝힐 이유도 없다. 물론 세금도 없다.

콩고민주공화국 입장에서는 외화가 들어와 투자되는 것이니 쌍수를 들고 환영할 일이다.

그 돈은 이실리프 농장 및 축산단지 등을 조성하는 자금이 될 것이기 때문이다. 그리고 그 돈 가운데 상당 부분은 콩고민주공화국 국민들을 위해 쓰여질 것이다.

"흐음, 보스로부터 전갈이 있습니다. 김 사장님은 귀빈이시니 특별히 수수료 없이 세탁해서 드리라고 하는군요."

"아! 그래요? 고맙다고 전해주십시오."

"네, 잠깐만요."

돈세탁의 경우 적게는 6~7%, 많게는 30~40%가 비용으로 차감된다. 이것 역시 레드 마피아의 일 가운데 하나이다.

엄청난 거금을 세탁하는 것인지라 수수료만 해도 엄청나다. 그런데 보스는 그걸 받지 않겠다고 한다.

현수를 어찌 생각하는지 알 수 있다. 그렇기에 드미트리의 표정은 더욱 조심스러워졌다.

"보스께서 귀빈인 김 사장님의 일인데 어찌 수수료를 받을 수 있겠느냐고 하셨습니다. 아울러 조만간 술이나 한잔 같이 하자고 하십니다."

"그래요? 새삼 고맙다고 전해주시고, 저도 그렇게 생각하고 있다고 말씀 전해주십시오."

"네, 사장님!"

사람들은 잘 모르지만 레드 마피아는 한국에도 있다. 부산을 거점으로 조금씩 영역 확장 중이다.

그런 레드 마피아의 한국지부장이 드미트리이다. 그런데 지금 현수의 하수인이라도 된 양 시키는 대로 하고 있다.

"여기, 케이먼 제도 율리우스 바에르 은행의 계좌번호와 비밀번호입니다. 여기서 돈을 인출하시면 됩니다."

"네, 알겠습니다. 신속히 처리해 드리겠습니다."

쪽지를 받아 든 드미트리는 황급히 나갔다. 이건 인터넷으로 어찌할 것이 아니기 때문이다.

드미트리가 나간 후 현수는 은정을 불렀다. 그리곤 회복 포션 한 병을 건넸다.

"이 실장님, 이거 되게 중요한 겁니다. 대한약품으로 가서 민윤서 사장님에게 전해주고 오세요. 반드시 본인에게 넘겨야 합니다. 아셨죠?"

"네, 대한약품 민윤서 사장님 본인에게 건네 드리겠습니다."

이은정 실장이 외출한 후 민주영을 불러들였다. 그리곤 추가로 수출할 품목 선정에 관한 논의를 했다.

하지만 마땅한 것이 없었다.

민주영은 성과가 없음이 미안한지 다시 한 번 각종 아이디어 상품이 전시되어 있는 COEX의 전시장으로 나갔다.

수진과 지혜는 각각 제약사와 창고로 나가 있어 사무실이 텅 비었다.

현수는 사무실을 거닐면서 마땅한 수출 품목을 생각해 보았다.

일반적인 공산품보다는 한국에서만 만들어낼 수 있는 것이어야 한다.

그리고 러시아와 콩고민주공화국에서 필요로 하는 것이어야 한다. 아울러 많은 수요가 있어야 한다.

이런저런 생각을 하던 중 요의가 느껴져 화장실로 갔다.

새 건물이라 깨끗하다. 게다가 남자용 화장실은 현수 혼자 사용하기에 더러울 수가 없다.

용변을 마치고 손을 씻으러 세면기로 다가갔다.

한 번도 사용하지 않은 비누가 보인다. 옆에는 정갈하게 개어진 수건들이 놓여 있다. 그리고 자외선 살균장치 속에 칫솔이 보인다. 곁에는 치약도 있다.

아무 생각 없이 손을 씻고, 수건으로 물기를 제거한 현수는 거울 속의 제 모습을 보고는 뒤돌아섰다. 그리고 한발을 내디디려다 뒤로 돌아섰다.

현수의 시선은 칫솔에 고정되어 있었다. 그 순간 스치는 상념이 있었다.

'맞아!'

현수는 얼른 사무실로 돌아와 인터넷 검색을 시작했다.

그 결과 러시아 사람들도 치과 질환 때문에 고통을 겪는다는 것을 알게 되었다.

반면 콩고민주공화국 사람들은 치과의사를 만나기 힘들어 그 지독한 고통을 생으로 견뎌내고 있다.

자료를 더 조사하여 다음과 같은 것을 알아냈다.

모든 사람의 입안에는 스트렙토코커스 뮤탄스(Streptococus Mutans)라는 박테리아가 살고 있다.

이놈은 치아 사이에 낀 음식물을 흡수해 포도당을 발효시킨다. 이때 만들어진 젖산 같은 여러 종류의 유기산이 치아를 손상시켜 충치가 생긴다.

특히 이 박테리아가 치아 표면에 들러붙어 프라그를 만들면 충치뿐 아니라 잇몸 질환까지 일으킬 수 있다.

"그러니까 이놈만 지속적으로 제거할 수 있으면 충치를 예방할 수 있는 거지?"

현수 역시 어린 시절 충치 때문에 여러 번 치과 신세를 졌다. 그때 '위이이잉!' 하며 돌아가는 치과 드릴 소리를 상기하면 너무도 끔찍하여 몸서리가 쳐진다.

만일 충치가 생기지 않게 하는 상품을 만들어낸다면 떼돈 버는 건 순식간일 거라는 생각을 했다.

물론 치과의사들은 몹시 싫어할 것이다.

'흐음, 그런데 어떻게 해서 충치를 예방하지?'

많은 의서들을 읽었지만 의약품을 만들어낼 능력은 없다. 문득 포션이 생각났다.

원래의 상태로 되돌리는 능력이 있으니 충치 예방에 효과가 있을 듯하다. 하나 대량생산하기엔 역부족이다.

"마법은 어떨까? 입안에 들어온 박테리아와 바이러스만 박멸하면 되지 않을까? 근데 어떻게 만들지?"

일정 범위 내의 생명체를 말살하는 마법은 있다. 문제는 살아 있는 세포까지 죽이게 된다는 것이다.

따라서 새로운 마법을 창안해 내야 한다. 그런데 스트렙토 어쩌구로 시작되는 그 박테리아에 대해 아는 바가 없다.

"흐으음, 쉬운 일이 아니군."

전문적인 지식이 없기에 단편적인 생각만으론 신상품이 개발될 수가 없다. 그렇기에 현수는 고개를 설레설레 내저었다.
만만한 일이 아니라는 생각 때문이다.
그러다 문득 칫솔을 떠올렸다.
'칫솔에 마법진을 그려 넣으면 어떨까?
하지만 마땅한 마법이 없다.
현수는 볼펜으로 수첩을 탁탁 두드리며 상념에 잠겼다. 잘 만 생각해 내면 뭔가가 있을 것 같기 때문이다.
그러던 중 에어컨에 시선이 갔다. 출국 전에는 없던 것이다.
"저걸 언제 설치했지?"
에어컨은 현수가 앉은 의자를 기준으로 보았을 때 좌측에 달려 있다. 이렇게 되면 업무 보는 내내 왼쪽으로부터 찬바람이 불어온다.
"저걸 딴 데는 못 다나?"
새삼스레 사무실을 둘러보았다. 그 결과 에어컨이 왜 거기에 달려 있는지 이해가 된다.
첫째는 실외기와의 거리가 작은 곳이다. 둘째는 콘센트와 가까이 있다.
그러고 보니 실외기는 다른 곳에 놓을 수도 있다. 결국 콘센트의 위치가 에어컨이 달려 있는 장소를 결정한 것이다.
"이제 본격적인 여름이 될 텐데 찬바람이 늘 왼쪽에서만 온다는 말이지?"
한쪽만 먼저 시원하다면 분명히 몸에 좋지는 않을 것이다. 혹시 다른 장소는 안 되나 싶어 자리에서 일어났다. 그런데 아무리 봐도 에어컨이 설치될 곳은 그곳뿐이다.

다른 곳에 달려면 전선이 추가로 필요하기 때문이다. 그렇게 되면 결코 보기에 좋지 않을 것이다.

이때 책상 위의 컴퓨터가 보인다. 모니터와 본체, 본체와 프린터, 그리고 각각의 전원 연결선이 보인다.

결코 깔끔하지 않은 모습이다.

인테리어 업자가 나름대로 신경을 쓴다고 써서 길게 늘어진 선을 정리해 놓기는 했다. 그래도 스마트해 보이지는 않는다.

"흐음, 전선이나 연결선이 없으면 훨씬 보기 좋을 텐데."

혼자서 중얼거린 순간 문득 스치는 상념이 있었다.

'만일, 전선을 없앨 수 있다면…….'

문득 스치는 상념이 있어 현수는 '전기의 무선 전송'을 검색해 보았다.

생각대로 이미 기술이 개발되어 있다. 하지만 전압이 극히 낮은 것뿐이다. 예를 들어 인공심박기에 전기를 공급하는 장치 등이다. 이밖에도 공명현상을 이용하여 2m 정도 떨어진 곳의 전구의 불이 들어오게 하는 장치도 있다.

현수는 더 먼 거리에서도 전기를 무선으로 보낼 방법은 없나 고심하기 시작했다.

중학교 기술 시간에 라디오의 기본 원리에 대해 배운다.

멀리까지 전달되지 못하는 음파를 음성신호로 바꾸어 주파수가 높은 전파와 함께 보내면 라디오에서 이 전파를 받아서 다시 음성신호를 분리해서 소리로 바꾼다.

사람의 목소리조차 무선으로 전송 가능한데 어찌 전기라 하여 불가능하겠는가!

콘센트에서 전기를 전파로 바꾸어 전송하고, 가전제품이 이를 받아들여 전기로 변환할 수만 있다면 일대 혁명이 빚어질 수 있다.

모든 가전제품에 달려 있는 전선과 플러그가 필요없어지는 것이다. 플러그가 콘센트에 꼽히지 않는다는 것은 불필요한 대기전력을 제로로 만들 수 있음을 의미한다.

가뜩이나 에너지 때문에 문제가 많은 요즘 이런 것이 개발되기만 하면 엄청난 돈을 벌어들일 수 있게 된다.

물론 국가적으로도 막대한 이득이다. 전기의 원료가 되는 비싼 원유의 수입이 줄어들 것이기 때문이다.

하지만 선결해야 할 문제가 있다.

콘센트와 각각의 가전제품이 같은 코드일 때만 전기가 전송되도록 하여야 한다는 것이다.

그렇지 않으면 이웃집에서 내 집 전기를 쓰게 되는 일이 벌어지기 때문이다.

"흐음, 이건 동조와 검파, 그리고 변조와 증폭에 대한 공부가 필요한 일이군."

현수는 즉시 인터넷을 뒤져 관련 서적들을 주문했다. 본인이 직접 공부하여 만들어볼 생각을 한 것이다.

"하지만 이건 당장 상품화 될 수 있는 게 아냐. 그렇다면 뭔가 다른 게 필요한데……. 맞아, 그거!"

현수의 뇌리에 문득 떠오른 생각은 콩고민주공화국은 몹시 덥고, 러시아의 겨울은 몹시 춥다는 것이다.

민주영에게 좋은 뜻으로 선사한 조끼엔 항온 기능이 부여되어 있다.

만일 비슷한 기능을 하는 의복을 만들어낸다면 콩고민주공화국에서도 시원하게 지낼 수 있고, 러시아의 혹독한 추위도 견뎌낼 수 있게 된다.

또 다시 인터넷을 뒤졌다. 생각대로 아이디어 상품이 이미 존재하고 있다.

얼음조끼와 발열조끼가 바로 그것이다.

발열조끼의 경우는 탄소섬유를 이용한 면상발열체를 사용하는 것이다. 이것 자체만으로도 제법 무게가 나간다.

여기에 100~200g짜리 배터리를 달고 다녀야 하는 불편함이 있다. 100g짜리는 네 시간, 200g짜리는 열 시간 동안 열을 발생시킨다고 되어 있다.

얼음조끼의 경우엔 특수냉매가 담긴 아이스팩을 사용한다. 그렇기에 이것 역시 적지 않은 무게가 나간다.

그리고 하루 종일 시원한 것도 아니다. 어떤 것은 냉장고에 넣어야 하는 것도 있다.

천천히 상품 검색을 마친 현수는 골똘한 생각에 잠겼다.

입안의 박테리아를 박멸할 마법은 어렵지만 항온 기능을 가진 조끼를 만드는 것은 어렵지 않을 것이란 생각 때문이다.

실제로 일정 범위 내의 생명체를 말살시키는 마법이 있다.

오거니즘 익스터미네이션(Organism Extermination)이 그중 하나이다. 이것은 생명체 말살 마법이다.

현수가 콩고민주공화국에 머물렀을 때 아나콘다에게 먹힌 후투족 소년의 주검을 꺼내서 준 적이 있다.

그때 후투족 족장 므와섬이 원수인 아나콘다의 살을 대충 익혀서 주었을 때 이 마법을 구현시켰다.

혹시 있을지 모를 기생충을 없애기 위함이다.

7써클 마스터인 현재 이것을 스무 번 정도 구현시키면 마나가 모두 소진된다. 그만큼 많은 마나가 필요한 마법이다.

이런 것을 어찌 상품에 적용시킬 수 있겠는가!

마나 소모량으로만 따진다면 차라리 리커버리나 컴플리트 힐을 인챈트한 아티팩트를 만들어 파는 것이 훨씬 나을 것이다.

이밖에 일정 범위 내의 모든 생명체를 박멸시킨다는 익스터미네이션(Extermination)이란 마법도 있다.

이것은 궁극 마법 중 하나인 파워 워드 킬(Power Word Kill)의 축소판이다. 그리고 이 마법은 9써클이 되어야 쓸 수 있다.

현재로선 꿈도 못 꿀 마법이다.

하지만 현수가 콩고민주공화국에 갔을 때 사용한 컴퍼터블 템퍼러처는 3써클 마법으로 많은 마나가 소모되는 것이 아니다.

"흐음, 작은 금속에 마법진을 그려 넣으면 될까? 그런데 빨래를 하면 안 되잖아. 어떻게 하지?"

마법진을 그려놓고 작은 마나석을 박으면 마법은 구현될 것이다. 문제는 이걸 세탁하는 과정에서 마나석이 빠져나가게 될 수 있다는 것이다.

그러면 아무런 효과도 없을 것이다. 지구엔 마나가 워낙 희박하기 때문이다.

"흐음, 어떻게 하면 될까?"

현수는 기약없는 서핑을 시작했다. 아이디어를 얻기 위함이다. 그러던 중 호박이 만들어지는 동영상을 보게 되었다.

호박은 소나무나 전나무 등 침엽수의 수액이 몇 천, 몇 만 년 이상 열과 압력을 받아 생긴 보석의 일종이다.

스티븐 스필버그 감독의 쥬라기 공원이란 영화를 보면 호박 속에 갇힌 모기의 몸속에서 혈액 샘플을 얻어 공룡을 만들어 내는 것으로 나온다.

"혹시 단추로 만들면……?"

현수는 인테리어 공사를 하고 남겨둔 글루건[1]을 꺼내왔다.

잠시 후, 시험 삼아 제작한 마법진을 녹인 글루건 심으로 감쌌다. 효과를 알기 위해 일단 1㎝ 두께였다.

마법진은 얇은 스테인리스 철판을 썼으며, 실패를 감안하여 최하급 마나석을 박은 것이다.

마법진에 그려진 마법은 당연히 컴퍼터블 템퍼러처이다.

"될까? 됐으면 좋겠는데……."

---

1) 글루건(Glue gun):PVC의 일종인 플라스틱 환봉(글루건 심)을 전용 기구에 넣고, 전기로 가열을 하여 녹인 PVC를 접착제로 사용하는 장치.

현수는 냉온수기에서 따라 온 차가운 물속에 둥그렇게 굳은 것을 넣었다. 그리곤 아공간에서 온도계를 꺼냈다.

수족관 관련 제품을 파는 곳에 진열되어 있던 것이다.

처음 수온은 6° 였다. 그런데 천천히 온도가 올라가기 시작한다. 잠시 후 수온은 25° 가 되었고, 더 이상의 변화는 없었다. 마법진에 온도를 그것으로 정한 결과이다.

이번엔 뜨거운 물을 떠왔다. 처음 온도는 85° 였다. 그런데 천천히 온도가 내려간다. 그리곤 25° 에서 고정되었다.

자신의 생각이 맞아떨어졌다고 생각한 현수는 흐뭇하다는 표정을 지었다.

그리곤 즉시 다음 작업에 착수했다.

이번엔 39° 이다. 다시 시험해 보니 차가웠던 물과 뜨거웠던 물 모두 39° 가 되었다.

이때의 실내 기온은 26.3° 이다. 비가 내려 비교적 온도가 낮은 것이다.

“좋아, 이제 이 온도가 얼마나 유지되는지 보자.”

조심스럽게 물컵을 밀어놓은 현수는 스케치를 시작했다. 가장 효율이 좋은 마법진을 구상하기 위함이다.

그렇게 시간이 흘렀다.

똑, 똑, 똑!

“사장님! 대한약품 민윤서 사장님께서 오셨습니다.”

“응? 벌써 시간이……? 이런, 벌써 6시 반이나 되었네. 어서 안으로 모시세요.”

"네에!"

"김 사장님! 저 왔습니다."

"네, 민 사장님! 어서 오십시오."

"근데 뭘 그렇게 그리고 계십니까?"

민윤서는 호기심에 현수의 스케치를 보려 했다. 하나 어찌 보여줄 수 있겠는가!

"에구, 심심해서 그린 낙서입니다."

"그래요? 아닌 것 같은데요?"

얼핏 보기에도 상당히 기하학적인 그림이었기에 대체 무슨 그림일까 싶다.

하나 캐물을 수는 없기에 그냥 고개만 끄덕였다. 이런 때 가만히 있으면 뭔가 이상하다는 생각을 할 수 있다.

그렇기에 내키지 않지만 밝힌다는 표정을 지었다.

"사실은 신상품 개발을 해볼까 싶어서 스케치해 본 겁니다."

"아! 그래요?"

"근데 조금 일찍 오셨습니다."

"네에, 오늘 우리가 갈 데가 조금 멀거든요."

"그래요?"

"자아, 특별히 할 일이 있는 게 아니면 출발하실까요?"

"차 한 잔도 안 마시고요?"

"네에. 그러니 가시죠."

현수는 물컵을 치우지 말라는 메모를 써놓고 일어났다.

민윤서 사장이 운전하는 차에 올라탄 현수는 대체 어딜 가는 것이냐고 물었지만 가보면 안다면서 웃기만 했다.

그러는 사이에 주위 풍경이 달라졌다. 아파트와 빌딩은 사라지고 온통 푸르른 초목들만 보이는 곳으로 접어든 것이다.

스치듯 보이는 도로표지판엔 용문산 자연휴양림 3㎞라 쓰여 있었다.

“여기 양평입니까?”

“네, 이제 조금만 더 가면 됩니다.”

민윤서 사장이 운전한 차가 당도한 곳은 아담한 전원주택이었다. 산 중턱을 깎아 조성한 곳에 위치한 이 집은 한마디로 그림 같은 집이다.

너른 잔디밭에 징검다리처럼 박힌 돌, 사방을 둘러싼 울창한 수목, 곳곳에 배치된 석조 조형물 등 아주 잘 꾸며져 있다.

“여기가 어딥니까?”

“우리 집입니다.”

“네에? 이런……. 빈손으로 왔는데.”

현수네 집 살림은 어렵다. 하지만 누군가의 집을 방문할 때엔 빈손으로 가지 말라는 교육 정도는 받았다.

그렇기에 당혹스럽다는 표정을 지었다.

“하하, 괜찮습니다. 저흰 그런 거 신경 안 씁니다.”

“그래도……!”

“자자, 안으로 드십시오.”

민 사장의 뒤를 따라 현관 안으로 들어가자 눈부신 미모의 여인이 고개 숙여 인사를 한다.

"어서 오세요. 김 사장님! 저희 집에 오신 걸 환영합니다."

"아! 네에. 근데 어쩌죠? 민 사장님에게 납치되어 오느라 그만 빈손으로 오게 되었습니다."

"어머, 아니에요. 김 사장님 덕에 저희 집에 덮여 있던 먹구름이 지워진 것만으로도 충분히 감사합니다."

"어쨌든 반갑습니다. 김현수입니다."

"네에, 전 윤영지라 합니다. 자, 안으로 드시지요."

"네에. 그럼 실례하겠습니다."

민 사장의 뒤를 따라 가는 동안 현수는 실내를 살필 수 있었다. 손님이 온다하여 그러는지 모든 불이 밝혀져 있었다.

민윤서 사장의 집을 한마디로 평가하자면 깔끔함과 우아함이다. 집기 하나하나에 신경을 쓴 것이 분명했다.

"이런……!"

식탁에 당도하니 그야말로 진수성찬으로 뒤덮여 있다.

"그간 제대로 된 식사 한번 대접하지 못해 안사람에게 부탁을 했습니다. 김 사장님 입맛에 맞을지 모르겠습니다."

"아이구, 이렇게나 많이……. 고맙습니다. 잘 먹겠습니다."

현수는 거듭된 겸양을 보이기보다는 소탈한 본 모습이 낫겠다 싶었다. 그렇기에 사양치 않고 자리에 앉았다.

맞은편엔 민윤서 사장과 그의 부인이 앉았다. 식사 시중을 들어야 한다는 걸 억지로 앉힌 것이다.

"그러고 보니 사모님을 어디서 뵌 듯합니다. 흐음, 제가 아는 분은 분명 아닐 텐데……."

"하하, 이 사람은 한때 연예인이었지요."

"아! 그렇군요. 맞아요. 많이 뵈었습니다. 아이고, 이거 정말 반갑습니다."

윤영지는 한때 초특급 탤런트였다.

20대 초반에 데뷔하여 서른 가까운 나이까지 활동했다.

장안의 인기를 끌던 드라마의 주연이었으며, TV만 틀면 각종 CF에 등장했었다. 그러다 결혼과 동시에 은퇴한 것이다.

"알아봐 주시니 고맙네요."

"네에, 여전히 아름다우십니다."

현수는 입에서 살살 녹는 갖가지 음식을 먹어보는 호사를 누렸다. 그러는 동안 도우미 아주머니가 수시로 주방을 드나들며 부족한 음식을 채워 놓았다.

식사하는 내내 화기애애한 분위기였다. 하긴 그렇지 않을 이유가 없다.

민 사장의 경우엔 경영권 다툼이랄지, 계속되는 대한동물의 약품의 적자, 그리고 사방에서 조여드는 자금 압박 등으로 상당히 많은 스트레스를 받던 중이다.

이 모든 것이 해결되었을 뿐만 아니라 잘 나가고 있다. 따라서 현수가 은인이 되는 셈이다.

현수 역시 민 사장과의 돈독한 관계가 좋다.

인간성 좋고, 도덕적이며, 양심까지 있는 부자는 찾아보기 힘든 세상이다. 그런데 민 사장이 딱 그렇다. 여기에 호감까지

가는 얼굴이기도 하다.

약 한 시간 반에 걸친 식사가 끝날 무렵 윤영지의 얼굴이 살짝 찡그려진다.

CHAPTER 04
누구나 고민은 있다

"여보……!"

"그래, 먼저 안으로 들어가 쉬어."

"……?"

"김 사장님, 집 사람 몸이 좋지 않은가 봅니다."

"아……! 그러세요?"

양해를 구한 윤영지가 방으로 들어갔다.

"솔직히 저 사람이 요즘 조금 아픕니다. 그런데 오늘 무리를 한 모양이에요."

"에구……."

현수 입장에서 무어라 하겠는가! 자신을 접대하기 위해 아픈 몸을 이끌고 무리를 했다는데. 그렇기에 나직한 침음만 냈다.

"자, 자리를 옮길까요?"

"네, 그러시죠."

응접실로 자리를 옮기자 후식으로 홍차를 내왔다.

홍차는 노화 억제, 충치 예방, 피로 회복, 중금속 해독, 골다공증 예방 및 다이어트 효능이 있는 차이다. 이는 홍차에 함유된 폴리페놀, 불소 성분 등이 있기 때문이다.

"근데 사모님은 무슨 병에 걸리신 겁니까?"

"휴우……! 작년에 진단을 받았는데 병원에선 중증근무력증(Myasthenia Gravis) 초기라고 하더군요."

현수는 중증근무력증과 관련된 기억을 더듬었다.

이것은 뇌와 근육의 신경 교류가 잘 이루어지지 않아서 생기는 신경근 장애로서 대체로 서서히 진행된다.

호흡기 감염과 정신적 스트레스는 증상을 크게 악화시키는 요인이 된다. 사망률은 발병 첫해에 가장 높다.

"으으음……!"

"다른 병원 두 군데를 더 다녀봤는데 모두 같은 의견이었습니다. 그마나 그동안 어려웠던 문제들이 해결되면서 조금 좋아졌었는데 오늘 무리했나 봅니다."

"미안합니다. 괜히 저 때문에……."

"아닙니다. 집 사람이 김 사장님께 고마운 마음을 표하고 싶다고 자청한 겁니다. 그러니 부담 갖지 마십시오."

"네에, 그러셨군요."

아픈 몸을 이끌고 자신을 위해 음식 준비를 했을 윤영지를 떠올린 현수는 망설였다. 어쩌면 리커버리 마법 한 방으로 해결될 수 있을 것이란 생각을 한 때문이다.

"뭘 그리 생각하십니까?"

"네? 아, 네에. 아무것도 아닙니다."

잠시 멍한 표정을 짓고 있던 현수는 얼른 정색했다.

맞은편에 앉은 민윤서 사장은 여전히 사람 좋은 미소를 짓고 있었다.

"근데 집이 참 좋습니다."

"아! 이 집이요? 선친께서 공들여 가꾼 집이지요."

"그러셨군요."

현수는 고개를 끄덕이며 사방을 둘러보았다.

"집 구경 해보시겠습니까?"

"하하, 네에. 구경시켜 주시면 저야 좋지요."

민윤서 사장의 뒤를 따라 여러 곳을 보았다.

그러는 동안 윤영지의 한창 때와 결혼 직후, 그리고 그 이후의 사진들을 볼 수 있었다.

선남선녀의 결혼이었기에 보기에 좋았다.

"집 사람은 너무 좋아해서 제가 3년을 쫓아다녔습니다. 그래서 결혼에 성공했지요."

이야길 들어보니 민윤서는 윤영지를 좋아했다. 그런데 만날 방법이 없었다. 하여 생전 하지도 않던 CF를 기획했다.

당연히 윤영지가 섭외되었다. 그녀 이외의 모델은 아예 생각조차 않았으니 당연한 일이다.

민유서의 입장에선 텔레비전에서만 보면 여인을 실물로 만나게 된 것이다.

다른 사람 같으면 광고를 빌미로 수시로 연락하거나 집적거렸을 것이다. 하지만 민윤서는 그러지 않았다.

광고 계약이 종료될 때까지 단 한 번의 전화도 하지 않았다. 그러다가 윤영지에게 전화를 걸었던 것이다. 그리곤 만나달라는 청을 했다. 그때부터 연애가 시작되었다.

윤영지는 스타답지 않게 소탈했고, 까탈스럽지도 않았다.

민윤서는 최선을 다한 구애를 했고, 그 결과 결혼을 승낙받았다. 신혼여행을 다녀왔고, 일 년만에 득남도 했다.

이때까지는 행복했다. 그런데 부친의 사후 경영권 도전을 받고, 자금 사정이 악화되면서부터 암운이 드리우기 시작했다.

그때의 스트레스 때문인지 윤영지는 시름시름 앓았다.

원인을 알기 위해 병원을 가게 되었고, 중증근무력증이 시작되었다는 진단을 받은 것이다.

말은 마친 민윤서의 표정에선 밝음이 사라졌다. 현재로선 중증근무력증을 치료할 방법이 없다. 다시 말해 불치병이다.

점점 병세가 심해지다가 때가 되면 목숨을 잃어야 하는 것이다. 사랑하는 아내가 하루하루 악화되는데 마음 편할 사내가 누가 있겠는가!

그렇기에 민윤서의 표정은 심하게 어두워졌다.

돈으로도, 사랑으로도 해결할 수 없는 절망적인 난제에 부딪친 상황이기 때문이다.

현수는 민윤서 사장을 위로하고 싶었다. 그런데 갑자기 이상한 말이 튀어나왔다.

"제가, 침술을 좀 배웠는데 진맥 한번 해볼까요?"

"네에……?"

현수는 무역회사 사장이다. 그런데 한의사들이나 시침할 수 있는 침술 운운하기에 반문한 것이다.

한편, 현수는 저도 모르게 꺼낸 말을 주워 담을 수 없어 당황한 상태이다. 하지만 아니라곤 할 수 없었다.

민윤서 사장의 표정 때문이다. 물에 빠지면 지푸라기라도 잡는다는 말이 있다. 지금이 바로 그런 시기이다.

그동안 해볼 것은 다 해본 상태이다. 다시 말해 더 이상 어찌할 방도가 없어 그냥 보고만 있었다.

그렇기에 대체 무슨 소리냐는 표정을 짓고 있었다.

현수는 뛰어난 임기응변이 필요하다 여겼다.

"우연한 기회에 침술을 조금 배웠습니다. 시중의 한의사들과는 궤를 달리하는 분으로부터 사사했지요. 그래서 어쩌면 발병 원인을 알 수 있을지도 모릅니다."

현수가 파악하고 있는 의학 상식 가운데 중증근무력증은 가장 대표적인 면역학적 질환이라 할 수 있다.

신경근 접합부[2] 중 근육 쪽 종판[3]에 대한 자가항체[4]가 나

---

2) 신경근 접합부: 운동 신경의 말단이 근섬유와 접하는 부위.

3) 종판(End plate): 운동 뉴런의 말초에 해당하는 운동 신경이 근육으로 이행하는 부분에 보이는 특수한 장치로 단판이라고도 한다. 신경에서 오는 자극을 근육에 전하는 중요한 곳.

타나서 조직에 손상을 줌으로써 발병하게 되는 것이다.

그러나 이 항체가 왜 나타나는지에 대해서는 아직 원인을 모른다. 다만 흉선[5]과 밀접한 관련이 있는 것으로 여겨진다.

뇌리를 스치는 의학적 상식에 뒤이어 언젠가 읽었던 책의 내용이 떠올랐다.

남아메리카의 원주민이 독화살에 사용하는 큐라레(Curare)라는 물질이 종판에서의 전달을 차단하여 근활동(筋活動)을 마비시킨다는 것이다.

이건 식물에서 추출되는 물질로 알카로이드[6]이다.

'그러니까 중증근무력증은 체내의 이상 때문에 발생되는 거잖아. 혹시 회복 포션으로 해결이 되는 건 아닐까?'

현수가 잠깐 사이에 생각을 정리했을 때 민윤서가 물었다.

"그럼 진맥 한번 해주시겠습니까?"

"제가 진맥을 해도 원인을 찾아내거나 치료하지 못할 수도 있습니다."

---

4) 자가항체(Autoantibody):자기 자신의 세포, 호르몬, 단백질, 조직 등에 대한 항체를 말한다. 정상적인 몸은 어떤 물질이나 외부 생명체(세균, 바이러스, 원충류 등)가 침입하면, 면역 체계가 반응하여 항체를 만들어 내고, 그 항체가 공격하여 여러 면역 반응을 일으키는 것이다. 이렇게 외부물질에 대해서만 반응해야 하는 면역 체계가 엉뚱하게 우리 몸에 대해 반응하여 문제를 일으키는 매개체가 되는 항체를 자가항체라 한다.

5) 흉선(Thymus):흉골의 후방, 심막 및 심장의 대혈관의 앞쪽에 있는 림프 기관.

6) 알카로이드(Alkaloid):식물계에 존재하는 함질소 염기성 화합물로서 동물의 신경계에 영향을 미친다. 카페인, 모르핀, 코카인, 니코틴 등이 잘 알려진 알카로이드이다.

"물론입니다. 어떤 병원에서도 속 시원한 해결책을 내놓지 못했습니다. 그냥 부담 없이 진맥 한번 해주십시오."

"그러지요. 그런데 부인께서 허락해야 하지 않겠습니까?"

"네에, 예서 잠시만 기다려 주십시오."

말을 마친 민윤서는 현수의 대답도 기다리지 않고 총총히 사라졌다. 그리고 얼마 후 다시 나타났다.

"제가 신경 쓰게 해드렸나 보네요."

"아닙니다. 괜히 저 때문에 번거롭게 해드린 것 같아섭니다."

윤영지를 다시 보게 된 현수가 한 말이다.

"아니에요. 오히려 제가 청해야 할 일입니다. 자아, 진맥해 주세요."

"그럼 실례하겠습니다."

맥문에 손을 얹은 현수는 지그시 눈을 감았다. 그리곤 나직이 중얼거렸다.

"마나 디텍션!"

현수의 손끝을 통해 윤영지의 체내로 흘러들어 간 마나는 전신 상황을 보고하기 시작했다.

우선 마나가 건강한 사람에 비해 턱없이 적었다.

그리고 그것의 움직임이 정상적이지 않았다. 곳곳에서 마나의 흐름이 끊기는 곳이 있었던 것이다.

'흐음, 어떻게 마나가 이렇게 적을 수 있지?'

고개를 갸웃거린 현수는 계속해서 마나의 흐름을 살폈다.

그러던 중 뇌 쪽에 뭉쳐 있는 마나를 발견하게 되었다. 그런데 한 군데 몽땅 있는 것이 아니라 여기저기 분산되어 있다.

'혹시 이게 풀리면 나아질까?'

의구심이 들었으나 시도해 보기 전엔 알 수 없는 일이다.

'좋아, 한번 해보자.'

현수는 더 많은 마나를 밀어 넣었다. 그리곤 뭉쳐진 것들이 풀려나가도록 계속해서 두드리고 어루만졌다.

한편 곁에서 지켜보던 민윤서는 땀을 뻘뻘 흘리는 현수를 보곤 한 발짝 물러섰다.

왠지 그래야 할 것만 같았기 때문이다.

애를 썼지만 10분이 지나도록 뭉쳐진 마나는 반응하지 않았다. 현수는 할 수 없이 마나를 회수했다.

마나가 많다고 해서 반드시 좋은 것은 아니기 때문이다.

현재의 윤영지는 불어넣은 마나가 오히려 독이 될 수 있다 판단했기 때문이기도 하다.

"휴우~!"

"괜히 저 때문에 힘만 드신 건 아닌지 모르겠네요."

손수건을 꺼내 땀을 닦자 윤영지가 한 말이다.

현수의 손가락이 맥문 위에 얹히자 왠지 모를 상쾌함을 느꼈었다. 그런데 시간이 지남에 따라 그 상쾌함이 무거움으로 느껴졌다. 실제는 통증이었는데 그것으로 착각한 것이다.

눈을 떠 현수를 살피니 땀을 많이 흘리고 있었다.

상당한 심력을 쓰는가 보다 하여 미동도 않고 진맥이 마쳐

지길 기다렸던 것이다.

"장담할 순 없지만 어쩌면 증상이 완화되도록 할 수 있을지도 모르겠습니다."

"저, 정말입니까?"

물어본 이는 민윤서였다.

"제게 비방으로 전해지는 처방이 있습니다. 그걸로 약을 한 번 만들어보지요."

"김 사장님……!"

"그렇다 하여 완치된다는 보장은 없습니다."

"그래도 괜찮습니다. 이 사람만 좋아진다면……."

눈물까지 글썽이는 모습에 현수는 회복 포션 한 병을 희생시킬 작정을 했다.

어찌 되었든 이젠 동업자나 마찬가지가 된 셈이기 때문이다.

현수가 집 앞에서 내린 시각은 밤 11시경이다.

민윤서가 데려다 준 것이다. 민 사장의 차가 멀어지자 현수는 텔레포트 마법을 구현시켰다.

"텔레포트!"

샤르르르릉—!

현수의 몸이 나타난 곳은 세정빌딩 주차 관리실 지붕 위였다. 락희에 왔을 때 좌표를 확인해 두었던 것이다.

내려와 살펴보니 언제 귀신이 나타났었냐는 듯 락희가 성업 중이다. 12층 세정상사도 불을 환하게 밝혀놓았다.

"후후, 며칠 잠잠하니까 괜찮은가 했나 보지? 슬슬 귀신 놀이를 시작해 볼까? 퍼펙트 트랜스페어런시!"

현수는 지하 1층 락희와 12층 세정상사를 드나들었다. 다른 층에 가지 않은 것은 그곳과는 유감이 없기 때문이다.

잠시 후, 비명 소리에 이어 사람들이 우르르 쏟아져 나온다.

"아아아악! 귀, 귀신이닷!"

"으아아아악! 귀신이야. 사람 살려!"

건물 내의 모든 사람들이 튀어나오는데 걸린 시간은 불과 10분을 넘지 않았다. 얼마 전, 귀신 소동이 있었기에 아주 민감하게 반응한 결과이다.

새벽 1시, 귀가한 현수는 회심의 미소를 지었다. 세정빌딩의 값이 점점 떨어질 것이기 때문이다.

당분간 세정빌딩은 매일 밤마다 귀신 소동이 벌어질 것이다. 물론 지층과 12층이 그 대상이다. 아마 다시는 건물에 발을 들여놓고 싶지 않을 것이다.

다음날 아침, 현수는 울림 네트워크를 방문했다.

"어서 오십시오."

박동현 대표가 반색하며 맞이한다.

"며칠 러시아 출장을 다녀오느라 그간 전화 못 드렸습니다."

"아! 그러셨군요."

그렇지 않아도 박동현 대표는 현수의 전화를 기다렸다.

주문 물량도 확정지어야 하고, 선금으로 준다던 자금이 필요한 상황이기 때문이다.

"우선 스피드에 관한 이야기부터 하지요."

"네, 말씀하십시오."

"자금은 필요하신 만큼 선지원 해드릴 수 있습니다. 그러면 월간 생산대수가 얼마나 될까요?"

"정말 필요한 만큼 선지급 해주실 수 있는 겁니까?"

"아마 그럴 겁니다."

현수가 너무 쉽게 고개를 끄덕이자 박동현 대표는 설마하는 표정을 지었다. 상당히 큰 액수를 부를 참이기 때문이다.

그래도 밑져야 본전이라는 생각에 그간 준비해 놓은 서류를 내놓았다.

"이건 저희 회사가 입안한 계획입니다. 검토해 주십시오."

"네. 그러지요."

현수는 즉시 표지를 넘겨 내용을 살피기 시작했다.

울림 네트워크에서는 월간 최대 생산 대수를 50대로 잡아놓았다. 물론 자금이 충분할 경우이다.

그에 필요한 자금은 약 40억 원이다. 그런데 아무런 담보도 없이 이만한 자금을 선지급할 이유가 없다.

그렇기에 그에 대한 반대급부로 울림 네트워크의 주식 2,380만 주를 담보로 제공한다고 한다.

주가가 워낙 형편없이 떨어져서 액면가 500원짜리 주식의 가치가 168원밖에 되지 않기 때문이다.

아무튼 전체 발행주식의 35.71%에 이르는 양이다.

거래가 원만하게 이루어지는 경우엔 주식에 대한 권리 행사가 제한된다. 그렇지 않을 경우 회사의 경영권이 현수에게 넘어갈 수도 있다. 1대 주주가 되는 셈이기 때문이다.

뒷장을 살펴보니 5억 원 단위로 줄어든 금액을 선지급할 때의 상황이 기록되어 있었다.

현수는 뒤를 읽어보지도 않았다. 그리곤 파일을 덮었다.

박동현 대표의 눈썹이 꿈틀거린다. 애써 준비한 자료를 제대로 보지도 않고 거절하려 한다고 생각한 때문이다.

그러거나 말거나 현수는 시선을 맞췄다.

"그러니까 40억 원을 선지급 해주면 매월 50대씩 납품해 주실 수 있다는 거지요?"

"그렇습니다."

"좋습니다. 지원해 드리지요. 향후 2년간 매월 50대씩 스피드를 납품해 주십시오."

"네……?"

박 대표는 이제부터 밀고 당기기가 시작될 것이라 여겨 잔뜩 긴장하고 있었다. 그런데 너무도 쉽게 결론이 났다.

하여 허무하다는 표정을 짓는다.

현수는 싱긋 미소 지은 뒤 다음 파일을 펼쳤다. 전기 자전거 엘딕에 관한 서류이다.

결론부터 말하자면 10억을 미리 주면 매월 1,000대를 납품한다는 내용이다. 이에 대한 반대급부로 발행 주식의 8.92% 정도 되는 595만 주를 담보로 제공하겠다는 것이다.

이것까지 합치면 지분율 44.63%가 된다.

울림 네트워크가 이번 일에 사활을 걸었음이 분명하다.

"이것도 원안대로 하지요. 앞으로 잘 부탁드립니다."

"네……?"

이번엔 제대로 읽지도 않은 것 같다. 그럼에도 너무도 쉽게 결론이 나자 박 대표는 멍한 표정을 지었다.

사실 이걸 준비하느라고 몇날 며칠을 고심했다.

상대의 마음에 거스르는 것이 없도록 배려를 하면서도 이쪽의 입장을 충분히 견지할 수 있어야 하기 때문이다.

그렇기에 서류를 주면 최소 며칠은 검토하리라 생각했다.

게다가 과연 이런 일이 벌어질 것인지에 대한 의구심도 있었다. 그런데 앉은 자리에서 쑥 한번 훑어보고는 바로 결정해주니 어찌 황당하지 않겠는가!

"약정서 작성을 위해 변호사를 부르고 싶은데 제가 아는 분을 불러도 괜찮으십니까?"

"네……? 아, 네에. 그럼요."

"알겠습니다."

현수는 주효진 변호사에게 전화를 걸었다. 어찌 되었든 그에게 신세졌다 생각한 때문이다.

주 변호사는 마침 가까운 곳에 있었다. 그렇기에 불과 20분만에 얼굴을 볼 수 있었다.

"며칠 만에 뵙는군요."

"네에. 반갑습니다."

"이쪽은 울림 네트워크의 박동현 대표십니다."

"네, 안녕하십니까? 주효진 변호삽니다."

인사를 하고 명함을 주고받았다. 그리곤 곧장 실무로 들어갔다. 내용을 모두 들은 주 변호사는 컴퓨터를 쓰자고 하더니 순식간에 약정서를 만들어왔다.

과연 전문가다운 솜씨이다.

어느 쪽에도 치우치지 않은 공정한 내용인지라 둘 다 고개를 끄덕이고는 곧장 도장을 찍었다.

"박 대표님, 향후 2년간 잘 부탁드립니다."

"물론입니다. 저희 회사의 명운을 걸고 제대로 된 물건들로 납품하겠습니다."

약정서 체결 후 현수는 즉시 돈을 이체시켜 줬다. 영국 엠파이어 카지노에서 송금해 온 돈의 일부를 보낸 것이다.

주 변호사에 대한 수임료 역시 바로 송금했다.

모두가 만족할 거래였기에 셋의 얼굴엔 웃음기가 가득했다.

울림 네트워크를 나와 주차장으로 가는 동안 현수가 물었다.

"변병도 사건은 어떻게 되었습니까?"

"현재 폭행 및 강간죄, 그리고 무고죄로 구속되어 있고, 보좌관들은 협박죄로 조사받는 중입니다."

"변 부의장은 어떻습니까?"

"자리를 내놓고 물러가라는 압력을 받는 중이지요. 자식 하나 잘못 둬서 평생 쌓은 명성을 잃을 지경입니다."

실제로 변 부의장은 구속 위기에 처해 있다.

김세윤 검사에 의해 그간 저지른 비행이 낱낱이 밝혀지는 중이기 때문이다.

조만간 자료수집이 끝나면 기소될 것이고, 김 검사가 펼쳐 놓은 촘촘한 그물을 결코 벗어날 수 없을 것이다.

"그렇군요. 아무튼 수고하셨는데 고맙다는 인사조차 제대로 드리지 못했습니다."

"아닙니다. 변호사로 할 일을 한 것뿐입니다. 또한 아주 명확한 증거 자료는 김 사장님이 준비하지 않았습니까? 저는 그저 장단만 쳤을 뿐입니다."

"그게 그렇게 되나요?"

"그럼요."

둘은 조만간 식사 한번 같이 하자는 말을 끝으로 헤어졌다.

사무실로 돌아온 현수는 다시 골똘한 생각에 잠겼다. 전기선이 없는 가전제품의 실현을 구상하기 위함이다.

그러다 인터넷으로 서적들을 주문했다. 전기공학, 전자공학, 계측제어학에 관한 전문서적들이다.

똑, 똑, 똑!

"사장님!"

"네에."

"이건 결제해 주실 서류이고요. 밖에 손님이 와 계시는데 안으로 모실까요?"

"손님……? 누구죠?"

"변의화 국회부의장님이세요."

"……!"

"어떻게 할까요?"

은정도 변병도의 부친이 변 부의장이라는 것을 알기에 현수의 눈치를 살폈다. 그놈 때문에 팔자에도 없던 유치장 생활을 했다는 것을 알기 때문이다.

"일단 들어오라고 하세요."

"네에."

은정이 나가자 변의화가 안으로 들어선다.

"험험, 바쁜데 불쑥 찾아와서 미안하오."

"네에. 앉으시죠."

"험험, 그러지."

변의화는 신문과 방송에서 보던 모습보다도 더 욕심 사납게 생긴 놈이다. 개기름 줄줄 흐르는 얼굴에 금장 안경을 썼다.

"험험, 폐일언하고 김 사장님께 청이 있어 왔소."

"말씀하십시오."

현수는 연장자이기에 예를 갖췄다.

"내 아들놈, 그거 하나뿐이오. 괘씸하겠지만 원만하게 합의해서 풀려나도록 해주시오."

"……!"

현수가 대답하지 않자 변의화의 눈썹이 꿈틀거린다. 감히 국회 부의장이 하는 말을 씹었다 생각한 모양이다.

"아들놈도 잘못을 인정했소. 그러니 합의를 해주시오."

"아드님 때문에 웨이터 보조가 뇌출혈을 일으켰습니다."

"그 친구는 이미 합의서에 사인을 해주었소."

"의원님의 비서 아가씨는요?"

"흐음, 미스 김 역시 합의했소."

"지출이 많으셨겠습니다."

노회한 정치인인 변의화가 어찌 현수의 말을 이해하지 못하겠는가!

"이제 자네만 합의해 주면 되네. 자넨 다른 이들과 달리 다친 데도 없고 하니 이만 합의해 주게."

"……!"

현수가 대답하지 않자 변의화가 사무실을 둘러보고는 다시 입을 연다.

"콩고민주공화국 쪽으로 의약품 수출업을 한다고 들었네. 나는 이실리프 무역상사가 더 클 수 있도록 도와줄 수 있네. 나이지리아나 이집트에도 아는 친구들이 좀 있거든."

"……!"

현수는 대체 무슨 소리를 더 지껄이는지 두고 보겠다는 심사로 대꾸하지 않았다.

"합의만 해주면 회사가 금방 커질 것이네. 그렇지 않으면 상당히 곤란해질 수도 있지."

"곤란해진다니요?"

"사업을 하다보면 본의 아니게 탈세하는 경우가 있지 않나?"

"지금 제게 합의를 부탁하러 오신 겁니까? 아니면 협박하러 오신 겁니까?"

현수의 어투가 약간 날카롭게 변하자 변의화가 느물느물한 웃음을 짓는다.

"그야, 합의서에 사인을 받기 위해서 왔지. 자, 여기……!"

양복 안주머니에서 꺼내 펼친 종이에는 그날 있었던 일에 대해 일체의 책임을 묻지 않겠다는 내용이 기록되어 있었다.

현수가 내용을 읽어보았다.

청담동 클럽 제이에서 있었던 폭력사건 당사자 간에 원만하게 합의를 하여 민형사상의 책임을 묻지 않겠다는 내용이다.

또한 무고죄로 고소한 것을 취하한다는 내용도 들어 있다.

참 뻔뻔스런 합의서였기에 현수는 할 말을 잃었다. 자신이 저지른 과오에 대해선 한 줄도 없었던 것이다.

"합의금은 섭섭지 않게 주겠네."

돈만 있으면 이 세상에 해결되지 않을 일이 없다는 투이다.

"좋습니다. 합의해 드리지요. 그런데 합의금은 얼마를 주실 수 있습니까?"

"내 그럴 줄 알고 준비했네. 자, 여기……!"

변의화가 내민 봉투의 내용물을 꺼내보니 100만 원짜리 자기앞 수표 서른 장이 들어 있다. 3,000만 원이다.

현수가 떨떠름한 표정을 짓자 변의화가 지갑을 꺼낸다. 그리곤 100만 원짜리 수표 열 장을 더 건넸다.

"이제 더 이상은 곤란하네. 그냥 이 정도로 합의해 주게."

"……! 알겠습니다. 그렇게 하죠."

수표를 받아 챙긴 현수가 합의서에 사인을 했다. 기다렸다는 듯 합의서를 챙긴 변의화가 자리에서 일어난다.

"자아, 난 볼일을 다 보았으니 이만 가겠네."

변의화가 사장실 문을 열려는 순간 현수의 입술이 달싹였다.

"얼웨이즈 텔 더 트루스(Always tell the truth)!"

이제 평생토록 내심에 있는 그대로 이야기하며 살게 된 것이다. 아마 더 이상 정치를 할 수 없을 것이다.

변의화가 나간 후 현수는 주민센터로 이름이 바뀐 동사무소 사회복지과로 전화를 걸었다.

"네에, 사회복지과 길숙희입니다."

"수고 많으십니다. 저는 관내에서 조그만 사업을 하는 사람인데요. 소년소녀 가장을 돕고 싶어서 전화 드렸습니다."

"아! 그러세요?"

확실히 반색하는 기운이 느껴졌다.

"성금을 어떻게 전달해 드리면 되죠?"

"주민센터에 직접 내방하셔도 되고, 계신 곳을 알려주시면 저희가 가도 됩니다."

"그래요? 그럼 조금 있다 방문하겠습니다."

"네, 감사합니다. 참으로 좋은 일 하시는 겁니다."

현수는 4,000만 원 전액을 기탁했다.

사회복지과 길숙희는 자신이 돈을 받는 수혜자가 아님에도 깊이 고개 숙여 감사의 뜻을 전했다.

현수는 남세스러워 얼른 자리를 떴다.

*　　　*　　　*

"어머! 언제 오셨어요?"

업무 때문에 잠깐 자리를 비운 사이에 현수가 도착해 있자 지현이 화들짝 놀라는 표정을 짓는다.

그리곤 곧바로 배시시 미소를 지었다.

"오는데 힘드셨죠? 잠시만요."

지현은 탕비실로 들어가 시원한 주스를 내왔다.

"토마토 주스예요. 몸에 좋다니 많이 드세요."

"하하, 네에."

"잠시만 기다리시면 퇴근해요. 기다려 주실 거죠?"

"당연하죠."

"기다리시기 지루할 테니 이거 보고 계실래요?"

지현이 건넨 것은 요즘 청소년 문제를 다루는 책이다.

학교 폭력, 일진, 왕따, 빵셔틀, 자살, 가출, 게임 중독 등의 구체적인 사례와 그 원인이 서술되어 있는 것이다.

이중 왕따의 경우 720만 초중고 학생 중 약 30만 명이 겪고 있는 것으로 조사되어 있었다.

뒤를 확인해 보니 법무부 발행이다.

현수는 책을 읽는 동안 여러 번 분노를 느꼈다. 타인의 고통 따위는 아랑곳하지 않는 녀석들이 너무 많기 때문이다.

'이런 놈들은 웬만큼 타일러선 말을 듣지 않으니 사회에서 완전히 격리하는 게 더 나을 수도 있어.'

방금 전에 읽은 내용은 잦은 폭행과 금품 갈취로 인해 한 학생이 자살한 것에 대한 것이다.

죽은 아이의 일기를 확인해 보니 2년 동안 무려 322회나 구타를 당했고, 빼앗긴 돈이 500만 원이 넘는다.

돈이 없다고 하면 매를 맞기에 부모의 지갑에서 돈을 꺼냈다는 내용도 있었다.

이틀에 한 번 꼴로 매를 맞았고, 한 번에 15,000원쯤 돈을 빼앗긴 것이다.

배움의 터전이 되어야 할 학교가 지옥이나 다름없는 곳이 되었기에 스스로 몸을 던진 것으로 추정된다.

그런데 가해자는 반성하지 않고 있다. 학교에선 다른 학교로 전학가길 종용했지만 말을 듣지 않고 있다고 한다.

학생인권조례라는 것 때문에 교사는 이런 학생들에게도 체벌을 가할 수 없다. 이런 내용을 알기에 교사에게 대드는 녀석들이 많은 세상이다.

'이런 놈들은 어떻게 해야 말을 들을까?'

현수는 골똘한 생각에 잠겼다.

CHAPTER 05
용서할 수 없는 놈

마법을 써서 바보로 만들어 버리는 것을 가장 먼저 생각했다.

그렇게 하면 최소한 다른 아이들에게 피해를 입히진 않을 것이기 때문이다.

그러나 이미 지은 죄에 대한 징벌 효과는 없다. 반성이나 보상이 없을 것이기 때문이다.

해결방법은 다른 아이들에게 가한 고통을 똑같이 느끼게 하는 것이다. 페인 리플렉스 마법 정도면 될 것이다.

여기에 상대가 입을 정신적 상처를 고려하여 정신을 서서히 붕괴시키는 멘탈 브레이크다운(Mental Breakdown) 마법을 병용하면 충분한 처벌이 될 것이다.

문제를 일으키고도 전혀 반성치 않는 녀석들에겐 세상사는 게 지옥으로 느껴질 마법이 있다.

복합부위통증증후군을 일으키는 컴플렉스 리저널 페인 신드롬(Complex Regional Pain Syndrome) 마법이 그것이다.

인간이 느낄 수 있는 최고의 고통을 맛보게 될 것이다.

그런데 문제가 있다. 현수가 전국의 못된 놈들을 처벌하러 다닐 수는 없다는 것이다.

책을 읽는 이 시간에도 매를 맞는 학생, 돈을 빼앗기는 학생이 있을 것이다.

현수는 분노가 해일처럼 치밀었기에 얼른 책을 덮었다.

계속 읽었다간 모든 일을 때려치우고 학교 폭력을 일삼는 놈들을 잡으러 다닐 것만 같았기 때문이다.

이때 업무 때문에 바쁘게 오가던 지현이 웃음 띤 얼굴로 다가온다.

"벌써 다 보신 건 아닐 거고, 읽어보니 화가 나는 거죠?"

"네, 아직 어린놈들인데 하는 짓을 보면 이건 조폭이나 다를 바 없네요."

"어떤 면에서 보면 조폭보다도 더 잔인하고 악랄해요."

"맞아요. 더 집요하기도 한 것 같군요. 그런데 만 열네 살이 안 되면 형사법상 성인이 아니라 처벌하는 게 경미하다면서요?"

"네. 그래서 형사처벌 연령을 만 12세로 낮춰야 한다는 의견도 대두되고 있어요."

"흐으음……!"

"지금 우리 지청에도 청소년 폭력으로 인해 자살한 학생 건이 하나 있어요. 죽은 아이를 얼마나 때렸는지 온몸이 멍투성이라 하더군요. 돈도 많이 빼앗겼고요."

"때린 놈들은 누군데요?"

"중학교 2학년짜리예요. 근데 만으로 14세가 되지 않아 형사처벌은 불가능하고 소년법 적용 대상이에요."

"기껏해야 소년원 송치가 다겠군요."

"네, 근데 그놈을 조사해 보니까 별의별 나쁜 짓을 다했더군요. 여학생 성폭행 건만 열세 건이에요. 그것도 전부 단체로 그랬더군요. 그런데 조금도 반성하는 기색이 없어요."

"대체 어떻게 생긴 놈인지 한번 보고 싶군요."

보기만 하면 두개골이 박살 날 정도로 갈기고 싶은 마음에 뱉은 말이다.

"보는 거야 어렵지 않죠. 아시죠? 저번에 고인철과 고진철 형제 사건을 맡았던 곽호 검사님이요."

"아! 그분이요? 알죠."

"곽 검사님이 그 사건 담당이에요. 그러니 가면서 슬쩍 볼 수 있을 거예요."

"그럼 이따 갈 때 한번 보게 해주세요."

"네, 이제 조금만 있으면 끝나니 잠시만 기다려 주세요."

지현이 서류 작성을 하는 동안 현수는 머릿속을 정리했다.

방금 말했던 놈에게 가할 마법을 확인한 것이다. 들어보니 아주 악질인 녀석이다.

이런 녀석에겐 이 세상 어떤 의사도 치료할 수 없는 복합부위 통증증후군 유발 마법 정도가 딱일 것이다.

여기에 토탈 블라인드 마법을 중첩시킬 생각이다. 앞이 안 보이면 다른 아이들을 괴롭히지 못하기 때문이다.

한 1~2년쯤 어둠 속에서 지독한 고통을 겪고 나면 달라질지도 모른다.

그때 봐서 마법을 해제할 것인지 여부를 결정할 생각이다.

"다 되었어요. 이제 가요."

"네에."

지현이 생긋 미소 지으며 앞서서 걷는다. 향긋한 화장품 냄새가 난다. 그런데 어디서 많이 맡아본 냄새이다.

기억해 보니 선물했던 듀 닥터 냄새이다. 현수는 괜스레 웃음이 지어졌다.

"아이고, 이게 누구십니까?"

곽호 검사가 반색하며 자리에서 일어난다. 지난번과는 차원이 다른 반김이다.

"하하, 네에. 여전하시네요. 바쁘시죠?"

"바쁘긴요? 그런데 여긴 어쩐 일로……? 아, 우리 권 사무관님하고 데이트하러 오셨구나?"

"네……? 데이트요?"

"두 사람 아주 잘 어울려요. 완전한 선남선녀입니다. 이리 재고 저리 재면서 시간 낭비하지 말고 후딱 결혼하세요."

농담인지 진담인지 구별하기 힘든 말이었다. 현수가 뭐라 대답할 수 없어 난감한 표정을 짓자 지현이 얼른 끼어든다.

"곽 검사님, 그 말썽쟁이 꼬마 어디 있어요?"

"말썽쟁이? 아! 그 골치 아픈 녀석이요? 그놈 꼬마가 아닙니다. 나이는 어리지만 한 짓을 보면 아주 악질이에요."

늘 범죄자를 잡아들여 수사하는 검사의 입에서 악질이란 소리가 나올 정도면 어떤 녀석인지 뻔하다.

"이제 재판만 남은 거죠?"

"아뇨, 그놈 저질러 놓은 짓이 너무 많아요. 그래서 계속해서 수사 중입니다."

"아……! 그렇구나."

지현과 곽호가 하는 이야기를 듣던 현수는 화제의 장본인이 취조실에서 조사받고 있다는 걸 알게 되었다.

하여 슬쩍 끼어들었다.

"곽 검사님, 어떻게 생긴 놈인지 얼굴 좀 보여주세요. 괜히 궁금하네요."

"뭐 어렵지 않은 일입니다. 그렇지 않아도 취조실로 가려던 참이었으니까요. 그럼 지금 가볼까요?"

잠시 후 현수는 유리창 너머에서 조사받는 녀석을 볼 수 있었다. 그런데 조사받는 태도가 가관이다.

전혀 긴장한 빛 없이 묻는 말에 건성건성 대답한다. 한 눈에 보기에도 싸가지없게 생겼다.

곽 검사가 버튼을 누르자 안에서의 대화가 들리기 시작한다.

"그러니까 그날 그 여학생을 어떻게 했어?"

"어떻게 하긴요? 하도 말을 안 들어서 몇 대 때렸죠. 그 과정에서 치마가 올라가더라고요. 그래서 덮쳤죠."

"성폭행을 했다는 거지? 그게 다야?"

"아뇨. 쫄따구 시켜서 그 장면을 다 찍었죠."

"그래서? 그건 어떻게 했는데?"

"그걸로 약점 잡아 돈도 좀 뺏었죠."

"얼마나?"

"한 넉 달……? 250만 원쯤 빼앗은 거 같네요. 재수없게 잡히지만 않았어도 더 뺏을 수 있었을 건데……."

"뭐어? 네가 그러고도 사람이냐?"

"그까짓 걸 가지고 뭐요. 그년 산다는 사람만 나타나면 확 팔아버리려고 했는데……. 쓰벌, 재수가 없어서……!"

정말 뻔뻔스럽기 이를 데 없는 놈이다. 현수는 양심이라곤 손톱 끝만큼도 없는 녀석이란 판단을 내렸다.

남이야 고통을 겪든 말든 내 몸 하나만 좋으면 된다는 지독한 이기주의자이기도 하다.

분노한 현수의 입술이 아무도 모르게 달싹였다.

"마나여, 인간이 느낄 수 있는 최대의 고통을 느끼게 하라. 컴플렉스 리저널 페인 신드롬!"

마나가 유리를 투과하여 녀석의 체내로 사라졌다. 녀석은 이제 세 시간에 한 번씩 지독한 고통을 겪게 될 것이다.

이 세상 어떤 의사도 치료해 주지 못할 것이며, 통증을 덜어

주지 못할 것이다.

"파이나이트 토탈 블라인드(Finite Total Blind)!"

단번에 시력을 빼앗게 되면 문제가 발생될 수 있다. 검찰의 조사 과정에서 그렇게 되었다고 우길 것이기 때문이다.

그렇기에 서서히 시력을 잃게 만들었다.

이제 하루에 약 1%씩 시력을 잃게 될 것이다. 그리고 100일째 되는 날부터는 암흑 속에서 살게 된다.

취조가 계속되었는데 더 이상 들을 수가 없었다. 마음 같아서는 당장 잡아 죽이고 싶은 마음이 들 정도였기 때문이다.

놈은 나이가 어려 형사법으로 처벌받지 않는다는 것을 알고 있기에 느물느물거리기까지 했던 것이다.

현수는 어떠한 일이 있어도 녀석에게 건 마법을 절대 캔슬하지 않겠다고 마음먹었다.

그리고 앞으로 학교 폭력에 대해 강력한 처벌이 필요함을 절감하게 되었다.

"어휴! 그딴 놈은 그냥 콱 교도소에 넣어버려야 하는데."

검찰청을 벗어나자 운전하던 지현이 한 말이다.

"요즘 애들이 참 문제네요."

"네에, 점점 더 흉폭해지고 있어요. 법을 바꿔서라도 강력한 처벌을 해야 해요. 그쵸?"

"제 생각도 그러네요. 그나저나 어디로 가는 거예요?"

대구 시가지를 벗어났기에 물은 것이다.

"어머니 계신 곳이요. 산속에 있거든요."

현수는 창밖 풍경을 물끄러미 보고 있었다. 초록이 점점 더 짙어져 가는 계절이다. 차창 밖으로 손을 내밀어 공기가 손가락 사이를 빠져나가는 느낌에 지그시 눈을 감았다.

지현이 라디오를 틀었는지 노랫소리가 들린다.

Moody Blues의 'Melancholy man' 이라는 노래이다. 이건 현수가 각별히 좋아하는 노래 가운데 하나이다.

I' m a melancholy man, that' s what I am.

나는 우울한 사람입니다. 그게 내가 존재하는 이유예요.

All the world surrounds me,

모든 세상이 나를 에워싸고,

and my feet are on the ground.

내 발은 땅에 딛고 있어요.

I' m a very lonely man, doing what I can.

나는 매우 외로운 사람입니다. 무엇을 하든 말이지요.

All the world astounds me and I think I understand.

세상 모든 것이 나를 놀라게 해요. 그래도 나는 이해할 수 있다고 생각해요.

That we' re going, to keep growing, wait and see.

우리는 자라나고, 기다리고, 보아야 한다는 것을.

When all the stars are falling down
into the sea and on the ground,
모든 별들이 바다 속으로 땅 위로 떨어질 때
And angry voices carry on the wind,
성난 목소리가 바람 속에 실려 오고,
A beam of light will fill your head
한줄기 광선이 당신의 머릿속을 채우면
And you' ll remember what' s been said
당신은 들어온 것들을 기억할 거예요
By all the good men this world' s ever known.
이제까지 이 세상에 알려진 모든 선한 사람들에 의해서.

멜로디는 좋지만 다소 우울한 이 노래를 좋아하는 이유는 학교 앞 카페에서 알바를 하던 시절에 많이 들었기 때문이다.

그 당시엔 3류 대학 수학과 4학년이었다.

졸업해 봤자 취업하기 엄청 힘들 거라는 주위 사람들의 말에 낙심해 있던 시절이기도 하다.

현수가 나직이 노래를 따라 불렀다. 가사를 아는 몇 안 되는 곡이었던 것이다.

지현은 눈 감은 채 노래 부르는 현수를 바라보았다.

참 듣기 좋은 음성이다. 그리고 정말 괜찮은 사람이다.

문득 현수의 여자가 되고 싶다는 생각이 들었다. 하여 오른손을 내밀어 슬며시 현수의 왼손을 잡았다.

흠칫하는가 싶더니 멈춘다. 노래도 끊이지 않았다. 그렇게 긴 노래가 끝날 때까지 둘은 손을 잡고 있었다.

"내가 좋아하는 노래였어요."

"네에, 참 잘 부르시네요. 듣기 좋았어요."

"고마워요."

잠시 대화가 끊겼다. 그러나 차는 멈추지 않았다. 구불구불한 국도를 이리저리 돌아 산속으로 들어갔다.

수풀이 우거진 여름이라 그런지 온통 푸르기만 하다. 건물 하나가 보인다. 학교 같이 생겼다.

지나치며 보니 '한사랑 보육원' 이라 쓰여 있다. 조금 더 지나치니 비슷하게 생긴 건물이 또 보인다.

'한사랑 기도원' 이다.

"이제 조금만 더 가면 돼요. 엄마가 있는 한사랑 요양원은 더 안쪽에 있거든요."

"같은 재단에서 운영하는 건가 보네요."

"네. 대구 시내에 있는 어떤 단체에서 운영한다고 들었어요."

"보육원은 일종의 고아원인 건가요?"

"그건 저도 잘 모르겠어요."

"기도원이 있는 걸 보면 종교 단체인가 보네요."

"아마도 그럴 거예요."

구불구불한 길을 운전하느라 그런지 지현의 대꾸는 짧았다.

현수는 더 묻지 않고 기도원 건물만 보고 있었다. 왠지 이상한 기분이 들어서이다.

아르센 대륙에 머무는 동안에도 흑마법의 흔적은 본적이 없다. 하지만 이실리프 마법서엔 흑마법이 구현된 장소에서 느껴지는 음산함에 대한 내용이 구체적으로 기록되어 있다.

그런데 방금 전 스치듯 지나친 한사랑 기도원에서 왠지 모를 음산한 기운을 느꼈다. 그렇기에 눈여겨 본 것이다.

"이제 다 왔네요. 저기 저 건물 보이시죠?"

산 중턱을 깎은 곳엔 흰색 건물 하나가 있다. 옥상에 길게 붙어 있는 간판을 보니 최종 목적지가 맞다.

주차장에 차를 댔다. 그리곤 곧장 요양원 건물로 다가갔다.

입구 안쪽에 있던 안내 데스크로 가서 면회 신청을 했다.

"잠시만 기다리세요."

"네에."

지현과 현수는 자판기에서 뽑은 커피를 마시며 기다렸다.

여긴 요양하는 다른 환자들을 위해 면회객도 통제한다고 한다. 객이 어쩌겠는가!

하릴없이 벤치에 앉아 기다렸다. 그렇게 약 5분이 지났다.

"권지현 손님! 올라가시면 됩니다."

"네에. 고맙습니다."

잠시 후, 현수는 지현의 모친을 만날 수 있었다. 4인 병실 가장 안쪽 침대에 우두커니 앉아 있었다. 아무런 치장도 하지 않았건만 젊은 시절 미인이라는 소리를 들었을 법하다.

시무룩한 표정을 짓고 있다가 지현을 보자 반색한다.

"와아, 언니 왔네?"

"네에. 왔어요. 근데 어디 불편한 덴 없어요?"

"응! 없어. 근데 빵 안 사왔어?"

"안 사오기는요. 자아, 여기요. 맛있는 단팥 크림빵이에요."

엄마가 좋아하는 것이라며 오다가 제과점에서 산 것이다.

"와아, 신난다!"

지현이 빵 봉지를 벗겨주자 기다렸다는 베어 문다. 영락없는 일곱 살짜리 소녀이다. 그렇게 몇 번을 우물거리며 먹더니 현수에게 시선을 고정시켰다.

"근데 이 오빠는 누구야?"

"좋은 사람이에요."

"좋은 사람? 아하! 언니 남자친구구나? 맞지?"

"어휴, 네에."

지현이 할 수 없다는 듯 고개를 끄덕였다.

"안녕하세요? 김현수라 합니다."

"오빠, 잘 생겼다. 근데 이 언니하고 친해?"

"네? 아, 그럼요. 아주 친합니다."

현수가 얼른 지현의 곁에 나란히 섰다. 오는 동안 말한 대로 일곱 살짜리처럼 보였기에 애들 대하듯 한 것이다.

"헤헤, 보기 좋다. 둘이 잘 어울려."

"엄마, 이 빵 다 먹고 우리 산책 가요."

"산책……? 아! 좋다. 헤헤, 그럼 얼른 먹어야지."

나이든 사람이 아이처럼 구는 것이 너무도 이상했기에 현수는 얼른 시선을 돌렸다.

병실 내부를 둘러보니 나머지 세 자리 중 하나는 비었고, 두 자리엔 할머니들이 있었다.

일주일에 딱 두 번 면회가 허락되기에 외부인을 보는 것이 제한적이라 그런지 관심을 보인다.

이곳에 오기 전 현수는 지현의 모친을 사람들의 시선이 미치기 힘든 곳으로 데려가야 한다는 말을 했다.

도술 부리는 것을 남들이 보면 안 된다는 이유 때문이다.

빵을 다 먹자 얼른 나가자며 자리에서 일어난다. 멀쩡히 잘 걸을 수 있음에도 지현은 휠체어를 끌고 왔다.

서두르다 계단에서 구른 적이 있기 때문이라고 한다.

4층에서 1층까지는 엘리베이터를 이용했다.

그런데 조금 이상하다. 일주일에 딱 두 번 있는 면회날임에도 방문객이 거의 없었던 때문이다.

"지현 씨! 여긴 원래 이렇게 사람이 없어요?"

"네, 여기 계신 분들 가운데 상당수가 양로원에서 오신 분들이에요. 그래서 면회가 거의 없다고 하네요."

"그랬군요."

자식이 분명 있을 텐데 이런 곳에서 쓸쓸히 병마와 싸우고 있는 할머니 할아버지들을 본 현수는 씁쓸한 기분이 되었다.

"나름대로 사정이 있어서겠지만 그래도 이건 아닌데. 쯧쯧!"

나직이 혀를 차곤 얼른 지현의 뒤를 따랐다.

지현의 모친은 휠체어를 타고 움직이는 것이 기분 좋은지 깔깔거리며 웃고 있었다.

현수는 메모리 스캔 마법과 메모리 일리머네이션 마법의 마나 배열을 다시 한 번 점검했다.

그러는 동안 건물 뒤쪽 정원에 당도하였다. 나름대로 조경을 한다 하여 제법 울창하게 가꿔둔 곳이다.

현수는 소풍 온 것처럼 꾸미기 위해 피크닉 박스와 야외 돗자리를 가지고 왔다. 이것을 펼쳐 놓고 시원한 음료수와 과일을 꺼냈다. 그리곤 진짜 소풍 온 것처럼 잠시 시간을 보냈다.

그러는 동안 현수는 주변을 살폈다. 병원 건물에서 누군가가 내려다보고 있다. 하지만 곧 시선을 거뒀다.

평범한 면회인 것으로 여기는 듯하다.

"지현 씨! 이제 한번 해볼게요."

"네, 근데 전 어디에 있죠?"

"저쪽에 계시다가 누가 오면 소리쳐 줄래요?"

현수가 가리킨 곳은 약 30m쯤 떨어진 곳이다.

"알았어요."

지현은 두말없이 자리를 비웠다.

"어머니! 제 눈을 보십시오."

"잘생긴 오빠. 눈은 왜?"

말을 이렇게 하면서도 지현의 모친은 현수와 시선을 맞췄다.

"마나 디텍션!"

마나의 분포를 살펴보니 예상대로 뇌에 문제가 있다. 마나가 잔뜩 웅크리고 있는 상황이었던 것이다.

현수는 자신의 마나를 불어넣어 이것들을 건드렸다.

처음엔 아무런 반응도 없었으나 살살 건드리자 조금씩 부푼다는 느낌이다.

그렇게 20여 분이 지났다. 현수는 과한 심력 소모로 인해 많은 땀을 흘리고 있었다. 하지만 마나는 계속해서 불어넣었다. 이제 마지막 고비만 남았기 때문이다.

다시 5분 정도 시간이 흘렀다.

"휴우……! 메모리 스캔!"

나직이 한숨을 몰아쉰 현수는 지체하지 않고 기억을 읽기 시작했다. 시간이 지체되면 지현의 모친은 악몽 같은 기억 때문에 또다시 괴로움을 느끼게 될 것이기 때문이다.

아무튼 마법이 구현되자 시선이 몽롱해진다. 그와 동시에 기억의 편린들이 현수의 뇌리에서 펼쳐지기 시작했다.

상당히 많은 마나가 빠져나갔지만 개의치 않고 계속해서 기억을 읽었다. 그렇게 1시간쯤 지났을 때 드디어 문제의 기억을 찾아낼 수 있었다.

현수는 찬찬히 사고 전후의 장면을 살폈다.

눈앞에서 친한 친구 둘이 끔찍한 모습인 채 서서히 죽어가는 모습을 보고 있었으니 충격받을 만했다.

"메모리 일리머네이션!"

샤르르르르릉—!

마나가 스며들어 문제의 기억들을 삭제했다. 그러는 동안 지현의 모친은 가늘게 떨고 있었다.

그러던 어느 순간 비명을 지른다.

"아아악! 영숙아. 미자야!"

'이런! 왜 이러시지? 또 다른 곳에 기억이 남아 있나?

"메모리 스캔!"

다시 마법이 구현되었다. 현수는 입안이 바싹 마르는 느낌을 받았다. 이실리프 마법서에 기록되어 있기를 마나가 소진되면 이런 증상이 나타난다고 되어 있다.

만일 목 뒷부분에서 찌르르한 느낌까지 받게 된다면 적어도 한 달간은 정양을 해야 할 정도로 체내의 마나가 소진된 것이라 하였다.

마나는 끊임없이 빠져나갔다. 현수는 마나 고갈 현상이 도래할 것을 직감했다. 하여 마나 포션 하나를 꺼내 들이켰다.

마른 스펀지에 물이 스며들 듯 마나가 체내 곳곳으로 파고듦을 느낄 수 있었다.

그러면서 아주 상쾌한 기분이 든다.

'우와! 이거 거의 마약이나 다름없구나.'

마나를 다루는 마법사이기에 현수가 느끼는 쾌감은 말로 형언할 수 없을 지경이다.

아르센 대륙에서 카이로시아에게도 마나 포션을 복용시킨 바 있다. 유카리안 영지에서 구해온 다음 날의 일이다.

하지만 그때의 카이로시아는 현수가 방금 전에 느낀 것과는 천양지차를 보였다. 한국으로 치면 몸에 좋은 음료수 한 잔 마신 기분일 뿐이었다.

마나 친화력이 없기 때문이다. 반면 현수는 최상의 마나 친화력을 가지고 있다. 너무도 뛰어난 마법사 멀린의 덕이다.

아무튼 현수는 강렬한 쾌감에 진저리를 쳐야만 했다. 하지만 자신의 임무를 아예 잊고 있었던 것은 아니다.

곧바로 본연의 자세로 돌아가 또 다른 곳에 저장된 기억을 찾아냈다. 아마도 무의식 쪽인 듯하다. 워낙 강렬했던 기억이라 백업이라도 해놓은 모양이다.

과연 예상대로 다른 곳에 똑같은 기억이 잠재되어 있었다. 어찌 그냥 두겠는가!

"메모리 일리머네이션!"

샤르르르릉—!

기억 삭제 마법이 다시 구현되었다. 그러자 상당히 많은 양의 마나가 빠져나간다. 워낙 단단한 기억이었는지라 이를 지우는 데 엄청난 대가가 필요했던 것이다.

아무튼 그렇게 시간이 흘렀다. 그러는 사이에 현수의 전신은 땀으로 범벅이 되어버렸다.

"휴우……! 슬립!"

기억이 삭제되었음을 감지한 현수는 얼른 수면 마법을 걸었다. 눈을 뜨면 틀림없이 뭔가를 물을 텐데 지금은 그 물음에 대답할 기력조차 없기 때문이다.

털썩—!

현수는 다리가 후들후들 떨리고, 어질어질한 느낌에 주저앉아 버렸다. 그런데 앉아 있는 것도 힘이 들었다.

하여 스르르 누워버렸다. 그리곤 곧장 눈을 감고 마나 심법을 운용하기 시작했다.

마나 포션을 꺼내서 마실 기운조차 없었던 것이다.

멀리서 이런 광경을 보았지만 지현은 다가오지 않았다. 절대 그러지 말라는 말을 이미 들었던 때문이다.

하나 궁금하지 않은 것은 아니다. 어머니와 현수 모두 풀밭에 누워 있다.

와서 확인하고픈 마음이 굴뚝같았지만 지현은 견뎌냈다. 그리곤 혹시라도 다가오는 사람이 없나 확인했다.

대략 20분쯤 지난 후 현수가 먼저 일어났다. 하긴 깊은 잠에 취한 지현의 모친이 먼저 일어날 수는 없었을 것이다.

"지현 씨!"

"네, 현수 씨!"

기다렸다는 다가와선 곤히 잠든 엄마의 얼굴을 본다. 그리곤 어떻게 되었느냐는 표정으로 바라보고 있다.

"잠에서 깨어나면 아마 정상이 될 거예요. 하지만 예전의 그 기억이 전부 지워지지 않았다면 또 고통을 겪을 수도 있어요."

"아! 고마워요. 정말……."

지현은 현수의 말을 철석같이 믿는다. 그렇기에 모친이 정상이 된다는 말에 벌써부터 눈물을 글썽이고 있었다.

휠체어를 밀어 병실로 되돌아온 것은 저녁나절이다. 이제 요양원 원칙에 따라 둘은 나가야 한다.

지현은 여전히 깊은 잠에 취해 있는 모친의 얼굴을 바라보았다. 깨어날 때까지 있고 싶다.

정말 정상이 되었는지 확인하고픈 것이다. 하지만 일어나질 않으니 어쩌겠는가!

"우리 엄마 참 예쁘죠?"

"네?"

느닷없는 말에 현수가 반문했지만 지현은 대꾸를 바랐던 것이 아닌 듯 다음 말을 이어갔다.

"한때 메이퀸이셨어요. 옛날 사진을 보면 정말 날씬하고 아름다웠어요. 그런데 지금은 이렇게……."

요양원에서 주는 음식이 시원치 않든지, 환자 본인의 식욕이 약하든지 둘 중 하나인 것만은 분명하다.

많이 야위어 있었던 것이다.

"이제 가요."

"네에. 엄마, 저 갈게요. 집에서 다시 만나요."

대구 시내에 당도할 때까지도 지현은 별말 없이 창밖만 응시했다. 지난 몇 해 동안 겪었던 일을 회상한 것이다.

"다 왔네요."

지현의 집 근처에 당도했을 때 현수가 한 말이다.

"우리 저녁 먹으러 가요. 이 동네 아구찜 잘하는 집 있어요."

"그래요. 가요."

지현의 심사를 이해했기에 현수는 두말하지 않고 핸들을 돌렸다.

지현이 인간 내비게이션이 되어 간 곳은 중구 행촌동에 자리 잡은 '마산아구찜' 이란 간판을 달고 있는 집이다.

저녁시간이 훨씬 지난 9시 반경임에도 손님으로 꽉 차 있었다. 현수는 그 이유를 금방 알 수 있었다.

아구찜 大가 20,000원밖에 하지 않았던 것이다.

"이 집 맛도 좋고, 값도 싼 데다 양도 푸짐해요."

언제 우울한 기분이었느냐는 듯 환한 웃음을 짓는다.

"우야꼬! 언제 왔능교?"

"아……! 아주머니. 조금 전에 왔어요."

자주 들르는 집인지 종업원 아주머니가 아는 척을 한다.

"뭘 드실라꼬?"

"아구찜 큰 거 주세요."

"알았심더."

종업원 아주머니가 가자 화사한 웃음을 지어 보인다.

"오늘 정말 고생 많으셨어요. 고마워요."

"네에. 애 쓴 것 맞아요. 엄청 힘들었거든요. 하지만 효과가 있었는지는 두고 봐야지요."

"아마 애쓴 보람이 있을 거예요. 어머니가 다시 집으로 돌아오시면 그때 정식으로 초대할게요."

"그럼 지현 씨 음식 솜씨를 볼 수 있는 겁니까?"

현수가 부러 너스레를 떨자 또 웃는다.

"네! 근데 좀 짜고, 시고, 맵고 할지도 몰라요. 어쩌면 떫은 맛까지 느낄 수도 있구요. 제 솜씨가 형편없거든요. 그래도 좋다면 얼마든지 대접해 드릴게요."

"하하! 네에, 기대하죠."

시원시원하게 대꾸하자 배시시 웃음 짓는다.

"애쓰셨는데 시원한 맥주 한 잔 어때요?"

"……! 그럼 운전을 못하는데……."

"저희 집에 빈 방 많아요."

"네……?"

"오늘 저희 집에서 쉬셨다 가라구요. 아까 보니까 땀도 엄청 흘리셨잖아요."

"아! 그랬죠. 근데 제게서 땀 냄새 나지는 않죠?"

"네에, 괜찮아요."

보통의 경우 예의상 이렇게 말한다. 하지만 지금 지현이 한 말은 예의가 아니다.

오늘 현수는 땀을 많이 흘렸다.

그러나 냄새는 전혀 나지 않는다. 바디 체인지를 하면서 체내의 모든 노폐물들이 빠져나간 때문이다.

예상했던 대로 아구찜은 일품이었다. 어차피 쉬어가기로 했기에 술도 마셨다.

그리곤 지현의 집으로 갔다. 예고 없던 방문이었지만 권철현 지검장이 반갑게 맞아주었다.

CHAPTER 06
드디어 출발!

샤워를 마친 현수는 지현이 준비해 준 반바지와 셔츠를 걸쳤다. 그런데 권철현 지검장이 부른다.

탁자엔 양주 한 병과 간단한 안주가 준비되어 있었다.

둘은 병이 빌 때까지 마셨다. 그 자리에서 지현은 오늘 있었던 일을 이야기했다. 술이 취했던 때문이다.

현수는 불편했지만 권 지검장은 개의치 않는 듯하다. 이미 부친의 반로환동을 경험하지 않았던가!

현수에게 뭔가 재주가 있음을 짐작하고 있었던 듯하다.

그래서인지 거듭해서 고맙다는 말만 했다.

다음 날 아침, 현수는 대구를 떠나 서울로 향했다. 물론 단골처럼 계룡산 먼저 들렀다.

이전의 그 장소에서 마나 심법으로 마나를 모았고, 전능의 팔찌가 정상이 되자 지체없이 아르센 대륙으로 향했다.

뭔 일이 일어났거나 일어나려 한다는 느낌이 든 때문이다.

"트랜스퍼 디멘션!"

샤르르르르릉—!

그늘 속에 있던 현수의 신형이 안개처럼 스러졌다. 그런데 이 모습을 우연히 목격한 사람이 있었다.

깊은 산속에서 도를 닦던 30대 후반인 사내이다. 아무리 노력해도 깨달음이 없었기에 포기하고 하산하던 차이다.

"허억……! 저건, 우화등선(羽化登仙)……?"

도문의 최고봉을 우연히 목격했다 생각한 사내는 현수가 머물던 인근에 자리를 잡았다.

언젠가 신선이 된 도인이 다시 현세로 올 때 깨달음의 반푼이라도 얻기 위함이다.

그러거나 말거나 현수는 테세린의 외곽에 당도했다.

이곳은 아직도 봄인 4월이다. 그렇기에 얼른 적당한 의복을 꺼내 갈아입었다.

계산이 맞다면 오늘은 4월 27일이다.

이곳을 기준으로 본다면 어제 레이찰 토들레아 등 엘프 남매들이 베세른 산맥으로 떠났다.

그리고 노예 자매 로즈와 릴리는 지금쯤 마법 익히기에 한창이어야 한다.

여관으로 가서 확인해 보니 예상대로였다. 기분 좋아진 현수는 내일 떠날 차비를 차렸다.

차비라고 해봤자 별거 없다. 전형적인 C급 용병 차림을 한 것과 용병지부에서 봤던 B급 용병의 조언에 따라 여러 물품들을 하나의 배낭 비슷한 것에 담은 것이 전부이다.

배낭 속엔 의복 한 벌과 바싹 말린 빵 몇 개, 그리고 수통 하나가 들어 있을 뿐이다.

아공간에 담아도 되지만 남들의 이목을 고려하여 일부러 이렇게 한 것이다.

이날 저녁, 얀센과 로잘린이 와서 그간 장사한 것에 대한 중간 결산을 했다. 꽤 많이 팔려 상당한 골드와 실버가 있었지만 챙기지 않았다. 오랫동안 자리를 비울 경우 하인스 상단의 밑천이 되어야 하기 때문이다.

그 다음엔 여느 날처럼 카이로시아가 왔다.

이른 새벽, 현수는 아무에게도 말하지 않고 여관을 떠났다. 용병지부 앞에 당도하니 일행들이 모여들고 있었다.

현수는 편한 자리를 잡고 앉아 지그시 눈을 감았다. 그리곤 액체처럼 풍부한 마나를 즐기고 있었다.

"자아. 출발!"

A급 용병 랄프의 신호에 따라 행렬이 출발했다.

선두엔 현수를 비롯한 척후팀이 있다. 현수는 척후팀의 중간 정도 되는 위치이다.

이들의 뒤에 열두 대의 마차가 따른다. 마차의 전후와 좌우에 각기 한 팀씩 배치되어 있다.

테세린의 영지를 벗어나기까지는 아무런 문제도 없었다.

산지이기는 하나 워낙 철저히 몬스터 토벌을 했기에 별 다른 위험이 없었던 것이다.

하나 영지의 경계를 넘고 얼마 지나지 않자 풍경 자체가 확연히 달라진다.

너무도 빽빽하고 울창한 숲이다.

가히 원시림이라 불러도 좋을 정도로 자연 그대로이다. 당연히 지금까지와 같이 평탄한 길은 없다.

그나마 상행하는 사람들이 다녔던 아주 좁은 오솔길만 간신히 있는 것이다.

아직 봄인지라 잎사귀들 틈으로 멀리까지 보이지만 여름엔 무성한 잎사귀 때문에 시야가 매우 좁아지는 곳이다.

아무튼 구불구불하고 오르락내리락 하는 오솔길은 대략 10㎞ 정도 되었다.

맨몸으로 달리면 두 시간쯤 달릴 거리이다. 하나 행렬이 이곳을 통과하는데 걸린 시간은 무려 열네 시간이다.

좌우에서 수시로 튀어나오는 고블린 때문이다. 워낙 울창한 수림이기에 추격할 수 없는 곳이었다.

어쨌든 봄이 되자 먹을 것을 구하기 위해 이동한 고블린들이 이곳 숲을 점령하고 있었던 모양이다.

일행이 죽이거나 상처 입힌 고블린의 수효만 대략 800여 마리에 달한다. 다행히 목숨을 잃은 자는 없다. 하지만 부상자는

다수 발생되었다.

고블린의 마비침에 당해 움직임이 불편한 상태에서 날카로운 발톱에 의한 공격을 당한 것이다. 또 무리하게 추격하려다 나뭇가지 등에 긁힌 상처도 많았다.

행렬의 선두에 있던 현수는 많은 공격에 노출되었다. 하나 어렵지 않게 공격을 막아냈다.

오토 배리어(Auto Barrier)가 인챈트된 방패가 있었기 때문이다. 이것 덕분에 언제 어디서 날아올지 모를 고블린의 마비침들을 어렵지 않게 막아냈던 것이다.

현수는 어젯밤 늦게까지 작업을 했다.

카이로시아가 걱정하는 소리 때문이다. 사람도 사람이지만 몬스터로부터 해를 입을까 저어된다는 것이다.

국토 전역이 산간지방이라 해도 과언이 아닐 미판테 왕국엔 온갖 종류의 몬스터들이 산재해 있다.

산이 작더라도 조금만 울창하면 고블린, 오크가 있다.

이보다 조금 더 큰 산엔 트롤이나 오우거의 서식지가 반드시 있다고 보면 된다. 그보다 조금 더 깊은 산이라면 라이칸슬로프, 샤벨타이거 등이 돌아다닌다.

숲의 중심부까지 들어가면 와이번, 하피, 그리폰, 드레이크까지 있다. 어떤 곳엔 리자드맨도 있다.

들어보니 코리아 제국에는 몬스터들이 멸종당했다. 심지어는 맹수들조차 찾고 싶어도 찾을 수 없다고 한다.

하긴 드래고니안과 드래곤도 멸종당한 곳이니 이보다 못한 몬스터와 맹수들은 일찌감치 제거되었을 것이다.

하여 현수가 몬스터들의 습성에 대해 아는 바가 적다는 것을 알아차렸다. 결국 일장 연설이 시작되었다.

결국 현수는 한 자루 아밍 소드와 방패를 꺼내 마법을 인챈트하는 모습을 보여주어야 했다.

아밍 소드엔 샤프니스(Sharpness)와 스트랭스(Strength)가 인챈트되었다. 방패에는 오토 배리어와 리플렉션(Reflexion)을 인챈트하였다.

겉보기엔 보잘 것 없어 보이는 철검이지만 어떤 보검에 비교해도 뒤지지 않을 만큼 날카롭고 단단해졌다.

방패 역시 평범 그 자체로 보이지만 인챈트된 오토 배리어가 있어 어떠한 물리적 공격이라도 막아낼 것이다.

하긴, 명색이 7써클 마스터가 만든 것이 아니던가!

아무튼 방패에 부여된 리플렉션 마법은 4써클 이하 마법 공격을 되돌려 주는 역할을 하게 될 것이다.

내친 김에 로니안 자작으로부터 받은 검에도 마법을 인챈트하였다. 샤프니스와 스트랭스는 기본이다.

여기에 마나를 주입하면 3써클 마법인 체인 라이트닝이 시전되는 마법을 추가했다.

마법사가 아닌 사람이 이걸 사용할 경우 과다한 마나 소모가 우려된다. 이는 원기 손상과 심신 허약을 유발할 수 있다. 하여 하루에 세 번 사용할 수 있도록 제한하였다.

장차 장인이 될 로니안 자작의 안위를 위한 물건이다.

하나 아직 전해주진 않을 것이다. 마법을 인챈트하는 것이 결코 쉬운 일이 아니기 때문이다.

마법이 걸린 검을 건네면 틀림없이 어떻게 된 것이냐 물을 것이다. 그때 지나가던 마법사에게 부탁해서 그렇게 되었다고 하면 분명 믿지 않을 것이다.

3써클 체인 라이트닝을 인챈트하려면 최소 5써클은 되어야 한다. 그런데 이 정도면 고위 마법사이기에 길바닥을 돌아다닐 이유가 없기 때문이다.

설사 진짜로 길에서 만난다 하더라도 웬만해선 인챈트해 주지 않는다. 그걸로 자신이 공격당할 수도 있기 때문이다.

해준다 하더라도 막대한 돈을 지불해야 한다.

체인 라이트닝 정도면 현재로선 상위 공격 마법에 속한다.

따라서 최소 300골드는 요구할 것이다. 한국 돈으로 3억 원이나 되는 어마어마한 액수이다.

그렇기에 인챈트한 검을 아공간에 보관해 두었다. 나중에 기회가 닿으면 그때 전해줄 요량이다.

현수는 내친 김에 대거(Dagger) 두 자루를 더 꺼냈다.

칼날의 길이가 불과 20㎝ 정도 되는 단검이다. 이 정도면 여인이라 할지라도 쉽게 소지할 수 있다.

이것은 드래곤이 수집했던 것인지라 손잡이의 문양이 무척 예술적이었다.

여기에도 로니안 자작에게 줄 아밍 소드와 똑같은 마법들이 인챈트 되었다. 그리곤 에메랄드 목걸이 두 개를 꺼내 오토 배리어와 리플렉션 마법진을 새겼다.

이것들은 카이로시아와 로잘린에게 주어졌다.

장래의 아내들을 위험으로부터 안전하게 하기 위한 배려라는 말에 카이로시아는 또 한 번 현수의 품을 파고들었다.

로잘린에게는 이레나 상단의 물건을 현수가 구입하여 주는 것으로 말을 맞췄다.

어쨌거나 고블린의 끝이 없을 듯한 공격이 끝난 것은 확 트인 초지에 접어든 후이다.

"휴우, 이제 끝이군! 지겨운 고블린 새끼들!"

"그러게나 말일세. 죽여도 죽여도 줄지 않아 내가 죽을 뻔했네. 길이 조금 더 길었다면 우리가 당했을지도 몰라."

"맞아! 이처럼 많은 고블린은 내 생전 처음이야. 그나저나 아까 자네 덕에 목숨 건졌네. 고마우이!"

"고맙긴, 우린 동료가 아닌가? 신경 쓰지 말게."

같이 싸운 동료들끼리 모여 잡담을 할 때 랄프가 나무 등걸에 올라 소리친다.

"지금껏 모두들 수고했다. 오늘은 이곳에서 야영을 해야 하니 피곤하더라도 주변을 살핀다. 이상이 있으면 즉시 소리쳐라. 또한 식수가 있는지도 확인하라."

"네, 팀장님!"

랄프의 말이 떨어지자 모든 용병들이 사방으로 흩어졌다. 초지인지라 시야가 확보되어 흩어진 것이다.

현수는 자신이 맡은 구역을 샅샅이 훑었다. 숲에는 숫자를 알 수 없을 정도로 많은 고블린들이 서식하고 있다.

그래서인지 몬스터들은 없었다. 세력에 밀려난 모양이다. 와이드 센스 마법으로 기감을 넓혀 재차 확인한 결과이다.

오늘 어찌나 호되게 당했는지 모두 물러나 있는 상태이다. 따라서 당분간은 안전할 것이다.

"오늘은 이곳에서 야영을 한다. 모두 경계 위치로!"

"네에."

나후엘 자작가 마차 열두 대는 빙 둘러 원을 그렸다. 자작가는 중심부에, 용병들은 그 밖에서 머물기로 했다.

"휴우……! 이제야 좀 쉬는군. 이봐, 피곤하지 않아?"

"네……? 아, 네에. 왜 안 피곤하겠어요? 몹시 피곤합니다."

"오늘 힘든 하루였어. 그렇지?"

"네, 고블린이 아주 지겨웠지요."

"아까 보니까 제법 하던데? C급 치고는 제법이야."

"감사합니다."

현수는 초짜 용병 흉내를 그럴 듯하게 내고 있었다.

방금 현수에게 말을 건 용병은 같은 C급으로 나이는 서른 살이라는데 40이 넘어 보인다. 용병치고는 마른 몸매였다.

낡은 레더 아머를 걸치고 있는데 목덜미 뒤쪽에 상처를 입은 듯 피로 물들어 있다.

"목 뒤에 상처가 있는데 놈들에게 당한 겁니까?"

"재수가 없었지. 맨 마지막 공격 때 조금 지쳤었나 봐. 한 놈을 죽이고 있는데 갑자기 뒷덜미가 따끔하더군. 상처가 어느 정도인지 봐주겠는가?"

"그러지요."

상처는 보기보다 깊었다. 1㎝ 정도 깊이에 폭은 0.5㎝, 길이가 7㎝ 정도 되었다.

"흠! 상처가 깊고 길군요. 그냥 놔두면 안 될 것 같은데 치료해 드려요?"

"자네가……? 혹시 전직이 치료사였나?"

"아니에요. 그냥 약을 조금 가지고 있을 뿐이에요."

"부탁하네. 치료해 주게. 난 죽으면 안 되거든."

"그러죠. 근데 조금 아플 수 있습니다."

"참겠네."

"나무토막 하나를 입에 무는 편이 나을 겁니다."

용병은 더 묻지 않았다. 마법사나 신관이 아닌 이상 상처를 치료할 때 몹시 아프다는 것을 알기 때문이다.

현수는 아무도 모르게 마법배낭에서 과산화수소를 꺼냈다. 이를 상처에 붓자 흰 거품이 생긴다.

치이이익!

"으으으으윽……!"

"조금만 더 참으세요. 상처가 덧나지 않도록 조치를 취하는 거니까요."

"그래, 으으윽……!"

탈지면으로 과산화수소를 닦아내고 상처 치료에 좋다는 후시딘 연고를 꺼냈다. 그리곤 상처 안쪽에 길게 짜 넣었다.

다음엔 상처 좌우를 꽉 눌러 서로 맞닿게 하였다. 밖으로 삐져나오는 것들은 탈지면으로 닦아냈다.

물론 아프다고 나지막한 비명을 질렀지만 무시했다.

마지막으로 꺼낸 것은 스테리 스트립(Steri Strip)이라는, 찢어진 상처를 위한 봉합 테이프이다.

강한 장력을 지닌 테이프이기에 꿰매는 것보다 효과적이다. 특히 감염이 적고, 흉터가 적다는 장점이 있다.

"됐습니다. 하나 심하게 움직이면 다시 상처가 벌어지니 가급적이면 과격한 동작은 하지 마세요."

"고맙네. 난, 꼭 살아서 돌아가야 하거든."

"고맙긴요. 근데 아까부터 같은 말을 하네요. 누구나 다 살아서 돌아가야 하는 거 아닌가요?"

"그렇지. 누구나 그래. 근데 난 아픈 마누라와 아직 어린 애들만 남겨놓고 와서 꼭 돌아가야 해."

남의 애달픈 가정사에 끼어들고 싶은 마음이 없기에 현수는 더 이상 캐묻지 않았다.

"이봐! 조금 전에 보니 테일러의 상처를 치료하던데, 자네 치료사인가?"

"C급 용병인거 몰라요?"

이번에 말을 건 사람은 테일러라 불리던 용병보다 두 살쯤 더 먹은 텁석부리장한이다.

전래 동화에 나오는 산적이 연상되는 얼굴이다.

"어쨌든 테일러의 상처를 돌봐주지 않았나? 나도 치료를 부탁하면 안 되나?"

"아! 어디 다쳤습니까?"

"여기……."

사내가 뒤로 돌아서니 엉덩이가 선혈로 흥건하다.

"어찌 되신 겁니까?"

"고블린을 쫓다가 미끄러지면서 엉덩방아를 찧었네. 한데 부러진 나뭇조각이 있어서……."

"일단 엎드려 보세요."

"고맙네."

사내는 바지를 내렸다. 당연히 팬티 같은 건 없다. 얼마나 씻지 않았는지 시커멓고 지독한 냄새가 난다.

하나 내색치 않고 상처를 살폈다.

다행히 지혈은 되었다. 하여 탈지면으로 피를 닦아내니 나뭇조각의 끝이 보인다. 살에 박힌 채 부러진 것이다.

핀셋을 꺼냈다. 알콜로 끝 부분을 소독하고는 그것으로 뽑아냈다. 선혈이 또 나오기 시작한다.

분말 지혈제를 쓰면 금방 지혈이야 되겠지만 아무는 데 지장을 초래한다.

지혈제가 떡이 되어 상처에 들러붙기 때문이다. 이러면 새살이 돋아도 붙질 않는다. 하여 과산화수소를 뿌렸다.

치이이이익!

"으으으으윽!"

잠시 기다렸다가 상처의 양쪽을 꽉 눌렀다. 그리곤 솜에 알콜을 묻혀 상처 주변을 닦아냈다.

시커멓던 엉덩이가 하얘진다. 내친 김에 나머지 부분도 슬슬 닦아냈다. 움찔하더니 시원함을 느끼는지 가만히 있다.

손을 떼고 후시딘을 상처에 짜 넣었다.

다시 꽉 눌러 삐져 나오는 것들을 닦아냈다. 다음엔 스테이 스트립을 넉넉히 자른 뒤 상처를 봉합시켰다.

"다 되었습니다. 나뭇조각이 박혀 있어 빼냈는데 상처가 제법 깊어요. 술은 절대 마시면 안 됩니다. 상처가 덧날 수 있거든요. 잘 때도 엎어져서 잘 것을 권합니다."

"정말 고맙네."

텁석부리장한이 고개까지 숙여가며 감사를 표한다. 하여 환한 웃음으로 대답을 대신해 줬다.

그런데 누군가가 또 다가온다.

"이보게. 내 상처도 치료해 주면 안 되겠는가?"

이번에 온 사내는 변강쇠처럼 생겼다.

상처를 보여주려 일부러 상의를 벗은 상태이다.

그런데 덩치가 커서 그런지 고블린의 침에 많이 맞았던 듯 여기저기 붉은 자국들이 남아 있다.

"일단 앉으세요."

현수는 각각의 상처를 짜냈다. 다음엔 벌레 물린 데 바르는 약을 바른 뒤 조금 있다가 후시딘을 살짝 발랐다. 그리곤 대일밴드로 마감을 했다. 무려 서른두 개의 대일밴드를 썼다.

"참 많이도 당했습니다."

"대신 많이 죽이기도 했지. 고맙네."

그러고 보니 싸울 때 바로 곁에 있던 사내이다. 덩치에 맞게 육중한 도끼를 쓰던 사람이다.

현수네 팀에서 치료를 받지 않은 사람은 조장인 로렌스뿐이다. 용병들은 역시 B급은 다르다면서 고개를 끄덕였다.

그들은 현수가 단 하나의 상처도 입지 않았다는 것을 미처 깨닫지 못하고 있었던 것이다.

밤이 되자 모닥불을 피웠다.

아르센 대륙엔 텐트라는 개념이 없다. 하여 저마다 동물 가죽을 간이용 요와 이불로 사용했다.

현수 것도 있다. 다른 팀에서 준비한 것이다.

그런데 아주 고약한 냄새가 난다. 현대인인 현수가 어찌 그 심한 악취를 견디겠는가!

페브리즈가 있어도 냄새 제거를 할 수 없다. 이목 때문이다.

숲으로 들어가 겨울용 방한복을 속에 입었다. 기모가 있어 촉감도 좋고, 보온성도 좋다고 광고하던 제품이다.

그래도 춥다. 4월 말이지만 숲이 울창해서 그런지 몹시 춥다. 할 수 없이 준비해 온 가죽 사이에 침낭을 넣고 안으로 들어갔다. 고약한 냄새가 났지만 추운 것보다는 나았다.

짹짹! 짹짹짹……!

"기상! 기상! 모두 일어나라. 오늘 아침식사 당번은 척후팀이 맡는다. 나머진 주변 경계 및 정찰을 맡도록!"

랄프의 명령이 떨어지자 다들 부스스한 얼굴로 일어난다.

현수는 부산한 틈을 타 얼른 침낭을 접어 아공간에 넣었다. 숨 쉴 때마다 허연 김이 나는 몹시 추운 아침이다.

"아하암……! 잘 잤나?"

어제 상처를 치료해 줬던 테일러라는 용병이다.

"네, 근데 아침식사는 뭘로 준비하지요?"

"그냥 이것저것 먹을 수 있는 걸 넣고 대강 끓여서 먹는 거지. 그나저나 자네 솜씨가 좋은 모양이야. 덕분에 지난밤엔 아프지 않고 잘 잤네."

테일러는 엄지손가락을 치켜올렸다.

지금까지의 경험으로는 상처 입은 날 밤 상처 부위가 욱신거려 제대로 잠자지 못했다. 그런데 아주 잘 잔 모양이다. 현수가 준 소염진통제와 항생제 덕분일 것이다.

"어이, 젊은 친구! 고맙네. 덕분에 잘 잤어."

엉덩이에 나무 조각이 박혀 있던 장한도 한마디 거든다.

팀장인 로렌스 역시 부스스한 얼굴이다.

"자, 오늘 아침식사 당번은 우리 팀이다. 당연히 오늘 메뉴는 빵과 잡탕 스튜다. 너, 너는 솥을, 너와 너는 장작불, 너와 너 물, 너는 재료, 너도 재료……. 넌 요리."

로렌스가 일일이 손가락질 하며 임무를 부여했다. 용병들은 찍소리 하지 않고 흩어졌다.

현수가 다른 둘과 산 아래까지 내려가 계곡의 물을 길어왔을 때엔 커다란 솥단지가 내걸려 있었다.

밑에는 장작불이 피워질 준비가 한창이다.

재료를 맡았던 이들은 솥단지 안에 각종 재료들을 대충대충 썰어 넣고 있었다. 배추, 무, 당근, 콩 비슷한 것들이다.

그런데 세척 작업을 하지 않은 채 그냥 넣는다.

배추는 누렇게 말라붙은 부위까지 그냥 잘라서 넣는다.

안을 들여다보니 말린 고기 찢은 것도 조금 들어 있다.

"이걸 세척도 안 하고 그냥 넣습니까?"

"그럴 시간과 물이 있어? 그냥 대충 끓여서 위의 것만 떠먹으면 되잖아."

테일러가 아무렇지도 않다는 듯 대답을 했고 나머지 용병들 역시 이의를 제기하지 않는다.

"우리 팀이지만 식재료는 꽤 괜찮은 걸 준비했더군. 이 정도면 싱싱하지?"

식재료에 물을 붓는 동안 야채가게에서 최소한 일주일은 묵었을 법한 누런 배추를 들고 웃는다.

식재료가 좋아 기분이 좋다는 표정이다.

"아! 소금도 넣어야지. 이봐, 그거 조금만 넣어."

"네……?"

"자네 옆에 있는 자루를 열어봐. 암염이 들어 있을 테니 한 주먹 털어넣게."

"아……! 네에."

현수는 시키는 대로 자루를 열었다. 누런 빛깔 암염이 있다.

그런데 이물질이 제법 많이 섞여 있다.

암염을 채취하면서 딸려온 흙가루 등이다.

“어휴, 어떻게 이런 걸……!”

가공을 거치기 전에는 사람이 먹을 것은 못되어 보인다.

현수는 결국 아공간에서 한국의 천일염을 꺼냈다. 신안군 비금도가 산지인 최고급 소금이다.

“저어, 이거 간은 제가 봐도 되겠습니까?”

“자네가……? 그래 주면 나야 고맙지. 자아.”

테일러는 음식을 휘젓고 있던 작대기를 얼른 건네준다. 숲의 나뭇가지 하나를 자른 뒤 대강 손을 본 것이다.

현수 역시 테일러가 그랬던 것처럼 식재료들을 휘저으며 국물을 찍어 맛을 봤다. 이도저도 아니다.

결국 아공간에서 쇠고기 다시다가 튀어나왔다. 적당량을 넣으니 냄새부터가 달라진다.

어제는 밤이 늦었기에 곰팡내 나는 빵으로 배를 채웠다

냄새가 역했지만 다른 사람들도 다 먹는 것이니 훈련받는 셈치고 먹었다.

이빨로 갉아먹던지, 침으로 녹여 먹어야 할 정도로 딱딱했다. 그리고 언제 만들었는지 알 수 없을 정도로 오래된 듯하다. 곳곳에 곰팡이가 피어 있었던 것이다.

현수는 그런 부위들을 도려내 가며 먹었다. 그러면서 어떻게 이런 것을 먹고도 멀쩡할까 싶었다.

이곳 사람들의 위장은 곰팡이와 세균까지 완벽하게 소화시키나 보다라고 생각했다.

문득 카이로시아와 로잘린이 떠올랐다.

그녀들 역시 이곳 사람이니 그녀들의 위장도 그러할 것이란 생각을 하곤 키득키득 웃었다.

왠지 웃겼기 때문이다.

겉모습은 천하절색인데 위장은 스테인리스 철판도 녹일 초강력 위장이라는 걸 상상한 때문이다.

어쨌거나 아침식사는 현수의 용병생활 첫 번째 식사이다.

처음부터 아무런 특색도 없는 맨송맨송한 국물을 먹고 싶지는 않았다. 하여 쇠고기 다시다가 동원된 것이다.

전원일기의 회장댁 김혜자가 국물을 맛보곤 십 수 년 동안이나 '그래, 이 맛이야!' 라고 광고했던 바로 그 제품이다.

여기저기 흩어져 스튜가 적당해질 때를 기다리던 용병들이 하나둘 다가온다.

"후와아……! 이거 무슨 냄새야?"

"그러게? 대체 뭘 넣었기에 이렇게 기막힌 냄새가 나?"

"우와아! 도대체 오늘 아침은 뭐가 되려고 이런 기막힌 냄새가 나는 거야? 기대되는데?"

"헐……! 세상에 맙소사. 국물에서 어떻게 이런 냄새가 나?"

"이봐! 국물에다 대체 무슨 짓을 한 거야?"

다가온 용병들마다 한마디씩 한다. 그리곤 먼저 먹겠다는 듯 줄을 선다.

김이 조금씩 피어오르던 국물이 부글부글 끓어오를 때에는 현수를 제외한 49명의 용병이 긴 줄을 서 있었다.

"잠시만 더 기다리세요. 이제 끓기 시작했으니 조금 있으면 먹을 수 있을 겁니다."

먹고 싶어 침을 질질 흘리는 용병들을 훑어본 현수는 다시 다 넣기를 잘했다는 생각을 했다.

"자아, 지금부터 배식하겠습니다."

용병들은 찍소리 않고 현수가 주는 만큼을 받아갔다. 더 달라는 소리를 하는 용병들은 하나도 없다.

모두 푸짐하게 담아주었기 때문이다.

이는 현수가 식재료를 휘저으면서 마트에서 가져온 배추와 무, 당근, 콩 등을 더 넣었기 때문이다.

물론 싱싱한 쇠고기도 다량 투입되었다.

모두에게 배식하고 남은 것을 맛 본 현수는 고개를 끄덕였다. 광고대로 국물 맛이 끝내줬던 것이다.

"너, 하인스라 했나?"

"네."

식사를 마친 랄프가 한 말이다.

"넌, 식사 당번 고정이다. 다른 것은 할 필요 없다. 오늘과 똑같은 맛만 내주면 된다. 오늘 아침, 정말 최고였다."

아침식사 후, 현수는 모든 용병들이 아는 인물이 되었다.

설거지를 마친 후 행렬은 즉시 출발했다.

아직 먹은 게 꺼지지 않아서 그러는지 모두들 아침식사 칭찬을 한다.

현수는 계면쩍었지만 두말 않고 척후팀의 일원으로 행동했다. 둘째날은 오크 여섯 마리를 처리하는 게 전부였다.

산불로 많은 나무들이 불타 시야가 넓은 곳이었기 때문이다. 수풀 속에는 고블린이나 오크들이 있었을 것이다.

하나 이쪽의 인원이 만만치 않기에 감히 도발하지 못한 것이다.

"저녁 식사도 자네에게 부탁하고 싶은데 되겠는가?"

"해보지요. 그런데 식재료를 제가 볼 수 있을까요?"

"그야 요리사 마음 아니겠는가? 마차로 가보게. 맨 뒤의 세 개가 식재료를 실은 마차라네."

"네, 알겠습니다."

현수는 랄프가 알려준 마차로 갔다. 그리곤 식재료들을 살펴보았다. 한마디로 형편없다. 채소들은 모두 시들시들하다.

겨울임에도 채소가 있다는 것이 신기하기는 하다.

그런데 거의 쓰레기장으로 보내질 만큼 시들거나 부패가 시작되어 있었다.

항구도시 테세린에는 수확한 것을 보존 마법을 걸어 보관했다가 비싸게 파는 마법사가 있다.

문제는 이곳은 물류가 원활치 못한 곳이라는 것이다. 하여 마법사에게 온 채소는 이미 시들시들해진 상태이다.

이것을 보존하고 있다가 사러 오면 가장 오래된 것부터 꺼내서 판다. 그렇기에 있기는 하지만 형편없는 것이다.

용병 생활을 같이 하는 첫 번째 동료들이다. 그렇기에 갖고 있는 식재료를 아낌없이 쓸 생각을 했다.

하루 일과가 끝나 모닥불이 피워질 즈음 현수는 부산한 움직임을 보였다. 식사 당번이 된 팀의 용병들은 현수의 지시에 따라 감자와 양파, 그리고 당근 껍질을 벗겼다.

한쪽에는 누런 가루에 물을 부은 뒤 휘젓고 있었다.

현수는 돌을 주워 임시 화덕을 만들었다. 그리곤 깊이가 그리 깊지 못한 솥에 식용유를 듬뿍 붓고는 화력을 높였다.

현수는 자신이 직접 작업한 잘게 썬 쇠고기를 넣고 볶다가 송이버섯, 그리고 파슬리 썬 것을 넣었다.

다음 순서는 껍질 벗긴 감자, 당근, 양파이다.

이 과정에서 맛소금을 넣었고, 후춧가루도 약간 뿌렸다.

적당히 익었다 생각될 때 모든 식재료가 잠길 정도로 카레 섞은 물을 부었다. 그리곤 작대기로 휘저었다.

감자가 익으려면 적어도 10분은 있어야 한다.

한쪽에선 무쇠 솥 안에서 쌀이 익어 밥이 되는 중이다.

마차엔 없던 재료이다. 누가 물으면 마차 안에 있었다고 우길 셈치고 꺼내놓은 쌀이다.

김이 무럭무럭 나는 것을 지켜보던 현수는 불타는 장작 상당량을 빼냈다. 뜸 들이려는 것이다.

CHAPTER 07

방귀쟁이 드래곤 제니스

"하인스! 이건 대체 무슨 요리인가? 냄새가 죽여주네."

"그러게. 이런 빛깔의 음식은 생전 처음 봐. 향도 처음이고, 이거 이름이 뭔가?"

"하인스! 자네 혹시 전직 주방장이었나? 후와, 냄새 진짜 좋다. 어휴, 침 넘어가."

"하인스. 내 고향에 가면 예쁜 여동생이 있네. 그애랑 결혼하게. 대신 이 요리 가끔 해줘야 하네."

결국 카레라이스 한 그릇에 동생까지 팔아먹을 용병이 나타났다. 현수는 대답 대신 웃음만 지으며 계속해서 나뭇가지를 저었다. 안 그러면 눌러붙기 때문이다.

"자아, 줄을 서시오!"

드라마 허준에서 임현식이 했던 대사를 흉내 냈다. 그런데 줄은 이미 형성되어 있다.

현수는 카레와 밥을 퍼주면서 나무로 만든 숟가락도 주었다. 물론 마트에서 가져온 것이다.

매운 것을 잘 못 먹을 것이기에 카레의 양을 조절했지만 연신 맵다는 소리가 튀어나온다.

하지만 어느 누구도 숟가락을 내동댕이치지는 않았다.

그렇게 50인분이 거의 소진되었다. 남은 것을 먹으려던 현수에게 처음 보는 노인이 그릇을 들이민다.

"나도 맛 좀 보세."

"……?"

"나후엘 자작가의 시종이라네."

고용주의 식솔이라는데 어찌 안 줄 수 있겠는가!

"아, 그러십니까? 자, 여기……."

"고맙네. 잘 먹겠네."

현수는 노인이 먹을 것이지만 넉넉하게 담아줬다.

노인은 두말없이 그릇을 들고 원형을 이루고 있는 마차들 사이로 사라졌다.

아침과 마찬가지로 현수는 엄청난 칭찬을 들었다.

그들로서는 생전 처음 먹어보는 카레라이스였으니 어찌 그렇지 않겠는가!

게다가 그들에게 제공된 밥은 찰지기로 이름난 이천 쌀로 만든 것이다. 곰팡이 핀 딱딱한 빵보다는 영양가 등에서 훨씬 우월한 것이다.

덕분에 불침번 열외 혜택을 받았다.

나쁠 것 없다. 잠은 잠대로 잘 수 있고, 곁에 있는 용병들의 잡담을 들을 수 있기 때문이다.

이들의 대화로부터 현수는 많은 것들을 얻을 수 있었다. 덕분에 소중한 간접경험이 쌓인 것이다.

잠들기 직전 현수는 다음날 아침의 메뉴를 구상했다.

"이보게, 하인스! 궁금한 게 있네. 대체 이 끝장나게 맛있는 음식은 이름이 뭔가?"

"하인스, 혹시 국물이라도 남은 거 없는가?"

"헤이, 하인스 요리장! 너무 맛이 좋았어. 이러다 다른 사람들이 만든 음식은 못 먹을 거 같아."

"그러게. 하인스의 음식 솜씨가 너무 좋아. 나중에 거지 같은 음식 먹을 생각을 하면… 어휴……! 한숨이 절로 나오네."

마트에서 파는 양념불고기는 완전 히트였다. 어제 왔던 나후엘 자작가의 시종은 세 번이나 더 가지러 왔다.

올 때마다 많은 양을 줬는데 그래도 또 온 것을 보면 혼자 먹는 것이 아니다.

결국 불고기 때문에 행렬의 출발 시각이 꽤 늦어졌다.

마차가 떠날 생각을 하지 않았기 때문이다. 용병들은 준비를 갖춘 채 마차가 출발하기만을 기다려야 했다.

셋째날도 오후까지는 별다른 일 없었다. 점심 나절 트롤 한 마리가 출현했었는데 랄프와 B급 용병 넷이 처리했다.

"목이 마르네. 테일러 씨 물 좀 있어요?"

"물……? 여기 있네."

테일러가 건넨 것은 영화 페르시아의 왕자 시간의 모래 편에 나온 그 물주머니이다.

가죽으로 만든 것이었는데 마개를 뽑고 물을 마시려던 현수는 이마를 찌푸렸다. 지독한 냄새 때문이다. 뭔가가 썩는 듯한 냄새를 맡은 현수는 물마시기를 포기했다.

그렇다 하여 음료수를 꺼내서 마실 수는 없다. 이목 때문이다. 갈증을 참고 한참을 가니 물 맑은 개울이 보인다.

"테일러 씨! 물주머니 비었죠? 줘요. 내가 채워나 줄 테니."

"나야 고맙지."

현수는 담겨 있던 물을 모두 빼냈다. 그리곤 투명한 위생 비닐 봉투를 쑤셔 넣었다. 마개가 있는 곳까지 넣은 후 바람을 불어넣어 펼쳐지도록 했다.

그리곤 1써클 마법 멜트(Melt)를 시전했다.

물을 담고 마개를 닫아 테일러에게 주었다. 잠시 쉬었던 행렬이 출발하고 한 시간쯤 지났을 때 테일러가 다가온다.

"이봐, 하인스! 내 물통에 대체 뭘 어떻게 했기에 냄새가 나지 않는 거지?"

"내가 손을 좀 봤어요. 이제 냄새 안 나죠?"

"그래. 너무 좋네. 고맙네."

"뭘요. 별거 아닌데요."

현수는 결국 마흔여덟 개의 물주머니 전부에 위생봉투를 쑤셔 넣는 작업을 해야 했다. 물론 다들 좋아 죽는단다!

하긴 앞으론 냄새나지 않는 순수한 자연의 물을 마시게 되었으니 어찌 그렇지 않겠는가!

저녁 식사는 라면을 끓였다. 물론 순한 맛을 골랐다.

부글부글 끓으면서 냄새를 풍기자 모두가 몰려들었다.

처음 보는 구불구불한 음식이기에 이게 무엇이며, 어디에서 났느냐는 말이 빗발쳤다.

현수는 가죽으로 만든 배낭을 보여줬다.

"이거 우리 집 가보인 마법배낭이에요. 구불구불한 건 국수라고 하는 건데요, 북해에 접한 니라스 왕국의 특산물이에요. 아버지가 거기 가셨다가 구해온 거구요."

"국수?"

"네, 오늘은 특별히 랄프 대장님이 술을 허용했으니 제가 술을 대접하죠."

"술도 있나?"

"네, 한번 먹을 건 있어요."

마냥 달라고 할 수 있기에 현수는 부러 엄살을 부렸다.

용병 50명, 나후엘 자작가 인원 열여섯 명을 계산하여 라면은 150봉지를 끓였다. 일인당 2.3개 분량이다.

현수는 라면을 떠주면서 소주도 나눠주었다.

진로에서 나온 참이슬 담금주이다.

이것은 한 병이 무려 5,000*ml*가 된다. 소주 한 병이 360*ml*이니 하나가 약 열네 병짜리이다.

인원수를 계산하여 다섯 개를 꺼냈다.

이것은 사람들의 이목이 미치지 않을 때 나무로 만든 통에 담아두었던 것이다.

현수의 예상대로 나후엘 자작가의 인원들도 모두 배식 받아 갔다. 냄새가 워낙 좋지 않았던가!

용병들은 입에 침이 마르도록 칭찬을 했다.

하긴 한국에서도 거의 모든 국민들이 즐겨먹는 음식이다. 돈이 많든 적든 상관없이……!

하물며 마법을 제외하곤 거의 모든 것이 중세 유럽 수준인 이곳에선 어떻겠는가!

고기는 있어도 누린내가 나고, 채소가 있기는 하나 한 철뿐이다. 냉장고가 없어 바다에서 멀리 떨어진 곳은 평생 생선 한 번 못 먹는다.

용병들은 왕궁에서도 먹어볼 수 없을 최고의 음식이라 칭찬했다. 하긴 술과 함께 먹었으니 어찌 안 그렇겠는가!

현수 알기를 개똥으로 알던 줄리앙까지 한마디 했다.

"애송이! 요즘 애송이가 해주는 음식에 입이 즐거워. 특히 오늘 저녁은 최고였어. 죽을 뻔하면 한 번은 구해줄게."

"좋았어? 다행이군. 근데 난 안 죽어. 너나 조심해."

"또 반말……! 하지만 좋아. 오늘은 음식 맛이 좋아서 봐준다. 애송이, 내일 또 기대해도 되지?"

줄리앙이 눈빛을 반짝인다. 기대에 찬 모습이다.

"글쎄……? 그건 두고 봐야겠지?"

현수는 시큰둥한 표정으로 대꾸했다.

나흘째 되는 날 아침, 라면 국물로 쓰린 속을 달래주었다. 최고의 안주이면서 최고의 해장국이니 아이러니하다.

모두들 좋았다고 고개를 끄덕였다. 바야흐로 아르센 대륙에 라면 중독자들이 생기는 현장이었다.

이날 첫 사상자가 발생되었다.

현수에게 치료를 받았던 테일러가 죽은 것이다.

아픈 아내와 어린 아이들이 있어 절대 죽어선 안 된다던 그가 오우거에 의해 죽었다.

그 시각, 로렌스는 또 다른 오우거와 사투를 벌이고 있었고, 현수 역시 오우거의 공격을 방어하고 있었다.

숲의 제왕이라 불리는 오우거는 대부분 단독으로 행동한다. 그런데 이상하게도 한꺼번에 다섯 마리나 덤벼들었다.

B급 한 명에 C급 아홉 명이 오우거 다섯 마리와 조우한 것이다.

같은 시각, 후속 행렬은 언덕 아래에서 힘겹게 구불구불한 길을 오르고 있었다.

처음 오우거가 나타났을 때 현수는 덩치를 보고 놀라지 않을 수 없었다. 제일 작은 놈이 6m쯤 되었기 때문이다. 가장 큰 놈은 7m에 육박했다.

무엇 때문인지 이들은 척후팀을 보자마자 미친 듯이 공격을 가했다. 길이가 적어도 10m는 될 나무를 뽑아 들고는 광란하

듯 공격을 가했던 것이다.

가장 선두에 있던 테일러가 당했다. 놀란 나머지 몸이 굳었던 탓이다. 현수는 후미에 있었기에 돕고 자시고 할 시간적 여유가 없었다. 그래서 손 쓸 틈 없이 당한 것이다.

이후 겨우 아홉 명이 다섯 마리나 되는 오우거를 상대했다.

사실 말도 안 되는 일이다. C급 용병 100명은 있어야 간신히 감당할 수 있기 때문이다.

놈들의 공격이 개시되자 경험 많은 B급 용병 로렌스는 자신을 공격하는 오우거를 숲으로 유인했다.

오우거는 너무 울창한 수림 때문에 제대로 된 공격을 하지 못했다. 반면 로렌스는 나무들 틈으로 요리조리 빠지면서 놈들의 공격을 차단했다.

오우거를 처치할 수는 없어도 빠른 몸놀림과 유효적절한 대처로 자신의 몸 하나를 간신히 유지한 것이다.

숲이 없었다면 아마 로렌스 역시 죽었을 것이다. 이래서 경험이 중요한 것이다.

네 마리 가운데 가장 덩치가 큰 7m짜리는 현수를 집요하게 공격했다. 하지만 방패에 인챈트된 오토 배리어 덕분에 공격 대부분을 무효화했다.

그렇지만 워낙 덩치가 차이 나기에 수세에 몰려 피하기에 바빴다. 물론 반격을 가해 상당히 많은 상처를 입히긴 했다.

그래도 크리티컬 데미지를 주지는 못했다.

마법은 7써클 마스터이지만 검법은 소드 익스퍼트 상급 정도의 실력이다. 하지만 현재는 C급 용병일 뿐이기 때문이다.

테일러가 죽지 않았다면 현수는 마법을 써서 몰살시켰을 것이다. 하나 이미 당한 후이기에 검만 뽑아 든 것이다.

아무튼 세 마리는 나머지 일곱이 감당했다.

이것 역시 말도 안 되지만 지형적인 이점과 목숨을 걸고 동료를 구하려던 희생정신이 있었기에 가능한 일이다.

사실 오우거 한 마리를 제거하기 위해선 C급 용병 스무 명은 있어야 한다.

그런데 오우거 세 마리가 겨우 일곱 명을 공격한 것이다.

만일 랄프와 동료 용병들이 늦게 도착했다면 이들 일곱은 목숨을 잃었을 것이다.

물론 그러기 전에 현수의 마법에 의해 죽었을 것이다.

결국 용병 전부가 투입되어 세 마리를 죽였다. 나머지 두 마리는 본능적으로 열세를 느꼈는지 숲 속으로 도주했다.

오우거가 물러간 후 일행은 테일러의 무덤을 만들었다.

땅을 조금 파고 시신을 놓은 다음 흙을 덮고 그 위에 어른 머리통만 한 돌들을 올려놓는 것이 전부이다.

행렬은 곧장 출발했다. 숲속에서의 야영은 매우 위험하기 때문이다. 행렬이 야영할 만한 곳을 찾은 것은 해가 떨어지고도 한참이 지난 후였다.

저녁 식사는 딱딱한 빵 한 조각으로 끝났다. 며칠 동안 호식을 해서 그런지 유난히 투덜거리는 소리가 많았다.

"팀장님! 오늘 테일러가 죽었는데 아무도 그를 추모하지 않는군요."

"죽은 이를 말하는 것은 소용없는 일이잖아. 죽은 사람은 이미 죽었고, 그를 이야기하면 산 사람만 슬프잖아."

"그래도 어제까지 고통을 분담했던 동료였잖아요."

"그런데 지금 곁에 없어. 앞으로도 영원히……! 죽은 건 죽은 거야. 용병은 그런 거에 연연해하면 안 되네."

"그래도……."

현수는 배낭에서 하모니카를 꺼냈다. 그리곤 우울한 분위기를 내는 노래를 연주했다.

클레멘타인(Clementine)이라는 곡이다.

애절하고 슬픈 분위기가 고요한 숲을 더욱 고요하게 했다.

하모니카를 입에서 떼자 어둠 속에서 누군가 묻는다.

"이보게, 그 노래 가사가 있나?"

"있죠."

"불러줄 수 있겠나?"

"그러죠."

현수는 나직한 음성으로 노래를 불렀다.

넓고 넓은 이 숲속에, 나의 친구 어디 갔나?
병든 아내, 어린 아들, 남겨두고 죽었다네.
내 친구야, 내 친구야! 나의 친구 테일러여.
같이 웃던 나를 두고 영영 어디 갔느냐?

현수의 노래가 끝나고도 한참 동안 침묵이 흘렀다.

"한 번 더 불러주게."

"그러죠."

현수는 계속해서 세 번이나 더 노래를 불렀다.

그런데 누군가 기억력 좋은 자가 있는 듯하다.

현수가 불렀던 노래를 그대로 외워서 부른다. 몇 번 반복되는 사이에 모두들 곡조와 가사를 외운 듯 따라 불렀다.

현수는 같이 웃던 동료를 잃은 슬픔을 절감하며 큰 한숨을 내쉬었다.

이후는 글자 그대로 고난의 행군이었다.

숲마다 몬스터들이 튀어나왔다. 쉴 만하면 또 다른 몬스터들의 공격이 있었다.

밤에도 눈에 불을 켜고 주위를 살펴야 했다. 아흐레가 되는 날엔 한밤중 오크들의 급습을 받아 세 명이나 죽었다.

이후엔 하루에 두 번 있던 식사가 한 번으로, 그것도 딱딱한 빵으로 바뀌었다.

음식을 만들 시간적 여유조차 없었기 때문이다.

그러는 동안에도 현수는 복합 상처 치료제와 소독약, 그리고 붕대와 진통제, 항생제 등을 아끼지 않았다.

안 그랬다면 상처가 화농되어 여럿이 고생했을 것이다.

이십삼 일째 되는 날.

일행은 더 이상 숲이 보이지 않는 곳에 당도했다. 광대한 캐러나데 사막이 시작되는 곳에 당도한 것이다.

"드디어 캐러나데 사막이군."

"그러게, 이 지겨운 사막을 또 건너가야 하다니. 내 다시는 이곳에 오지 않을 것이라 맹세했건만."

"그깟 맹세가 무슨……. 목구멍이 포도청이면 백 번이라도 와야 하지 않겠는가?"

"맞네. 목구멍이 포도청이니 이곳에 또 온 것이네."

"자……! 모두들 들어라. 우리는 드디어 악명 높은 캐러나데 사막 앞에 당도했다."

언제나처럼 랄프가 한마디 하자 모두의 시선이 쏠린다.

"이제 팀 편성을 새롭게 한다. 각팀 팀장은 지금과 같이 B급 용병들이 맡는다. 나는 총괄 지휘하겠다. 남은 인원들은 제비뽑기를 하여 팀을 정한다."

이곳까지 오는 동안 테일러를 비롯하여 여덟 명이 죽었다. 모두 현수가 손을 쓸 틈 없는 죽음이었다.

숲속에서 만난 던전 때문이다.

랄프는 시간이 없으니 그냥 가자고 했다. 그런데 늘 그렇듯 말을 안 듣는 이들이 있다.

잠시만 쉬었다 가자 해놓고 몰래 던전에 발을 들여놓았다가 죽었다. 입구의 함정에 빠져 죽은 이가 둘이다.

둘은 위에서 떨어진 쇠창살에 꽂혀 죽었다. 나머지 셋은 무시무시한 염산 용액에 녹아서 죽었다.

결국 용병은 42명만 남았다.

A급 랄프와 B급 용병 4명을 빼고 나면 37명이다.

현수는 식사 당번이라 팀 배정에서 제외되었다. 하여 각 팀은 팀장 포함 열 명씩이다.

마차 행렬의 전후좌우에 각기 한 팀이 있기로 했다. 사방이 훤히 보이는 사막이기에 척후팀이 해체된 것이다.

선두에서 총괄지휘를 하는 랄프와 각팀 팀장들의 목엔 호각이 하나씩 걸려 있다.

현수가 준 것이다. 위기가 닥치면 고함을 지르는데 잘 안 들릴 때가 있다. 하나 호각의 날카로운 소리는 멀리까지 전해지기에 팀장들에게 나눠준 것이다.

어쨌거나 현수는 마차 지붕에 타기로 했다.

나후엘 자작가의 시종이 직접 랄프에게 요청했기 때문이다.

앞으로 자작가의 음식도 만들어줄 현수이기에 임무에서 배제시켜 달라는 것이다.

현수는 용병에서 요리사로 바뀌는 것이 싫다고 했다.

그런데 마차 안에 환자가 있는데 그 환자를 위해 그렇게 해달라는 간곡한 부탁을 받았다.

마음 약한 현수가 어찌 이를 거절할 수 있었겠는가!

하여 열두 대의 마차 가운데 열 번째 마차, 즉 식재료가 든 마차의 지붕에 올라타서 이동하기로 한 것이다.

사막에서의 첫날은 별 문제가 없었다.

샌드 웜이 가까이 다가왔다가 모두가 숨죽이고 있자 한참 만에 물러난 것이 사건이라면 사건이다.

저녁 식사는 콩 통조림이 주원료였다.

붉은색 케찹 소스에 익힌 콩이 들어 있는 통조림 수십 개를 땄다. 그리고 스팸 깡통 또한 여러 개 깠다.

물을 붓고 케찹 소스 속의 콩들을 넣었다. 그리곤 스팸 잘게 썬 것들을 넣고 긴 주걱으로 휘저었다.

눌러붙지 않게 하기 위함이다.

용병들은 그 부드러운 맛에 환장을 했다.

쫀득쫀득한 고기 씹는 맛과 입안에서 부드럽게 뭉개지는 콩만으로도 환상적이다. 여기에 은은히 풍기는 케찹 소스의 풍미가 입맛을 사로잡은 것이다.

'역시 외국인들이 좋아하는 맛인가?'

오랜만에 편안한 마음으로 식사를 마친 현수는 여느 날처럼 칭찬을 들었다.

"이보게, 하인스!"

"네, 대장님!"

"이곳까지 오는 동안 잃은 여덟 명의 용병들을 추념하고 싶네. 전에 연주했던 그 악기를 꺼내 우리에게 가르쳐 준 노래를 연주해 주겠는가?"

"그러지요."

하모니카를 꺼내 클레멘타인을 구슬프게 연주하는 동안 용병들은 현수가 개사한 노래를 불렀다.

테일러부터 시작하여 죽은 용병들의 이름이 차례로 들어가 노래는 여덟 번이나 반복되었다.

클레멘타인이 이곳에서는 고인의 죽음을 애석해하는 일종의 장송곡이 된 것이다.

그간 먼저 간 동료들을 추모할 시간조차 없을 정도로 고된 여정이었다. 그래서 그런지 모두 축 늘어져 있었다.

몸도 지치고, 마음도 지친 때문이다. 몹시 우울한 분위기이다. 어찌 이를 두고만 보겠는가!

"제가 분위기 전환용으로 신나는 곡 하나 더 연주할까요?"

"그래주면 고맙지."

이번에 연주한 노래는 어린아이들도 아는 '루돌프 사슴코'라는 캐럴이다. 짧으면서도 경쾌한 곡이 거푸 연주되자 침울했던 분위기가 나아지는 듯하다.

그중 누군가가 묻는다.

"이보게, 그것도 가사가 있는 곡인가?"

"물론이죠."

"우리에게 들려줄 수 있겠나?"

"왜 안 되겠습니까? 자아, 잘 들어보세요."

현수는 즉석에서 개사를 했다. 분위기 쇄신용이니 웃기는 가사를 붙인 것이다.

드래곤 제니스는 방귀 냄새 지독해!
누구든 그를 보면 얼른얼른 도망가.
다른 모든 드래곤 놀려대며 웃었네!

가엾은 저 제니스 외톨이가 되었다네.
안개 낀 그 어느 날, 친구 말하길
제니스는 방귀쟁이, 냄새가 넘 지독해!
그후로 모든 드래곤 제니스를 피했다네.
제니스의 방귀는 길이길이 기억되리.

현수가 노래를 부르는 동안 용병들은 배꼽을 잡고 뒤집어졌다. 그리곤 가사를 가르쳐 달라는 요청이 쇄도했다.

못 가르쳐 줄 이유가 어디 있겠는가!

몇 번 선창을 하니 쉽게 따라 부른다. 하긴 유치원에 다니는 아이들도 부르는 노래이다.

밤이 깊도록 제니스는 방귀쟁이라는 노래가 울려 퍼졌다.

같은 시각.

캐러나데 사막으로부터 1,200km 떨어져 있는 깊은 산속 거대한 동굴 안에서 귀를 긁적이는 존재가 있다.

에이션트급 골드 드래곤 제니스이다.

"에이, 귀가 간지러워서 잠도 못 자겠네. 어떤 놈들이 내 얘기 하는 거야?"

헤츨링 때부터 사고란 사고는 다 치면서 살아온 제니스의 정식 이름은 제니스케리안이다.

하나 드래곤 로드는 그 이름의 절반만 부른다.

어린 시절부터 제니스케리안이 사고를 치면 그 뒷수습은 늘

쌍둥이인 옥시온케리안이 해야 했다.

세월이 흐를수록 사고치는 횟수가 많아졌고 규모가 커졌다.

골치 아팠지만 어쩌겠는가! 쌍둥이이기에 자신이라도 처리하지 않으면 의심받기 때문이다.

그러던 그가 드래곤 로드가 되었다.

취임 후 첫말은 제니스케리안은 케리안 집안의 창피이므로 앞으로는 이름의 절반만 부르겠다고 한 것이다.

그래서 다른 드래곤들도 제니스라 부른다.

제니스가 저지른 멍청한 짓의 백미는 499년 전 가이아 신전에 똥을 싼 것이다. 그것도 폴리모프를 풀고 본체로 돌아간 상태에서 쌌다. 당연히 어마어마하게 많은 양이다.

술을 너무 많이 마셔 취중에 저지른 짓이다.

당시의 드래곤 로드는 노발대발했다.

그리곤 말썽을 일으킨 제니스의 족속인 골드 드래곤들로 하여금 500년간 어느 누구와도 접촉하지 않겠다는 맹세를 하도록 했다.

그러다 쌍둥이인 옥시온케리안이 로드 직을 물려받았다. 그와 동시에 옥시온케리안에게 내려졌던 금제는 풀렸다.

아무튼 로드가 된 그는 만일 제니스가 종족의 맹세를 깨면 즉각 파문당할 것이라 선언했다.

드래곤에게 있어 종족에서의 파문은 무엇으로도 씻을 수 없는 수치이다. 그렇기에 말썽쟁이 제니스이지만 찍소리 못하고 500년짜리 수면을 선택한 것이다.

그런데 1년도 안 남은 이때 귀가 간지럽다면서 깼다.

아무튼 현수는 재미로 개사를 했다.

용병들은 웃겨 죽는다면서도 이 노래를 배웠다. 그리곤 가는 곳마다 이 재미있는 노래를 전파시킨다.

그 결과 현수는 이것 때문에 큰 곤욕을 치르게 된다. 물론 훗날의 일이다.

"랄프 대장! 왼쪽에서 갑니다."

현수는 좌측으로부터 다가오는 거대한 덩치의 움직임을 살피는 한편 기감을 넓혔다. 또 한 마리 샌드 웜이 움직인다.

"줄리앙, 네 오른쪽에서 한 마리가 다가가."

이것은 목소리로 하는 말이 아니다. 손짓이다.

그것도 아주 조심스런 손짓이다.

소리에 너무나 민감한 적을 만난 때문이다.

사막의 몬스터 샌드 웜은 몸통 둘레가 5m, 길이가 25m를 넘는 거대한 놈이다. 이놈들은 모래 속에 은신해 있다가 느껴지는 진동으로 먹이를 찾아 잡아먹는다.

일행은 오늘 아침, 느닷없는 유사(流砂)를 만났다.

유사란 글자 그대로 흐르는 모래이다.

이것은 언제 어디에서 어떻게 나타날지 몰라 수십 번이나 사막을 횡단한 사람도 목숨을 잃게 만드는 것이다.

덕분에 두 명의 용병이 실종되었다. 정확히는 죽었다. 다만 시신조차 찾을 수 없기에 실종이란 표현을 쓰는 것이다.

그것도 식사를 하다 죽었다. 조금 전까지만 해도 안전하던 곳이 갑자기 위험지대로 변모한 것이다.

마차 역시 두 대나 사라졌다. 식재료를 실었던 것인데 거의 빈 상태였다는 것이 그나마 불행 중 다행한 일이다.

그 즉시 이동했다.

그런데 맨 앞에서 달리던 용병 하나가 괴물에게 잡아먹혔다. 유사만 신경 쓰다 샌드 웜의 먹이가 된 것이다.

현수는 더 이상의 희생을 두고 볼 수 없기에 와이드 센스 마법으로 기감을 넓혀 주변을 살폈다.

그리곤 적절한 경고를 시작했다.

처음엔 현수의 손짓을 무시했다. 경험이라곤 하나도 없는 C급 용병의 의견을 누가 듣겠는가!

하나 경고를 무시하고 움직이던 용병 하나가 샌드 웜의 먹이가 되었다. 두 번째 희생이다.

또 다시 경고를 했지만 이는 또 무시되었다. 그 즉시 그 용병도 모래 속으로 사라졌다.

이후 현수의 경고를 무시하는 용병은 아무도 없다. 그렇기에 경고를 받은 랄프와 줄리앙은 즉각 움직임을 멈췄다.

이제 조금이라도 움직이면 모래를 헤치고 솟아오르는 거대한 덩치를 보게 될 것이다. 놈은 시체 썩는 것과 유사한 악취를 뿜으며 한 입에 삼킬 것이다.

현재 모든 용병들은 움직임을 멈췄다. 마차 안에 타고 있는 인물들 역시 모두 내린 상태이다.

말들은 모두 풀어주었다. 겁에 질린 말의 움직임 때문에 사람이 피해를 볼 수 있기 때문이다.

말은 총 서른두 마리가 있었다. 그중 열여덟 마리는 샌드 웜의 먹이가 되었다. 나머지 열네 마리는 도망갔다.

샌드 웜들은 달리는 말을 잡아먹을 수 없다. 하여 도주하는 말을 쫓다가 모두 되돌아와 주변을 맴돌고 있다.

와이드 센스 마법으로 기감을 넓혀보니 40마리 정도가 주변에서 꿈틀대고 있다.

말을 잡아먹은 것들까지 포함된 건지는 알 수 없다.

아무튼 이놈들은 먹이가 있다는 것은 알지만 어디에 있는지는 모른다. 어느 누구도 움직이지 않기 때문이다.

하여 슬금슬금 꿈틀거리며 겁을 주는 중이다. 때론 모래 위로 솟구쳐 올라 둘러보는 시늉을 한다.

하나 이건 위장이다. 놈들에게도 눈 비슷한 것은 있지만 시력이 제로이기 때문이다.

이에 속아 겁을 먹고 도주하려다간 가장 먼저 먹이가 될 것이다. 조금만 움직여도 진동이 발생되기 때문이다.

아마 연못 안의 잉어에게 먹이를 줄 때 서로 먹겠다고 달려드는 것처럼 모여들 것이다.

이곳으로 오기 전 갈림길을 만났다.

하나는 암석으로 이루어진 계곡으로 가는 길이다.

절벽과 절벽 사이의 아슬아슬한 길이라 웬만한 간으로는 엄두조차 내지 못할 길이다. 그럼에도 A급 용병 랄프는 그 길로 가자 했다. 지름길인 것 같기 때문이다.

그때 줄리앙이 나섰다.

이곳을 지나친 적이 있다는 것이다. 하여 줄리앙의 의견을 받아들였고, 이런 위기에 처한 것이다.

현수는 마차 지붕 위에서 주변을 살폈다.

'할 수 없지. 위기가 닥치면 마법이라도 써야지.'

샌드 웜들은 꿈틀거리면서 여전히 일행이 있는 주변을 움직이고 있다. 누구 인내력이 더 강한지 시합하자는 듯하다.

봄이지만 바람 한 점 안 부는 가운데 태양 빛이 작렬해서 그런지 땀이 난다. 현수는 소매로 이것을 닦아냈다.

그런데 그 작은 움직임조차 감지하는 듯 샌드 웜들이 요동을 친다. 움직임을 멈추자 그들 또한 멈춘다.

시간은 흐르고 있다.

'이 상태로 대치하면 우리가 절대적으로 불리해.'

용병은 물론 나후엘 자작가의 식솔 또한 마차 밖에 있다.

밤이 되면 사막은 혹독한 추위를 만들어낼 것이다.

그러면 이가 부딪칠 정도로 달달 떨게 될 것이다.

그 작은 소리에도 샌드 웜은 반응한다. 그러면 몬스터의 먹이가 되는 것이다.

시선을 돌려보니 그리 멀지 않은 곳에 암석으로만 이루어진 곳이 있다. 샌드 웜으로부터 공격당하지 않을 곳이다.

문제는 약 200m가량 떨어져 있다는 것이다.

CHAPTER 08
사막에서의 악전고투

사람이 모래 위를 달리는 속도와 샌드 웜이 모래 속을 누비는 속도를 비교하면 샌드 웜이 조금 더 빠르다.

따라서 달리기를 시작하면 얼마 안 되어 잡아먹힌다.

'흐음! 천상 누군가가 시간 끌기를 해야 한다는 건데.'

현수는 샌드 웜들의 움직임을 면밀히 살피면서 생각에 잠겼다. 현수가 아닌 다른 사람들은 어느 누구도 현재의 위치 어디쯤에 샌드 웜이 있는지 알 수 없다.

그렇기에 모두의 시선은 현수에게 쏠려 있었다. 홀로 마차 위에 있기 때문이기도 하다.

현수는 아주 천천히 손짓으로 암석지대를 가리켰다. 모두들 고개를 끄덕인다. 무슨 뜻인지 알아들은 것이다.

문제는 누가 남느냐는 것이다. 큰 소리를 내면 샌드 웜들이 벌떼처럼 달려들 것이고, 그럼 먹이가 된다.

현수는 손짓으로 자신이 남을 테니 신호를 주면 일제히 달리라는 사인을 보냈다. 모두들 고개를 끄덕인다.

잠시 후, 현수는 아주 조심스런 손길로 마차의 뚜껑을 열었다. 안에는 식재료들이 들어 있다.

무 비슷한 채소가 있어 이를 집어던졌다.

쿠웅—!

콰르르르……! 우워엉! 크와라락! 체에에엑!

삽시간에 벌어진 상황이다. 무가 떨어지면서 진동을 일으키자 여섯 마리가 한꺼번에 솟아올랐다 내려간 것이다.

사람들은 무시무시한 놈들의 모습에 질린다는 듯 잔뜩 겁먹은 표정이다. A급 용병 랄프 또한 마찬가지이다.

샌드 웜은 덩치가 덩치인 만큼 검으로는 상대하기 힘든 몬스터이다. 가죽이 질긴 데다 두껍기 때문에 검으로는 상처를 입힐 수는 있으나 죽이기는 힘들기 때문이다.

검으로 샌드 웜을 죽이려면 최소한 소드 익스퍼트 최상급에 이르러 검기를 쏘아내거나 소드 마스터가 되어 검강을 뿜어내기 전엔 어렵다.

A급 용병 랄프는 소드 익스퍼트 중급이다. 따라서 혼자 힘으론 역부족인 게 샌드 웜이다.

한 마리만 있어도 이러는데 주위엔 마흔 마리 이상이 있다. 그렇기에 잔뜩 긴장된 표정을 짓고 있을 뿐이다.

현수는 무 서너 개를 또 던졌다.

물론 사람들로부터 가장 먼 쪽이다.

쿵, 쿵쿵, 쿠웅—!

콰르르르……! 우워엉! 크와라락! 체에에엑!

던질 때마다 서로 먼저 먹겠다는 난리가 벌어졌다.

일부러 일행이 있는 곳에서 반대쪽으로 조금씩 멀리 던지자 놈들이 쏠리는 듯한 느낌이다.

계속해서 이십여 개를 던졌다.

쿵, 쿵쿵, 쿠웅—!

콰르르르……! 우워엉! 크와라락! 체에에엑!

대가리가 나쁜지 그 정도면 먹이가 없다는 것을 알 법도 한데 소리가 날 때마다 튀어오른다.

용병 및 나후엘 자작가 사람들은 현수의 의도를 알아차린 모양이다. 모두 신호와 함께 달릴 준비를 하는 모습이다.

몸이 가벼워야 하기에 무게가 나가는 것들을 몸에서 떼어내고 있었던 것이다.

현수는 아공간을 뒤져 제법 묵직한 호박 30여 개를 꺼냈다. 그리곤 이걸 던지면 일제히 달리라는 신호를 보냈다.

모두들 알았다는 듯 고개를 끄덕인다.

휘이이익—!

쿵, 쿠쿵! 쿵쿵! 쿵쿵쿵쿵쿵!

콰르르르……! 우워엉! 크와라락! 체에에엑!

"모두, 달려!"

"와아아아!"

사람들이 일제히 달리기 시작했다.

쿠르르르릉! 쿠르르! 쿠라라라! 화라라락!

땅거죽이 올라갔다 내려가며 요상한 소리를 낸다. 샌드 웜들이 내는 소리가 뒤섞인 때문이다.

모르긴 몰라도 젖 먹던 힘까지 쥐어짜서 달리고 있을 것이다. 현수는 이들에게 도움주기 위해 이미 달려간 자리 뒤쪽에 호박을 던지기 시작했다.

쿵! 쿠쿵! 쿵쿵! 쿵쿵! 쿵! 쿵쿵!

콰르르르……! 우워엉! 크와라락! 체에에엑!

샌드 웜들이 현수의 교란 작전에 속아 솟구쳐 올랐다 내리는 동안 사람들은 몇 발짝 더 뛰었다.

조금 지나니 현수가 던질 수 있는 거리를 넘어선다.

맹렬한 속도로 도망가는 사람들의 뒤쪽 땅거죽이 들썩인다. 샌드 웜들 역시 맹렬히 먹이를 쫓고 있는 것이다.

사람들이 잡아먹히지 않도록 이번엔 자신과 샌드 웜 사이에 호박들을 집어던졌다.

쿵! 쿠쿵! 쿵쿵! 쿵쿵! 쿵! 쿵쿵!

콰르르르……! 우워엉! 크와라락! 체에에엑!

다행히 이십여 마리는 현수의 교란 작전에 속은 모양이다.

가던 방향을 바꿔 호박 떨어진 자리로 되돌아오고 있었다. 땅거죽이 들썩이면 곧 놈들이 솟구쳤다.

"으아아아아아……!"

"와아아아……!

비명도 아니고 고함도 아닌 소리를 내며 달리는 사람들은 필사적이다. 하긴 인간으로 태어나 괴물의 먹이가 되고 싶은 이가 누가 있겠는가!

그리고 죽고 싶은 사람이 누가 있겠는가!

오죽하면 개똥밭에 굴러도 이승이 낫다는 말이 있겠는가!

사람들이 암석지대 가까이 다가간 것을 확인한 현수는 자신도 도망가야 할 순간이라는 것을 직감했다.

사람들이 암석지대로 무사히 올라선다면 샌드 웜들이 이곳으로 되돌아올 것이기 때문이다.

7써클 마법사이기에 플라이 마법을 쓰면 간단하다. 하나 이들이 보는 앞에서 마법을 써서는 안 된다.

용병 가운데 둘이 미판테 왕국 첩보대 소속인 것 같기 때문이다. 이들은 나후엘 자작가의 움직임에 뭔가 이상한 점이 있다 판단하여 C급 용병으로 위장한 듯하다.

어젯밤, 우연히 이들의 대화를 들어 알게 된 사실이다.

이들 앞에서 마법을 썼다가 이실리프 마탑 소속이라는 의심을 받으면 아드리아 공국까지 가는 동안 무수한 난관을 넘어야 할 것이다. 따라서 진짜 최악의 상황이 아니라면 절대 마법을 써서는 안 된다.

이런 생각을 하고 있을 때 달리던 사람들 가운데 하나가 고꾸라지는 모습이 보인다. 돌부리에 걸렸든지 하체 부실이기 때문일 것이다. 아님 둘 다일 수도 있다.

제법 멀리 떨어져 있어 누군지 알 수는 없다. 분명한 것은 용병은 아니라는 것이다. 체구가 작았기 때문이다.

그래도 누군지 알고 싶어 텔레스코프 마법을 썼다.

엎어진 사람은 자작가의 식솔 가운데 하나인 것 같다.

몇 발짝 앞서 달리던 시종이 뒤를 돌아보고는 몹시 놀라는 표정을 짓고 있었던 때문이다.

그리곤 옆에서 달리던 줄리앙에게 무언가 말을 한다.

뒤를 돌아본 줄리앙은 잠시 머뭇거리는가 싶더니 잽싸게 뒤돌아 달린다.

그리곤 그제야 일어서던 인영의 손을 잡아당긴다.

그 순간 샌드 웜 한 마리의 아가리가 모래를 뿜어내며 솟구친다. 잠시 모래먼지 때문에 시야가 좋지 않아 어찌 되었는지는 알 수 없다.

더 이상 지체할 수 없다 판단한 현수는 가벼운 몸놀림으로 마차에 내렸다. 그리곤 달리기 시작했다.

어느 누구보다도 빠른 몸놀림이다. 이는 멀린의 레어에서 죽어라 체력 단련을 한 결과이다.

100m 세계기록 보유자인 자메이카의 우사인 볼트와 맞먹을 정도로 빠르다. 어쩌면 더 빠를지도 모른다.

목숨이 달린 일인지라 최선을 다하고 있기 때문이다.

파파파파파파팍……!

츄리릿! 크라라라랏……!

죽어라 달리고 있는데 전면 땅거죽이 들썩이더니 샌드 웜

한 마리가 모래를 뿜으며 치솟았다.

물론 아가리를 벌린 채인지라 날카로운 이빨이 보이고, 지독한 악취도 났다.

현수는 들고 있던 아밍 소드를 휘두르며 소리쳤다.

"마나의 힘이여, 칼날이 되어라. 윈드 커터!"

2써클 마법이다. 하나 위력은 결코 2써클이 아닌 윈드 커터가 시전되었다.

쐐에에에에엑—!

푸와아아악!

크웨에에에엑……!

강력한 위력을 지닌 마법 공격에 격중당한 샌드 웜은 비명도 아닌 괴성을 지르는가 싶더니 솟구쳤던 구멍 속으로 쾌속하게 들어간다.

그 사이 현수는 방향을 바꿔 암석지대로 향했다.

파파파파파파팍……!

디딜 때마다 발 뒤쪽으로 모래가 흩뿌려진다.

푸와아아아……! 크라라라랏!

"어림도 없는 수작! 윈드 커터!"

슈아아아앙……! 퍼어어어억!

쿠웩! 케에에엑……!

이번에도 솟아오른 샌드 웜을 격중시키는 데 성공했다. 하지만 어찌 되었는지 살필 겨를은 없다.

하여 현수는 즉시 방향을 바꿔 달려갔다.

우드드드드드! 콰지지지직!

쿠롸롸롸랏! 츄리리리리릿!

"야압, 윈드 커터! 윈드 커터!"

피이이잉! 쐐에에에에엑!

퍼어엉! 푸르르르르!

케에엑! 퀘에에에엑!

"허억……! 안 돼! 윈드 커터! 윈드 커터!"

쐐에에에엑—!

푸아아앙! 츄와아아악!

케에에엑! 크아아아아악!

두 마리 샌드 웜이 솟구치자 즉각 윈드 커터를 두 방 날렸다. 하나는 놈의 동체에 격중되었으나 다른 하나는 꿈틀거리는 몸짓 때문에 맞지 않았다. 놈은 이빨 수북한 아가리를 벌리곤 현수를 삼키려 쇄도하였다.

직경 5m짜리 원통 안에 길이 30㎝쯤 되는 쇠꼬챙이 수백 개가 박혀 있는 것 같이 보인다. 실로 무시무시한 모습이다.

순간 겁이 났으나 어찌 그대로 있으랴!

재차 윈드 커터를 시전했다. 그러자 이번 것은 샌드 웜의 아가리 속을 파고들었다.

곧이어 가죽 공 터지는 듯한 소리에 이어 뿌연 색깔을 띤 무엇인가가 쏟아져 내린다. 샌드 웜의 체액인 듯싶다.

하나 그것이 무엇인지 가늠할 시간적 여유가 없다. 현수는 놈들이 어찌 되었든 확인조차 안 하고 죽어라 달렸다.

이때이다.

휘리리릭! 휘리릭! 휘리리릭! 휘리리리릭!

"달려! 왼쪽으로, 조금 더 왼쪽으로……! 하인스! 오른쪽으로……! 앞에 놈들이 있어. 어서!"

갑작스럽게 요란한 호각 소리가 났다. 달려오는 현수를 돕기 위해 랄프와 조장들이 호각을 불기 시작한 것이다.

샌드 웜들은 느닷없는 호각 소리에 청신경에 교란을 겪는지 우왕좌왕했다.

그 순간 동료들이 방향을 유도해 준다. 현수는 가릴 것 없이 알려주는 대로 뛰고 또 뛰었다.

휘리리릭! 휘리리리리리릭! 휘리리리리릭! 휘리리릭!

호각 소리가 긴 것을 보니 양쪽 볼이 터져도 좋다는 듯 죽을 힘을 다해 부는 모양이다.

"하인스! 달려! 왼쪽으로, 왼쪽으로……! 달려! 조금만 더!"

현수가 동료들의 도움을 얻어 달리는 동안 여섯 번의 공격이 더 있었다.

그때마다 윈드 커터 덕에 간신히 위기를 넘길 수 있었다.

"헉헉! 헉헉! 헉헉헉! 휴우……!"

"하인스, 수고했어!"

"헉헉! 헉헉! 헉헉! 헉헉!"

오랜만에 전력을 다해 달린 탓인지 호흡이 가빴다.

그런 현수에게서 20여 m 정도 떨어진 곳에서는 네 마리 샌드 웜들이 먹이를 놓친 것이 애석하다는 듯 발광하고 있었다.

"헉헉! 이곳은… 안전합니까? 헉헉!"

"그래. 여긴 암석지대라 놈들이 올라올 수 없는 거 같아. 자네 덕에 위기를 모면했네. 고마우이. 좀 쉬게."

랄프는 현수의 어깨를 토닥였다. 현수가 없었다면 희생없이 이곳 암석지대까지 올 방법이 없었던 때문이다.

아마 그냥 달렸다면 살아남은 사람 수가 겨우 한 자리 수였을 것이다. 어쨌든 현수의 거친 숨이 잦아들고 호흡이 편해진 것은 대략 2~3분가량 지나서였다.

"하인스! 힘든 건 알겠지만 자네의 도움이 또 필요하네."

"……?"

전력을 다해 달렸기에 지쳤던 현수는 대답 대신 눈빛으로 이유를 물었다.

"줄리앙이 부상을 당했네. 샌드 웜에게 다리를 물렸어."

"……? 그럼 다리가 잘렸습니까?"

"다행히 그 정도는 아냐. 하나 심각하긴 하네."

"알겠습니다. 가보죠."

랄프의 뒤를 따라가니 줄리앙이 누워 있고, 몇몇 용병들이 근심스런 눈빛을 내고 있다.

"으으으! 으으으으……!"

"비켜봐! 하인스가 왔으니 무슨 뾰족한 수가 있을 거야."

랄프의 말에 모두가 비켜선다.

줄리앙의 왼쪽 다리는 오른쪽의 두 배는 될 정도로 부어 있다. 옷을 찢어놓아 상처가 드러나 있었는데 종아리 부근에 동전 구멍만 한 상처가 보인다.

그곳으로부터 시커먼 피가 배어나오고 있었다.

"어떻게 된 거죠?"

줄리앙의 시퍼렇게 부풀어 오른 다리를 잡으며 묻자 누군가 대답한다.

"줄리앙이 쓰러졌던 자작가 사람을 데리고 오다가 물렸네. 다행히 옆에 있던 랄프 대장이 놈의 아가리를 칼로 쑤셨지."

"그래서요?"

"하여 다행히 상처만 입고 몸을 빼내긴 했는데 아무래도 샌드 웜의 이빨에 독이 있었던 것 같아."

"대답을 듣는 동안 마법배낭에서 과산화수소를 꺼낸 현수는 일단 상처에 들이부었다.

치이이이이……!

"으윽! 으으으으윽! 으아아아아……!"

"참아, 줄리앙! 하인스가 치료 중이야. 곧 괜찮아질 거야."

"으으으! 으으으으윽……!"

줄리앙의 종아리는 샌드 웜이 날카로운 이빨에 의해 관통당했다. 겉보기엔 끔찍하지만 실상 이것은 중요치 않다.

뼈가 바스라진 것도 아니고, 힘줄이 끊긴 것도 아니다. 근육에 약간의 손상이 있으며, 혈관 몇몇이 파열된 것이다.

정작 중요한 것은 상처 주위가 퉁퉁 부어올랐으며 보라색으로 변했다는 것이다. 전형적인 중독 증상이다.

해독제가 없으면 목숨을 잃게 될 것이다.

현수는 아공간에서 해독제를 찾았다. 그런데 일반 약국에서 이런 몬스터 독을 해독할 해독제가 있을 리 있겠는가!

하여 손을 빼려는 순간 무언가가 손에 잡힌다.

삼각 플라스크처럼 생긴 것이다. 코르크 비슷한 마개가 끼워져 있는 이것의 안에는 푸른색 액체가 찰랑인다.

꺼내서 보니 플라스크의 앞부분에 글씨가 있다. '해독 포션' 이라 쓰여 있다.

마개를 뽑으니 청량한 향이 흘러나온다. 그러거나 말거나 3분의 1쯤 상처 부위에 부었다. 그러자 미약한 빛이 나는가 싶더니 사라진다. 그런데 줄리앙의 반응이 없다.

'뭐야? 벌써 심장까지 독이 퍼진 거야?'

얼른 가슴에 귀를 대보니 아직 심장은 뛴다. 그런데 정상은 아닌 듯싶다. 그냥 놔두면 죽을 것 같다.

해독 포션! 현수의 것이 아니다.

멀린이 아공간에 넣었던 것인 듯싶다. 지금으로선 먹어도 되는 건지 알 수 없다.

'에라, 모르겠다! 그냥 놔두면 죽을 테니…….'

양쪽 볼을 눌러 줄리앙의 입을 강제로 열었다. 그리곤 해독 포션을 흘려 넣었다. 그런데 의식이 없어 넘기질 못한다.

자칫 기도로 흘러들어 갈 수 있음을 알기에 얼른 입을 맞췄다. 그리곤 바람을 불어넣었다.

후우욱—!

쿨럭……!

해독 포션을 넣고 바람 불어넣기를 서너 번 하니 포션이 떨어졌다. 진인사대천명(盡人事待天命)이라 하였다.

이제 현수가 할 수 있는 것은 다한 것이다.

구멍이 났던 상처 부위는 어느샌가 약간 가라앉아 있었다. 효과가 있는 모양이다. 상처를 살피니 여전히 선혈이 흘러나온다. 하나 색깔이 달라졌다. 이번엔 붉은색이다.

서둘러 지혈제를 뿌렸다. 그리곤 상처에 마데카솔을 바르고 거즈로 덮었다. 다음은 붕대 감기이다.

이곳까지 오는 동안 많은 상처를 다뤄봤기에 마치 간호사처럼 능숙한 솜씨이다. 마지막으로 반창고를 길게 잘라 붕대를 고정시키곤 일어났다.

진짜로 더 할 게 없기 때문이다. 모두의 시선이 쏠린다.

"이분이 우리 아가씨를 살렸네. 살 수 있겠는가?"

시선을 돌려보니 자작가의 늙은 시종이다.

"제가 할 수 있는 최선은 다했습니다. 이제 줄리앙의 운명은 신만이 알겠지요."

사람들의 시선이 부담스러운 현수는 얼른 자리를 옮겼다. 그리곤 저쪽에 놓인 마차들을 바라보았다.

그 사이 성질이 난 샌드 웜들이 지랄발광이라도 했는지 거의 다 부서져 있다.

"저어, 하인스! 이야기 좀 나눠도 괜찮겠는가?"

"뉘신지요?"

로브는 아닌데 그것 비슷한 것으로 몸은 물론이고 머리까지 모두 가린 여인이다.

가녀린 체격과 가냘픈 음성이 이를 증명한다.

"나후엘 자작가의 식솔이다."

이름을 대지 않는 걸 보면 뭔가 이유가 있는 듯하다. 현수는 굳이 이름까지 알 필요는 없기에 고개만 끄덕였다.

"흐음, 말씀하십시오."

"저분은 나 때문에 상처를 입었다. 살 수 있나?"

"조금 전에도 말씀드렸듯 제가 할 수 있는 건 다 했습니다. 하지만 반드시 살 수 있다는 대답은 못 드립니다."

"그렇군. 답변 감사하네."

여인은 고개를 꾸벅이고는 물러났다.

'상처에 항생제라도 뿌릴 걸 그랬나? 아냐, 마데카솔이면 충분하지. 그나저나 샌드 웜이라는 놈 이빨이 그렇게 길었나?'

종아리를 완전히 관통했으니 이빨 길이가 최소한 20㎝는 된다는 뜻이다. 실제로는 30㎝쯤 된다.

"와아아……! 정신 차렸다."

"줄리앙, 줄리앙! 정신이 들었어?"

용병들이 소리치자 현수는 자리에서 일어나 엉덩이를 툭툭 털었다. 자신이 돌본 환자가 깨어나는 기미가 보이니 가려는 것이다.

"정신이 들어?"

"하인스……? 여긴… 어디……?"

"어디긴, 암석지대야. 샌드 웜의 공격 범위 밖이지. 근데 정신은 제대로 든 거야?"

줄리앙은 대답 대신 고개만 끄덕였다. 그러면서 누군가를 찾는 눈치이다.

"나 여기 있어요. 목숨을 구해줘서 고마워요."

조금 전 현수에게 물었던 여인이다.

"상처는 어때? 아프지? 그리고 몸에서 느껴지는 것은? 혹시 저릿저릿하거나 열이 나는 거 같지 않아?"

"상처는… 아파! 그치만 열이 나거나 저릿저릿한 것 같지는 않아. 근데 네가 치료한 거야?"

"그래."

"또 빚을 졌군. 너 죽을 뻔하면 두 번 구해줄게."

"이 상황에서도 농담이라니……. 그나저나 너나 조심하라고 했지? 칠칠맞게스리 이게 뭐냐?"

"아무튼 고마워."

줄리앙은 고개까지 끄덕였다.

"조금이라도 이상한 기분이 들거나 상처에 문제가 있는 것 같으면 날 불러. 알았지?"

"알았어."

"랄프 대장님! 줄리앙은 그늘이 필요합니다."

"알겠네. 내가 조치하지. 자넨 좀 쉬게."

"네에."

현수가 물러나자 랄프가 나서서 용병들의 상의를 벗긴다. 그리곤 조잡한 햇빛 가리개를 만들었다.

"자네 혹시 물 가진 거 있나?"

로렌스의 물음에 현수는 마법배낭 속에 손을 쑥 집어넣었다. 그리곤 가죽으로 만든 물주머니를 꺼냈다.

던전에서 죽은 용병이 남긴 것이다.

"고맙네. 근데 이게 다는 아니지?"

"물까지 다 버린 겁니까?"

현수의 물음에 로렌스는 손가락질을 한다.

마차와 암석지대 사이에 칼, 도끼, 방패, 물주머니, 배낭, 레더 아머 등이 무질서하게 떨어져 있다. 목숨을 구하기 위해 걸치고 있던 옷을 빼고는 모두 버린 모양이다.

"몇 개가 필요하십니까?"

"당장은 이것으로 어찌해 보겠네. 필요하면 다시 오지."

"그러세요. 물은 넉넉히 있으니 걱정 마시구요."

"자네 덕에 우리가 여러 번 사네."

"알면 나중에 술 한잔 사십시오."

"그러지. 꼭 그러겠네."

로렌스가 물러가고도 한참 동안 물끄러미 사막의 풍광에 시선을 주었다.

해가 지려는지 바람이 조금 부는 듯하다. 이제 점점 더 추워질 것이다. 이곳은 숲에서의 추위보다도 더 혹독하다.

차가운 바람을 막아줄 것이 없기 때문이다.

"아무것도 없는데 어떻게 버티지?"

현수는 나직이 중얼거렸다. 자신이야 아공간에 텐트도 있고 침낭도 있다. 바닥으로부터 올라올 냉기를 막아줄 100㎜짜리 스티로폼도 있다.

마음만 먹으면 히말라야산 꼭대기처럼 추운 곳에서도 버틸 만반의 준비를 갖출 수 있다.

하나 용병들은 물론이고 나후엘 자작가의 사람들 모두 입은 옷 이외엔 없다. 거지나 다름없는 상황이기 때문이다.

사실 현수도 상황은 마찬가지이다. 이곳에 어찌 텐트를 꺼낼 것이며, 스티로폼, 가스버너를 꺼낼 수 있겠는가!

한참을 고심하던 끝에 묘안을 냈다. 아공간에서 가느다랗지만 질긴 아마 섬유로 만든 줄을 꺼냈다.

이것들을 이어 길이가 200m 조금 넘게 만들었다. 끝에는 갈고리가 달려 있다. 도둑들이 남의 집 담을 넘을 때 아무 데나 걸리라고 던지는 네 방향으로 갈고리가 있는 그것이다.

아마 섬유는 멀린의 아공간에 있던 것이고, 갈고리는 마트의 등산용품 코너에 있던 것이다.

"랄프 대장! 이제 곧 밤이 될 텐데 이대로 있다간 모두 얼어 죽을 것입니다."

"흐음, 나도 그래서 여길 좀 둘러봤지, 동굴이라도 있나 하고. 간신히 바람을 피할 곳은 있는데 냉기가 문제여서 걱정하던 참이네. 묘안이라도 있나?"

"이거로 어찌해 보면 할까 싶습니다."

"그거? 아……! 정말 좋은 생각이네."

"이걸 암석지대 끝에서 던져서 마차를 끌어당길 수만 있다면 잡자리는 어찌 해결될 듯싶습니다. 아울러 제가 타고 있던 마차까지 끌고 올 수 있다면 금상첨화구요."

"무슨 소린지 알겠네. 자넨 쉬게. 이건 우리가 하지."

"그러지 않아도 그러려 했습니다. 이걸 저기까지 던질 능력은 없거든요."

현수가 흰 이를 드러내며 웃자 랄프 역시 웃는다.

잠시 후, 현수의 갈고리를 들고 용병들이 상의를 한다. 하나 어찌 인간이 200m나 던질 수 있단 말인가!

한참을 숙의하더니 로렌스가 왔다.

"자네 아까 보니까 마법을 쓰던데 마법사인가?"

"마법을 쓴 게 아니라 마법검을 쓴 겁니다. 이건 우리 집안의 가보지요."

현수가 검을 내보이자 로렌스가 고개를 끄덕인다.

현수는 아무리 피곤해도 아픈 동료들의 상처를 꼼꼼히 치료해 줬다. 먹는 음식도 정성을 다해 만드는 것 같다.

자신이 할 일을 남에게 미루거나 빈둥거리지도 않는다.

이 정도면 어느 정도 인간성이 파악된다.

다시 말해 용병들에게 있어 현수는 동료애가 있는 좋은 사람으로 인식되어 있다.

따라서 현수가 마법사라면 동료들이 위기에 처했을 때 마법을 썼을 것이다. 그런데 이곳까지 오는 동안 마법 쓰는 걸 한

번도 본 적이 없다.

사실은 마법을 써서 동료들을 구할 겨를이 없었다.

그만큼 느닷없는 죽음이었기 때문이다. 그런데 당시 현수의 위치가 어땠는지를 모르기에 이런 생각을 하는 것이다.

그렇기에 마법검이라는 말에 쉽게 수긍한 것이다.

"이건 어떤 마법을 쓸 수 있는 건가?"

"윈드 커터라고 합니다."

"윈드 커터……! 2써클 마법이군. 그럼 최소 4써클 이상의 마법사가 인챈트했겠군."

"그건 저도 잘 모릅니다. 집안에 대대로 내려오던 가보인지라."

"그래……? 그런데 왜 그동안 한 번도 이걸 안 썼나?"

"마나의 양이 부족해서……."

B급 용병 로렌스는 자력으로 소드 익스퍼트 초급의 수준이 되었다. 그럼에도 더 높은 경지를 꿈꿀 수 없는 이유는 마나 심법이라는 것을 모르기 때문이다.

"자네, 마나 심법을 익혔는가?"

로렌스는 부럽다는 표정을 감추지 않았다. 하나 가르쳐 달라고는 할 수 없다. 가르쳐 줄 리가 없는 것이기 때문이다.

"익히긴 했는데 아직 부족함이 많습니다."

"그랬군. 어쨌든 다행이었어."

"네, 모두들 이쪽으로 온 뒤에 꼼짝없이 죽었구나 싶었습니다. 그러다 이 검을 보게 되었지요. 기왕 죽을 바엔 발악이나 해보자 생각하고 마나를 주입했는데 되더군요."

"어쨌든 고맙네. 자네 덕분에 모두들 목숨을 구했지 않은가? 그나저나 자네의 이 검으로 줄을 멀리 보낼 수 있지 않을까? 200m를 던진 방법이 없어서 그러네."

"흐음, 줄이 끊어질지도 모르지만 한번 해보죠."

잠시 후, 암석지대 가장자리로 간 현수는 용병이 던지는 갈고리에 초점을 맞춰 윈드 커터를 시전했다.

용병보다 한참 뒤에 서서 시전해야 했다. 안 그러면 줄이 끊어지곤 했기 때문이다.

실제로는 수백 번이라도 시전할 수 있지만 마차들을 끌어당길 때쯤 일부러 몹시 지친 표정을 지었다.

"수고했네. 자넨, 이제 좀 쉬게."

"어휴, 그렇지 않아도 그래야겠습니다. 어질어질해서 세상이 빙빙 도는 느낌입니다."

짐짓 극심한 피곤함을 표현한 현수는 움푹 파인 바위에 몸을 뉘었다. 그러는 동안 '영차, 영차' 하는 소리가 들린다.

마차를 잡아당기느라 용병들이 힘쓰는 소리이다.

웬일인지 샌드 웜들이 달려들지를 않는다. 하여 왜 그런가 싶었더니 놈들은 상하 진동에 민감하다고 한다.

그런데 마차는 옆으로 끌려만 온다. 따라서 땅속으로의 진동이 아무래도 적다.

하지만 가끔 튀어나오는 놈이 없었던 것은 아니다. 그럴 때마다 잡아당기는 걸 멈춘 채 한참을 기다렸다.

한 20여 분쯤 그렇게 누워 있는데 누군가의 다급한 발걸음 소리가 들린다.

"하인스! 하인스! 어디에 있나?"

누워 있는 현수를 발견하지 못한 모양이다.

"하인스! 아, 거기에 있군."

또 다른 B급 용병 게리였다.

"왜 그러십니까?"

"자네의 도움이 또 필요하네. 줄리앙이, 줄리앙이……."

"왜요? 줄리앙이 위독해졌습니까?"

자리에서 벌떡 일어났다. 아까까지만 해도 붓기가 가라앉으면서 좋아지는 거 같았는데 이상이 발생한 듯했기 때문이다.

"줄리앙이 스콜론에게 쏘였네."

"스콜론이요?"

"그래, 쬐끄만 놈인데 지독한 독성을 지닌 침으로 쏘는 놈이지. 그런데 줄리앙을 옮긴 자리에 하필이면 그놈이 있었던 모양이네."

"어서 가봅시다."

CHAPTER 09
엉덩이를 물렸다네!

줄리앙은 벌써 의식을 잃었다. 그녀의 곁에는 누군가가 짓밟아 버린 스콜론이라는 놈이 있다.

보아하니 사막에 사는 전갈 비슷한 놈이다.

"어딜 쏘인 겁니까?"

"모르네. 스콜론이 줄리앙의 몸 아래에서 나오기에 밟아 죽인 것뿐이네."

"알겠습니다. 혹시 주변에 또 다른 스콜론이 있는지 모르니 살펴봐 주십시오."

현수의 말이 끝나기 무섭게 용병들이 흩어졌다.

"하루에 두 번 중독이라……. 줄리앙, 너 되게 재수없는 날인가 보다, 오늘! 어디 보자. 대체 어딜 물린 거야?"

줄리앙의 몸을 뒤집었지만 쏘인 부위가 보이지 않는다.

"혹시……?"

현수는 엎어놓은 줄리앙의 상의를 위쪽으로 들춰보았다. 다음엔 가죽바지를 조금 끌어 내렸다.

상처가 보인다. 엉덩이와 허리의 경계쯤 되는 곳이다.

언제 쏘였는지 시퍼렇게 변색되어 있었고, 부풀어 있었다.

"흐음! 메스가 필요해."

아공간에 손을 넣어 메스와 알콜, 그리고 탈지면을 꺼냈다. 먼저 알콜에 적신 탈지면으로 상처 부위를 닦아냈다.

다음엔 메스에 알콜을 조금 부은 뒤 상처 부위를 절개했다.

주르르륵—!

악취 풍기는 시퍼런 피가 흘러내린다. 이 순간이다.

"줄리앙 용병님은 괜찮으신 건가?"

"누구……? 아, 오셨습니까?"

아까 줄리앙의 도움으로 목숨을 구한 자작가의 여인이다.

"그래. 그분… 괜찮은 건가?"

"보다시피 스콜론에게 쏘여 중독된 상태입니다. 생명이 위독한 상황이지요."

"그럼 어떻게 해? 꼭 구해줘. 아직 고맙다는 인사조차 제대로 못했단 말이야."

"알았습니다."

말을 마친 현수는 절개된 곳에서 흘러내리는 초록에 가까운 피를 보았다.

독이 혈관에 침투했다면 순환기관을 거쳐 심장까지 갈 것이고, 이것이 심장 근육을 멈추게 하면 죽는 것이다.

그렇기에 독사에게 물리면 심장에 독혈이 흘러가지 않도록 묶는 것이다. 그런데 줄리앙은 묶을 곳이 없다. 굳이 묶으려면 허리 또는 가슴을 묶어야 하는 상황이다.

'이걸 빨아내려면 부항기[7], 아니면 착유기[8]가 필요해. 근데 꺼낼 수가 없잖아. 아이참, 가라고 할 수도 없고…….'

바로 곁에서 빤히 바라보고 있는 자작가의 여인 때문이다.

"저어, 내가 도와줄까? 뭐든 말만 해."

"아닙니다. 혼자 할 수 있습니다. 죄송한데 잠시 자리를 비워주실 수 있는지요?"

완곡하게 비켜달라는 뜻을 표했다. 그런데 고개를 살래살래 흔든다.

"아니야. 이분이 이러신 것은 나 때문이야. 나를 구하러 오지 않았다면 이런 일은 당하지 않았을 거니까. 그러니 곁에 있으면서 도와줄게."

보아하니 귀족가의 여식이다. 용병 따위의 말은 듣지 않을 것이다.

'제기랄! 하필이면……!'

현수는 부항기나 착유기 꺼내는 것을 포기했다. 대신 상처

---

7) 부항기(附缸機):부항단지에 불을 넣어 공기를 희박하게 만든 다음 고름이나 독혈을 빨아내는 기구.

8) 착유기(搾乳機):흡인력을 이용하여 산모의 젖을 짜는 기구.

주위를 우악스런 손길로 쥐어짰다.

완연히 초록색으로 변한 피가 더 많이 흘러내린다.

'에이, 내가 꼭 허준 흉내를 해야 한단 말이야?'

오래전 보았던 드라마에서 조선시대 때 서민들의 위한 단 하나뿐인 국가 의료기관 혜민서에서 명의 허준이 고름을 입으로 빨아내는 장면을 본 적이 있다.

현수는 그냥 놔두면 독혈이 심장까지 침투할 것이란 생각을 하며 상처에 입을 가져갔다.

쭈우욱! 쭈우우욱! 퉤에—!

쭈욱! 쭈우욱! 퉤에—!

쭈우우욱! 쭈우욱! 퉤에—!

독혈을 빨아 뱉어내길 이십여 차례나 했다. 강력한 흡인력 때문인지 그럴 때마다 줄리앙의 몸이 꿈틀거렸다.

뱉어내며 보니 독혈의 색깔이 점점 붉어지는 느낌이다. 아직 심장까지는 가지 못한 듯하다.

현수는 심호흡을 하고는 다시 입으로 독혈을 빨아냈다.

이런 과정을 곁에서 지켜보고 있던 자작가의 여인은 놀랍다는 듯 꼼짝도 않고 있었다.

"휴우……!"

현수는 입안을 찌르르 하게 하는 독혈을 물로 헹궈낸 뒤 털썩 주저앉았다.

아공간의 해독 포션이 또 있나 싶어 손을 넣었으나 아무것도 잡히지 않는다. 더 이상은 없다는 뜻이다.

"이제 괜찮은 거야?"

"그러길 바라는 마음뿐입니다. 일단 독혈은 어느 정도 해소된 거 같은데 남은 것은 줄리앙이 가지고 있는 면역 기능에 맡기는 수밖에 없습니다."

"그렇군."

잠시 줄리앙의 용태를 살폈다. 여전히 의식은 없지만 맥박도 뛰고 호흡도 한다.

"하인스, 이야기는 들었어. 줄리앙은 어때?"

랄프이다. 마차 끌어당기는 일을 진두지휘하다 스콜론에게 줄리앙이 당했다는 이야길 듣고 온 것이다.

"상황이 위급하여 제가 아는 방법으로 일단 응급처치는 했습니다. 이제 남은 건 하늘의 뜻뿐입니다."

"흐음, 알겠네. 자넨 이곳에서 계속 줄리앙을 보살펴 주게."

"네, 가서 일 보십시오."

잠시 후, 용병들이 와서 현수와 줄리앙이 춥지 않도록 엉성하지만 휘장을 쳐 줬다.

현수는 가끔 줄리앙의 엉덩이와 허리 사이의 상처에서 독혈을 빨아냈다. 그러는 사이에 어둠이 사방을 점령했다.

사막의 밤은 몹시 춥다. 그래서인지 줄리앙의 체온이 점점 내려간다. 현수는 아공간에서 온찜질팩을 꺼냈다.

안에 담긴 금속 조각을 똑딱이자 스르르 변하면서 따뜻해진다. 수시로 상처를 보아야 하기에 줄리앙은 얇은 모포 위에 엎어놓은 상태이다.

온찜질팩은 그녀의 가슴과 배, 그리고 허벅지 부위에 놓였다. 등에도 하나, 엉덩이에도 하나를 올려놓았다.

용병들이 볼 수 있기에 모두 옷 속으로 집어넣었다.

현수 본인도 하나를 꺼내 깔고 앉았다. 터지거나 말거나이다. 몹시 추웠기 때문이다.

마법을 쓰지 않은 이유는 혹시 있을지 모를 시선 때문이다. 또한 이런 극한 상황을 겪어보자는 마음 때문이기도 하다.

아무튼 새벽이 되자 비로소 의식이 돌아오는 모양이다.

"으으으응……! 으으응! 여긴……?"

"아! 이제 정신이 들어?"

"하인스……?"

"내 목소릴 기억하는 모양이군. 그래, 나야. 몸은 좀 어때?"

"나른해. 힘이 없어. 근데 나 왜 이러는 거야? 샌드 웜의 이빨 독 때문이야?"

"아니야. 널 옮겨 좋았는데 하필이면 그 자리에 스콜론이 있었나 봐. 그놈이 널 쏘았어. 그래서 또 중독이 된 거지."

"……! 그럼, 네가 또 날 구한 거야?"

"그래. 이제 나를 세 번은 구해줘야 할 빚을 진 거지."

"고마워, 꼭 그렇게 할게."

웬일인지 순순히 고개를 끄덕인다.

"괜찮아. 빚은 나중에 갚아도 되니까. 근데 몸은 좀 어때?"

"아직은… 힘이 없어. 움직일 수 없는 거 같아."

"기운 내. 날이 밝으면 내가 먹을 걸 좀 만들어줄게."

"알았어. 고마워!"

의식을 찾은 줄리앙은 전후사정을 모두 이야기 들었다.

"설마, 의식이 없는 사이에 내 엉덩이를 본 건 아니지?"

"엉덩이를 봐? 내가……?"

"그래. 사내들은 모두 엉큼하잖아."

"너, 어디를 쏘였는지 감각이 없어서 잘 모르지?"

"허리 조금 아래쪽이라고 했잖아."

"허리는 허리야. 근데 엉덩이하고 붙은 데야. 여기쯤."

현수가 자신의 엉덩이를 가리켰다. 그런데 일부러 조금 아래를 지목했다. 오른쪽 엉덩이 한가운데이다.

"……!"

"따라서 엉덩이를 보기 싫어도 봐야 하잖아."

"그럼 내 엉덩이를 보고, 만지는 것으로도 모자라 입으로 빨았단 말이야?"

"안 빨아냈으면 벌써 죽었을 텐데?"

"으으, 이 자식이 감히 내 엉덩이를……!"

줄리앙은 언제 아팠느냐는 듯 또 다시 당찬 소리를 낸다.

"뭐 별것도 아니던데. 때도 좀 있고, 냄새도 좀 나고……. 그런 델 빨아야 하는 내 기분은 어땠겠어?"

"뭐라고? 이, 이런 빌어먹을 자식이 감히……!"

줄리앙은 바르르 떤다.

"흐음, 이제 좀 살아나는 모양이군."

"너, 너어……! 다 낫기만 하면……."

줄리앙이 바르르 떨자 현수는 짐짓 딴청을 피운다.

"어디 보자. 독혈이 아직도 남았으려나?"

줄리앙의 몸은 또 다시 엎어졌다. 아직은 힘이 없기에 현수가 엎으려는 것을 막아낼 수 없었던 때문이다.

상처를 보니 아직 붓기가 있다. 또한 살짝 푸른빛을 띤다.

"흐음! 아직 안 되겠군. 아직 독이 남아 있는 거 같아. 줄리앙! 아파도 좀 참아. 알았지?"

"뭐어? 너……! 으으윽!"

쭈우우욱—!

"야, 너 인마……! 으으으윽……!"

퉤에—!

쭈우우욱—!

"야! 이 자식아! 너… 네가 감히 내 엉덩이를……. 으으윽!"

퉤에—! 퉤에. 퉤에!

서너 번 빨아내니 확연히 선홍빛 선혈이 흘러나온다. 코를 가까이 하여 냄새를 맡아보았다.

비릿한 혈향 속에서 비슷한 비린내를 내는 독을 구별해 내기는 결코 쉽지 않은 일이다.

하나 괜찮은 듯싶어 고개를 끄덕였다.

하지만 안심할 수는 없다. 독을 모두 빼냈다는 확신이 서지 않기 때문이다.

현수는 확인 차원에서 상처를 쥐어짰다.

그리곤 알콜 묻힌 탈지면으로 상처 부위를 닦아냈다. 다음엔 마데카솔을 바르고 크기가 조금 큰 밴드를 붙였다.

그러는 동안 줄리앙은 아무런 말이 없다.

고통 때문이나 창피함 때문이 아니다. 우연히 현수가 뱉어놓은 독혈을 본 때문이다.

양을 보니 제법 많이 빨았던 모양이다. 풍기는 냄새가 고약한데 저걸 어찌 입으로 빨았나 싶은 생각이 들었다.

하나 부끄러운 것은 부끄러운 것이다.

다 큰 처녀의 엉덩이를 사내가 빨았다. 엉덩이를 모두 보았을 것이다. 아울러 손으로 만지기도 했을 것이다.

아무리 상처를 치유시키려는 의도였다고는 하지만 한두 번이 아니다. 그러니 어찌 부끄럽지 않겠는가!

사실 현수가 빨아낸 곳은 엉덩이 한복판이 아니다.

그럼에도 줄리앙이 그렇게 생각하는 것은 그쪽의 감각이 아직 없기 때문이다.

하여 허리 약간 아래쪽에 붙인 밴드가 현재 엉덩이 한복판에 붙어 있는 것으로 착각하고 있다.

"이제 괜찮을 거야. 의식도 돌아왔고, 이제 독혈도 안 나와. 그러니 조금 쉬어. 그럼 나아질 거야."

"……!"

"근데 말이야, 네 엉덩이 꽤 찰지더군."

"……!"

"그래도 가끔은 목욕 좀 해라."

말을 마친 현수가 밖으로 나가가 줄리앙의 눈썹이 바르르 떨린다. 마지막 말 때문이다.

더럽다는 뜻이었을 것이다. 혹시 냄새가 났다는 뜻일 수도 있다. 시집도 안 간 처녀로서 어찌 바르르 떨지 않겠는가!

"이익! 저 자식을……!"

줄리앙의 말은 이어지지 못했다. 누군가 다가온 때문이다. 서둘러 흘러내린 상의를 끌어내렸다.

"하인스……! 줄리앙은 어때?"

용병대장인 랄프의 음성이었다.

"다행히 위기는 넘긴 것 같아요. 그나저나 엄청 춥군요."

"그래. 땔감을 구해보려 했는데 이 근처엔 아무것도 없어. 할 수 없이 마차를 뜯어냈네."

"그랬군요."

여기저기 피워져 있는 모닥불을 본 현수가 고개를 끄덕였다. 저거라도 없었다면 얼어 죽는 사람이 속출했을 것이다.

"줄리앙이 있는 곳은 어때? 장작 좀 줄까?"

"저긴 바람이 덜 들어와서 조금 덜 해요. 하지만 춥기는 하죠. 하나 불을 땔 수 없어요. 저거 다 탈 테니까요."

현수는 용병들의 피풍으로 얼기설기 만들어놓은 것을 가리켰다.

"그렇겠군. 그래도 좀 추울 텐데."

"숯이나 좀 가져다 놓으면 될 거예요."

"숯……? 그게 뭔가?"

"그런 게 있어요. 그건 제가 챙길 테니 신경 쓰지 마세요."

"그래, 그건 알아서 해. 그나저나 큰일이야."

랄프가 하는 말이 무슨 뜻이겠는가!

말은 모두 도망갔다. 하나 나후엘 자작가가 있는 율리안 영지까지 가야 하는 호송 임무는 아직 끝난 것이 아니다.

가는 동안 디오나니아의 열매도 구해야 하고, 쏘러리스의 간도 구해야 한다.

"그래도 가지고 갈 수 있는 거는 가지고 가야지요."

"그렇긴 해. 그런데 어떻게 이 사막을……?"

"남북으로는 긴데 동서로는 폭이 넓지 못하다고 들었습니다. 가다보면 끝이 나겠지요."

"그렇긴 해도 물도 그렇고, 식량도 그렇고, 장비도 꽤 많이 버려야 해."

쏘러리스는 검으로는 잡을 수 없는 몬스터다.

너무 빠르기 때문에 잡으려다간 거꾸로 당하게 된다. 하여 놈을 잡을 포획망이랄지 기타 등등을 가져왔다.

그런데 모두 버리고 가야 한다. 말이 없으니 맨몸으로 가야 하는데 그 많은 걸 지고 갈 수는 없기 때문이다.

"그래도 어쩌겠어요? 우린 용병이잖아요."

"하긴……. 그래, 우린 용병이지. 돈만 주면 무슨 짓이든 해야 하는 용병. 죽을지 뻔히 알면서도 돈의 유혹을 이기지 못해 칼을 빼 드는 용병이지."

랄프의 표정이 어둡다. 자조 섞인 표정인 것이다.

하지만 현수의 표정엔 변화가 없다. 하긴 대단한 마법사이니 어떤 곳에 있어도 충분히 헤어나올 능력이 있다.

그러니 이 정도에 좌절할 수는 없지 않은가!

"대신 좋은 술 많이 먹고, 남들 못 가보는 온갖 곳을 다 가보는 호사는 누리잖아요."

"그래. 용병은 그렇지. 그래……! 근데 오늘은 이상하게도 용병인 게 싫다."

"조금 쉬시면 나아질 겁니다."

"그래, 그렇겠지? 자고 나면 어떻게든 하게 되겠지."

돌아서서 걷는 랄프의 뒷모습이 왠지 쓸쓸해 보인다.

삶의 무게를 이기지 못해 축 늘어진 채 비틀비틀거리며 늦은 밤거리를 걷는 대한민국의 가장들 모습과 비슷하다.

문득 아버지 생각이 났다.

군에 입대하기 전 모처럼 친구들과 술 한잔 마시고 늦은 귀가를 하던 날이다.

버스에서 내려 집까지 가는데 누군가 앞서간다.

손에는 검은 비닐봉지를 들고 있었다.

축 늘어진 어깨, 비틀거리는 발걸음. 콧노랜지 뭔지 알 수 없는 것을 흥얼거리면서 걷는 사람은 아버지였다.

들으려 한 것은 아니지만 노래를 흥얼거리는 것으로 알았던 것은 아버지의 푸념이었다.

가족들 어느 누구에게도 말하지 않은 직장에서의 어려움, 살아가는 동안 짊어져야 했던 무거운 짐들, 그리고 아무리

발버둥 쳐도 나아지지 않는 현실을 푸념 섞어 중얼거리고 계셨다.

도무지 밝아 보이지 않는 미래에 아버진 절망하고 있었던 것이다.

아들이라고 하나 있는데 직업도 없이 알바만 하고 있는 것도 마음에 걸리신 듯하다. 그런 아들이 사회에 나가 제대로 자리를 잡을지 그것도 걱정하셨다.

자식 키우느라 정작 본인의 노후는 조금도 준비되지 않았다. 그렇기에 암담한 미래가 곧 도래하리라는 것도 알고 계셨다.

그게 아버지를 힘들게 했나 보다. 잘 드시지도 않던 술을 만취할 때까지 마시고 비틀거리며 귀가 중이셨다.

현수는 지름길로 먼저 집에 들어갔다. 얼마 후, 아버지가 들어오셨다.

오는 길에 기분 좋아 샀다면서 바나나 한 송이를 꺼내 들었다. 언제 축 늘어진 어깨로 비틀거렸느냐는 듯 환한 웃음을 지으며 우리 귀한 부인, 우리 착한 아들이라 하셨다.

그날 현수는 밤새 눈물을 흘렸다.

아버지의 어려움을 전혀 생각지 않고 살아왔던 시절이 괜스레 원망스러웠다.

중학생 때엔 남들 다 가진 핸드폰 사달라고 떼를 썼다.

비싼 브랜드 청바지, 브랜드 운동화를 사달라고 조르기도 했다. 교복도 공동구매는 싫다고 했고, 겨울이 되면 비싼 오리

털 파카를 사달라고 땡깡을 피웠다.

그러면서도 공부는 등한시했다.

그 모든 게 아버지의 어깨에 쌓이는 무거운 짐이 된다는 것을 그때는 미처 몰랐다. 하여 눈물 흘리며 후회한 것이다.

지금 랄프의 뒷모습이 그렇다. 오는 동안 들은 이야기론 랄프에게도 부인과 아들들이 있다.

작은 아들은 이름 모를 병에 걸려 신음하는 중이라 한다.

신관에게 데려가 신성력으로 치료를 받기만 하면 나을 수 있는 병이라고 한다.

문제는 돈이다. 신관들의 치료를 받으려면 엄청난 돈을 갖다 바쳐야 한다고 한다. 그 돈을 마련키 위해 이번 호송 임무의 대장 직을 맡은 것이다.

나후엘 자작가는 식솔들이 무사히 영지에 도착해야 보수를 준다고 했다. 다시 말해 임무가 끝나야 돈을 받는다.

그런데 가는 도중에 몬스터를 만나 꼭 필요한 짐을 버리고 가야 하는 상황이 되었다.

만반의 준비를 갖추어도 문제가 될 수 있다.

그런데 장비 대부분을 버리고 가야 하는 이번 임무를 생각하면 한숨만 나올 것이다.

현수는 자신이 도울 수 있는 상황이 되면 그러리라 마음먹었다. 아버지의 축 늘어진 어깨가 연상되어 그런 것이다.

"좀 어때? 괜찮아졌어?"

"잘 모르겠어. 하지만 아프진 않아."

줄리앙의 음성엔 독기가 빠져 있었다.

"다행이군. 근데 조금 춥지?"

"조금이 아니라 많이 추워……."

어두웠지만 입술이 파란 것 같다. 말할 때마다 입김이 나는데 얇은 천 조각 하나 깔고 있으니 왜 안 춥겠는가!

"나뭇조각 주워다 불 좀 피울까?"

"그래주면 좋지만 여긴 불을 피우면 안 되잖아."

얼기설기 엮어놓은 것들은 불길만 닿으면 바로 타오를 것이다. 사막의 모래바람을 막기 위해 걸치기에 겉에 기름을 먹여놓은 까닭이다.

"그럼 어떻게 해? 좀 안아줄까?"

"엉큼한 짓을 하려는 건 아니지?"

"이 상황에……? 나도 좀 추워서 그래."

"그래도 안 돼."

줄리앙은 몹시 추워 덜덜 떨고 있었다.

그럼에도 짐짓 의연한 척했다. 괜스레 현수에게 얕잡혀 보이고 싶지 않기 때문이다.

하나 사막의 추위를 어찌 맨몸으로 감당하랴!

현수가 재 속에서 숯을 찾아 가져왔지만 얼마 지나지 않아 잠시뿐이었다.

새벽이 되자 둘은 서로의 등을 댄 채 웅크리고 있었다. 줄리앙이 맨 정신이기에 온찜질팩을 쓸 수 없었기 때문이다.

마주 안지 않은 것은 냄새 때문이다. 현수가 견디기엔 그녀에게서 너무 역한 냄새가 풍겼다. 하여 등을 맞대고 있었던 것이다.

태양이 떠오르자 바람이 잦아든다. 아울러 추위가 조금 누그러지는 듯하다.

"잠을 잘 잤어? 몸은 어때?"

"자기는 했습니다. 그리고 몸은 조금 나아진 듯합니다."

줄리앙의 대답을 들으며 랄프는 현수를 바라본다. 치료한 사람으로서 줄리앙의 용태에 대한 설명을 바라는 것이다.

"다리 때문에도 그렇고, 스콜론의 독 때문에도 줄리앙은 오늘 걸을 수 없습니다."

"내 생각도 그랬어. 그럼 예서 며칠이나 머물러야 해?"

"한 사흘쯤……. 샌드 웜들은 물러갔습니까?"

"아니, 놈들도 밤새 이 근처에 있었나 봐."

"그렇군요."

"낮엔 마차나 끌어당기지 뭐."

"그래야겠군요."

갈고리를 던져 마차를 끌어당겨도 샌드 웜들은 솟아오르지 않았다. 걷는 소리와 끄는 소리가 내는 진동이 다르기 때문일 것이다.

"아침을 부탁해도 되겠는가? 물이 부족해서 어렵겠지?"

"일단 식재료들을 살펴보겠습니다."

"고맙네."

랄프는 줄리앙에게 눈짓으로 몸조리 잘하라는 신호를 하곤 현수의 뒤를 따라 나왔다.

"독하지?"

"네에……? 무슨 말씀이신지……?"

"줄리앙 말이야. 어떤 때 보면 독기로 뭉쳐진 것 같아. 아직도 숨이 붙어 있는 것도 어쩌면 그 독기 때문인지도 몰라."

"무슨 말씀이신지요?"

현수의 물음에 랄프는 딴 소리를 한다.

"줄리앙의 아버지가 누군지는 알지?"

"그걸 제가 어떻게……?"

"B급 용병 하시쿤이야. 덩치가 산만 해도 머리 좋고, 아주 빠른 용병이지. 줄리앙은 아빠에게서 검술을 배웠어. 근데 지금은 하시쿤이 줄리앙을 못 이겨."

현수는 랄프의 말에 귀를 기울였다.

"줄리앙이 어렸을 때 하시쿤의 마누라, 그러니까 줄리앙의 모친에게 어떤 귀족이 못된 짓을 했어. 제법 예뻤거든. 줄리앙이 그녀를 닮아서 얼굴이 괜찮은 거야."

"……!"

"그 귀족놈을 찾아 죽이겠다고 아빠를 졸라 검법을 배웠어. 그리곤 용병이 되었지. 한데 아직 그 귀족을 못 찾았어."

"그래서요?"

"그래서 의뢰되는 모든 임무를 맡아. 언제 어디서 그놈을 만날지 모르니까. 몹시 피곤하고 힘들 텐데 내색하는 법이 없어, 줄리앙은……! 모르긴 몰라도 독기가 그걸 버티게 하는 원동력인 것 같다."

"네에."

"그런데 조금 달라진 것 같기도 하고……. 오늘 아침엔 분위기가 조금 달라진 것 같아서 하는 말이야. 그나저나 오늘 아침 메뉴는 생각해 보았나?"

"대강은……. 가급적 물이 덜 들어가는 걸로 구상 중입니다."

"부탁하네."

반쯤 부서진 식재료 마차에 당도한 랄프는 현수의 어깨를 두어 번 토닥이곤 암석지대 외곽으로 걸어갔다.

그곳에선 새벽부터 갈고리를 이용한 낚시질을 한 사내가 있다. 로렌스이다. 아버지로부터 물려받은 검을 떼어놓고 왔는데 그걸 건져 올리겠다고 계속 갈고리를 던지는 중이다.

'오늘 아침 메뉴는… 빵으로 해야지. 오랜만에 곰보빵을 만들어볼까? 아님, 바게트?'

이곳의 곡물가루는 매우 거칠다. 한국의 그것처럼 곱게 가루 낼 기술이 없기 때문이다.

현수는 모두가 맡은 임무를 처리하기 위해 바쁘게 오가는 동안 슬쩍슬쩍 아공간의 식재료들을 덜어냈다.

그리곤 소보로를 만들었다. 식재료도 변변치 않은데 너무 잘난 놈을 만들어놓으면 문제될 것 같기 때문이다.

그래서 꺼낸 재료가 강력분, 박력분, 이스트, 설탕, 소금, 달

걀, 생크림, 버터, 물엿, 물이다. 반죽을 한 뒤 슬쩍 패스트 타임 마법을 걸어 순식간에 발효를 시켰다.

오븐이 없기에 조잡하지만 임시 오븐도 만들었다.

그것만으론 화력이 부족하여 남들의 시선이 미치지 못할 때마다 플라즈마 볼을 구현시켰다.

오늘의 메뉴 역시 찬사를 들었다. 이구동성으로 이렇게 맛있고, 부드러우며, 향기 좋은 빵은 처음이라고 했다.

빵이 부드러운 것은 밀가루를 치대는 기술이 좋아서, 향기는 굽는 기술이 좋아서라고 둘러댔다.

"하인스, 넌 나중에 마누라 굶겨 죽이진 않겠어. 아니, 마누라에게 사랑받으며 살겠어."

"후후, 맛이 괜찮았나 보지?"

"정말 괜찮았어. 부드럽고 달착지근한 게 입에 꼭 맞았어. 솔직히 이렇게 맛있는 빵은 처음이야. 대체 어디서 이런 기술을 배운 거야?"

"배운 게 아니고 타고난 거야."

"치이, 가르쳐 주기 싫은 거구나. 혹시 가족 중에 궁정 요리사라도 있었던 거야? 아니다. 나야 먹어만 주면 되니까 굳이 알 필요까진 없겠다, 그치?"

줄리앙은 눈에 뜨이게 부드러워져 있었다.

"움직이지나 말아. 그나저나 상처 좀 봐야겠으니 엎드려."

"꼭 봐야 해?"

왜 이러는지 어찌 모르겠는가!

"솔직히 네 엉덩이 볼 게 뭐 있냐? 비싼 척하기는……."

현수의 의해 엎어진 줄리앙의 두 볼은 붉어져 있었다. 그런데 상의를 슬쩍 위로 올리는가 싶더니 금방 내린다.

하나 현수는 볼 건 다 봤다.

"다행이야. 붓기가 많이 가라앉았어. 상처 주위도 색깔이 정상이고. 이번엔 다리 좀 볼게."

급해서 누군가 허벅지까지 길게 찢어놓은 바지를 들추고는 상처를 살폈다. 마찬가지로 상당히 많이 좋아졌다.

후시딘을 한 번 더 바르면서 슬쩍 힐 마법을 걸었다.

삽시간에 아무는 것이 확연히 눈에 뜨인다. 여러 번 시전한 결과 이제 능수능란하게 힐 마법을 쓰게 된 듯하다.

'역시……! 다른 건 몰라도 이건 진짜……!'

한국으로 돌아가 외과의사 행세를 해도 좋을 정도로 효과가 만점이었던 것이다.

"다리도 많이 좋아졌어. 다행이야. 그런데 아직도 통증이 느껴지는 건 아니지?"

"그래. 많이 좋아진 것 같아. 통증도 별로 없어. 근데 말이야. 왜 위의 상처는 제대로 안 살펴?"

"그건 왜?"

"보는 둥 마는 둥 했잖아. 엉덩이라면서……."

"그야 네 엉덩이 다시 보는 게 끔찍해서…… 가 아니고, 사실 네 상처는 허리쯤에 있어. 아직도 거기 촉감이 얼얼해?"

"허리……?"

"그래, 허리! 내가 설마 네 엉덩이를 쭉쭉 빨았겠냐? 허리니까 그래줬지. 네가 아무리 말괄량이라곤 하지만 다 큰 처녀인데. 안 그래?"

"……!"

"자, 난 밖에 나갔다 올게. 말 잘 듣는 강아지처럼 얌전히 누워 있어. 알았지?"

"끄으응……!"

줄리앙은 자신이 속은 걸 알면 발끈할 줄 알았는데 의외로 나지막한 침음만 냈을 뿐이다.

이날 용병들은 하루 종일 사막 여기저기에 흩어져 있는 물건들을 끌어당기느라 하루를 보냈다.

하지만 소득은 별로였다.

저녁때엔 물이 적게 드는 콩 통조림과 스팸을 사용한 죽을 만들었다. 모두들 두말 않고 숟가락질하기에 바빴다.

일행은 현수의 마법배낭 속에 적지 않은 물이 들어 있었음에 깊은 감사를 표했다. 그렇지 않았다면 갈증 때문에 엄청 고생을 했어야 한다는 것을 알기 때문이다.

다음 날, 줄리앙이 제 발로 일어섰다. 마법 덕분이다. 아직은 부축이 필요하지만 굳이 혼자 걷겠다고 한다.

일행은 출발을 했고, 암석지대로만 골라서 걸었다. 샌드 웜이 꿈틀거리며 먹이의 이동을 따라오고 있었기 때문이다.

그렇게 사흘을 걸었다. 지치고 힘든 일정이었지만 다행인 것도 있다. 이제 샌드 웜의 위협으로부터는 멀어졌다.

그간 마실 물이 다 떨어졌다. 아공간에 생수가 잔뜩 있기는 하지만 그걸 어찌 꺼내놓을 수 있겠는가!

모두들 타는 듯한 갈증을 느끼지만 아무도 내색치 않으며 터벅터벅 걸었다.

CHAPTER 10
제자로 받아주십시오

"와아……! 물이다!"

누군가의 고함에 우르르 달려든다. 미판테 왕국은 산지와 호수의 나라라 칭해진다.

설마 사막 한가운데 호수가 있으리라고 누가 생각하겠는가! 그런데 진짜 호수가 있다. 크기도 결코 적지 않다.

원형인데 직경이 500m는 될 정도로 크다.

큰 호수의 곁에는 말라가면서 자연스럽게 분리된 작은 규모의 호수가 하나 더 있다. 직경 50m쯤 될 호수이다.

그래도 꽤 깊은지 물빛이 에메랄드 색깔이다.

"크하하하! 오랜만에 씻는구만."

"그러게. 온몸에 소금이 돋아 껄끄러웠어."

어느새 용병 둘이 옷을 벗고 물속에 뛰어들어 있었다. 동작 한번 잽싸다.

다른 용병들 역시 하나둘 호수에 몸을 담갔다.

겨울이지만 기온이 낮지 않은 대낮이었고, 물 또한 그리 차갑지 않았기 때문이다.

한편, 현수는 식재료들을 꺼내놓고 다시 한 번 잡탕찌개도 아닌 국을 만들고 있었다. 쇠고기 다시다가 동원되었고, 이번엔 라면 수프까지 넣었다.

지난 며칠간 식사다운 식사를 하지 못했기 때문이다.

식사를 마치고 모닥불가에 앉아 두런두런 이야기를 하다 하나둘 깊은 잠에 취했다.

오는 동안 샌드 웜들은 자연스럽게 추격을 포기했다.

모르긴 몰라도 땅속까지 온통 돌로 이루어진 곳을 통과한 듯하다.

와이드 센스로 주변을 살펴보았는데 아무것도 없다. 그래서 며칠 만에 맛보는 꿀 같은 잠을 잘 수 있는 것이다.

모두가 잠든 깊은 밤, 홀로 깨어 있는 존재가 있다.

현수이다. 손꼽아 헤아려 보니 지구에서 아르센 대륙으로 온지 오늘로서 29일째이다.

내일이면 한 달이 된다. 하여 하루를 더 머물다 떠날 것인가 아니면 당장 떠날 것인가를 고심했다.

"에이, 여기에서의 생활도 좋은데……."

현수는 나직이 투덜거렸다. 그러면서 지구로 돌아갈 날짜를 헤아려 보니 7월 18일 목요일이 된다.

휴가 날짜가 7월 24일까지이니 도착하면 곧바로 출국 준비를 해야 하는 상황이다.

이실리프 무역상사의 일이야 이은정 실장과 민주영에게 맡기면 되지만 다른 일은 그렇지 않다.

특히 세정빌딩 매입 건은 본인이 아니면 안 된다.

생각이 여기에 미치자 급한 마음이 들었다. 그렇기에 일행으로부터 약간 떨어진 곳으로 갔다.

"잘들 주무슈! 지구에 갔다가 올 테니……. 트랜스퍼 디멘션!"

샤르르르르르릉—!

현수의 신형이 안개처럼 스러졌다.

*　　　*　　　*

"오늘 날짜가……."

현수는 지구에 당도하자마자 날짜부터 챙겼다. 이번엔 제법 오래 아르센에 머물렀기에 혹여 틀릴까 싶었던 것이다.

"휴우~! 다행이다."

예상대로 오늘은 2013년 7월 18일 목요일이다.

아직 이른 새벽인 계룡산은 안개로 뒤덮여 있었다.

혹시 다른 사람이 볼까 싶어 얼른 이전에 입었던 옷으로 갈아입었다. 조금 출출한 기분이 들어 간단히 라면이라도 끓일 셈으로 휴대용 가스렌지를 꺼냈다.

"아공간은 이럴 때 정말 편해!"

냄비를 꺼내 생수로 대강 닦아낸 뒤 물을 붓고 불을 켰다. 그리곤 라면 봉지를 뜯어 수프와 면을 투입했다.

아직 찬물임에도 넣은 것은 쫄깃쫄깃한 것보다는 약간 풀어진 것을 좋아하기 때문이다

잠시 후 끓기 시작한다.

젓가락을 꺼내고, 마트에서 파는 김치와 단무지까지 꺼내 먹을 준비를 마쳤다.

이때였다.

부스럭! 부스럭!

'응……? 누구지?'

시선을 돌리자 누군가 안개 속에서 걸어나오고 있다.

"어라……!"

털썩—!

"도사님!"

'엥……! 이게 무슨 시추에이션이지?'

"도사님! 저를 제자로 받아주십시오."

'뭔 소리야?'

현수는 멍한 표정으로 사내를 바라보았다.

아닌 밤중에 뜬구름 잡는 소릴 하고 있으니 그렇다. 하여 대꾸 대신 쳐다만 보았다.

그랬더니 다시 고개를 조아리며 소리친다.

"도사님! 이놈을 제자로 받아주십시오."

쿵—!

'제기랄, 무협지 꽤나 읽은 사람이구나.'

현수는 웃기는 사람 다 있다는 표정을 지었다. 그리곤 관심 없다는 듯 냄비에 젓가락을 넣었다.

이때 사내가 다시 한 번 소리친다.

"도사님! 새벽에 우화등선하시는 것을 보았습니다. 제게도 도술을 가르쳐 주십시오, 도사님!"

"네? 우화등선이요……? 그게 무슨 소리입니까?"

"어제 이 자리에서 도사님께서 우화등선하시는 것을 두 눈으로 똑똑히 보았습니다. 정말 열심히 하겠습니다. 그러니 제발 도술 좀 가르쳐 주십시오."

보아하니 30대 후반 정도 된 신체 멀쩡한 사내이다. 그런데 21세기인 지금 도술 운운하고 있으니 조금 웃긴다.

"필생의 소원입니다. 딱 한 가지만이라도 좋으니 도술을 가르쳐 주십시오. 도사님!"

"끄응……!"

현수는 낮은 침음을 내고는 대답 대신 냄비 속의 라면을 먹기 시작했다. 사내는 입 딱 다물고 아무런 말없이 조용히 기다렸다. 이윽고 냄비의 바닥이 드러났다.

그러는 동안 여러 번 침 삼키는 소리가 났다.

하긴 시장할 때 맡는 라면 냄새가 어떻겠는가!

그래도 모르는 척하고 라면 한 그릇을 뚝딱 해치웠다. 그리곤 시립해 있는 사내에게 시선을 주었다.

"조금 전에 도술 배우고 싶다고 하셨습니까?"

"네! 도사님의 제자가 되고 싶습니다. 받아주십시오."

쿵—!

또 이마가 바닥을 찧을 정도로 과격하게 절을 한다.

보아하니 장난은 아닌 듯싶다.

"좋아요, 어떤 도술을 배우고 싶은가요?"

드디어 허락한다는 뜻으로 받아들인 사내는 부들부들 떤다.

한국 사람들에게 있어 도사는 낯설지 않다.

홍길동전에는 홍길동의 스승으로 백운도사가 등장한다.

실존인물로는 전우치와 화담 서경덕이 도사인 것으로 여겨진다.

전해져 오는 이야기 가운데 사명당에 관한 일화가 있다.

사명당은 임진왜란 이후 일본의 항복을 받으러 갔다.

그런데 왜놈들은 조선에서 건너온 고승을 죽이기 위해 무쇠로 만든 방으로 안내하고는 밖에서 잠가 버렸다.

그리곤 장작을 듬뿍 집어넣고 불을 땠다.

점점 방이 뜨거워지자 사명당은 눈 설(雪) 자와 얼음 빙(氷) 자를 써서 붙여 놓았다.

다음 날 아침, 왜놈들은 죽었겠지 싶어서 문을 열었다.

그런데 사명당의 수염에는 고드름이 주렁주렁 붙어 있고, 방에는 서리가 잔뜩 서려 있었다고 한다.

왜놈들이 놀라 자빠지려는데 사명당이 한마디 했다.

"일본에는 나무가 많다고 들었는데 왜 방에 불을 안 넣어주는가? 지난 밤엔 조금 추웠네."

이 이야기가 사실이라면 사명당 역시 도사 가운데 하나일 수밖에 없다.

사내는 어린 시절부터 이런 종류의 글들을 즐겨 읽으며 꿈을 키웠다. 장차 도력 높은 도사를 만나 도술을 익히겠다는 꿈이다. 그러는 동안 정상적으로 고등학교를 졸업하고, 전문대학까지 졸업했다.

그리곤 군대도 다녀왔다. 그후엔 취업도 했다.

이쯤 되면 도술에 대한 환상이 깨져야 한다. 그런데 우연한 계기가 있어 그것에 대한 열망만 더욱 커졌다.

예비군 훈련을 마치고 귀가하던 중 '도를 아십니까?' 라는 말을 하며 어떤 사람들이 접근했던 것이다.

그들의 권유로 한 권의 서책을 보게 되었다.

진본인지는 알 수 없지만 명나라 시절 주장춘이라는 사람이 1580년 경에 쓴 '진인도통련계' 라는 책이다.

이것은 한글로 번역된 것으로 다음과 같은 내용이 있었다.

이 세상 모든 산의 근원은 곤륜산이니, 곤륜산의 본래 이름은 수미산이다.

곤륜산의 제1지맥이 동해로 들어서서 유발산을 낳고, 유발산이 니구산을 낳아 일어선 맥이 72봉이다.

고로 공자가 탄생하여 72명이 도통하였다.

곤륜산의 제2맥이 서해로 들어서서 불수산을 낳고, 불수산이 석정산을 낳아 일어선 맥이 499봉이다.

석가세존께서 이 석정산의 영기를 타고 왔나니 그의 제자 499명이 도통하였다.

곤륜산의 제3지맥이 서해로 들어서서 감람산을 낳고, 일어선 맥이 12봉우리이다.

고로 예수가 태어나서 제자 12명이 도통하였다.

곤륜산의 제4지맥이 동해로 들어서서 백두산을 낳고, 백두산이 금강산을 낳아 일어선 맥이 12,000봉이다.

고로 증산(甑山)이 세상에 내려와 하늘, 땅의 문호인 모악산 아래에 일순(一淳)으로부터 도(道)가 나온다.

고로 12,000명이 도통한다.

다른 것들은 이미 다 이루어져 있지만 금강산의 정기를 이어받은 12,000도통군자는 아직 이루어지지 않은 것이다.

사내는 본인이 그들 중 하나가 될 수 있을 것이란 망상을 했다. 그렇기에 도사에 관한 서적들을 찾아 탐독했다.

그리고 얼마 후 다니던 직장까지 때려치웠다. 도사가 되기 위해 입산수도를 결심한 것이다.

그렇게 대한민국에서 가장 영험한 기운이 짙다는 계룡산을 택해 입산한 지 10년이 되었다.

그 사이 친구들은 전부 장가가서 오순도순 잘 살고 있건만 사내는 여전치 떠꺼머리총각 신세이다.

가진 재산도 없고, 미래도 불투명한 그에게 어떤 여자가 시집을 오려 하겠는가!

그렇게 10년 세월을 보내는 동안 계룡산을 찾았던 많은 이들을 접했다. 무속인들이 대부분이었지만 무술을 연마하는 사람도 많았다. 이외에도 사내와 같이 도술을 익혀보려는 이들도 있었다. 하지만 진짜 도인은 만나보지 못했다.

하여 10년 기약의 마지막 날이었던 오늘 새벽, 하산을 결심하고 내려가던 중이다. 도술과 인연이 닿지 않았음을 인정하고 늦게나마 세상의 일원이 되려 했던 것이다.

그런데 현수가 아르센 대륙으로 차원 이동하는 순간을 목격하게 되었다. 알고 있던 우화등선과는 약간 차이가 있지만 사람이 안개 스러지듯 그렇게 사라지는 모습은 처음이었다.

그리고 이것은 과학적으로는 도저히 설명할 수 없는 현상이다. 하여 도술로 결론을 내리고 지금껏 기다렸다.

다시 10년 기약으로 현수를 기다려 보려 생각했던 것이다.

그런데 불과 몇 시간 만에 다시 나타났다. 어찌 이 기회를 놓치고 싶겠는가!

게다가 도술을 배우고 싶으냐는 하문을 한다.

"네, 도사님! 아무거나 괜찮습니다. 가르쳐 주시기만 한다면 정말 열심히 배우고 익히겠습니다. 도사님!"

"그래요? 그럼 잠시 눈을 감으세요."

"네, 도사님!"

사내는 두말 않고 눈을 감았다.

"리딩 메모리!"

마법이 구현되자 사내의 기억이 보인다. 바로 오늘 새벽의 일이었는지라 금방 문제가 된 기억을 확인할 수 있었다.

"메모리 일리머네이션!"

샤르르르릉—!

마나가 스며들자 사내가 흠칫거린다. 그리곤 눈을 떴다.

어리둥절한 표정이다. 자신이 왜 여기에 있는지 알 수 없었기 때문이다.

"어이, 청년!"

"네? 저 말씀입니까?"

"그래, 근데 내가 왜 여기에 있지?"

"네? 그게 무슨 말씀이십니까?"

현수가 그런 걸 왜 자신에게 묻느냐는 표정을 짓자 사내는 겸연쩍은 표정을 짓는다.

"아, 아니네. 일 보게."

사내는 고개를 갸웃거리며 하산을 시작했다.

'이제 정신 차려서 제대로 한번 살아보세요.'

짧은 시간이지만 사내가 어찌 살았는지를 알았던 것이다.

현수는 정승준이란 이름을 가진 사내의 뒷모습을 보며 고개를 끄덕였다.

"어쨌든 의지 하나만은 대단한 사람이야. 자신이 뜻한 바를 성취하기 위해 10년이나 일로매진하긴 힘든 세상인데. 게다가 마음씨도 순박하군. 그나저나 이제 슬슬 내려가 볼까?"

벌여놓았던 것들을 아공간에 담은 현수는 차를 몰고 고속도로를 달렸다.

잠시 바람 가르는 소리를 즐겼다. 그러다 라디오를 틀었다.

마침 현수가 좋아하는 엘가의 위풍당당행진곡이 흘러나온다.

허밍으로 멜로디를 따라 부르는데 갑자기 음악이 끊긴다.

"응……? 방송 사곤가?"

"긴급 속보를 알려 드립니다."

"긴급 속보? 뭐지……?"

"방금 전 일본 수상 고이즈미 준이찌로는 대국민 담화를 통해 독도가 일본의 영토라는 발언을 했습니다. 아울러 독도에 주둔 중인 독도경비대의 즉각적인 철수를 요구하였습니다."

"뭐야? 이런 미친……!"

현수가 말을 잇기도 전에 방송이 계속되었다.

"또한 혼슈(本州) 서쪽 마이즈루(舞鶴)의 제3호위대군 산하 제14호위대(DDH)의 함정 전부를 전진배치하고 있는 것으로 확인되었습니다. 이에 정부와 해군은……."

아나운서의 보도는 계속되고 있었다.

"이런 시베리아 벌판에서 귤이나 깔 새끼들이……!"

현수는 치미는 분노 때문에 부들부들 떨었다.

아버지에게 이야기 듣기로 할아버지는 이북사람이다. 예전 지명으로 평안남도 용강군 대대면 매산리가 고향이다.

이곳엔 사신총(四神塚)이 있다. 무용총(舞踊塚)처럼 말을 달리면서 사슴을 뒤쫓는 수렵도가 벽화로 있는 고분이다.

고향과 개성을 오가며 장사를 하던 조부는 독립군의 전령이 되었다. 장사를 핑계로 개성과 진남포뿐만 아니라 만주를 오가며 독립군의 주요 문서를 운반하는 임무를 맡았던 것이다.

그러다 밀정의 밀고로 왜놈들에게 잡혔다.

조부를 고문한 것은 일본군 해주지방 법원 송화지청에서 검사 겸 통역을 하던 이홍규였다.

어찌나 지독하게 고신(拷訊)을 했는지 잔인하기로 이름난 왜놈 형사들조차 고개를 돌릴 정도였다고 한다.

조부는 놈의 고문을 이기지 못해 운명하였다.

인도된 조부의 시신은 손톱과 발톱 전부가 빠져 있었으며, 안구까지 적출되어 있었다.

부친은 온몸을 인두로 지진 흔적과 채찍 등으로 갈긴 흔적을 보고 기절하고 말았다고 한다.

다음 날, 왜놈들이 들이닥쳐 집 안을 풍비박산시켰다. 그 결과 아버지는 제대로 된 교육을 받을 기회가 없었다.

그래서 도시빈민이 되었던 것이다.

이런 것을 알고 있기에 현수는 일본에 대해 조금의 호감도 없다. 오히려 증오에 가까운 마음뿐이다.

그렇기에 야스쿠니 신사와 고쿄라 불리는 서거(鼠居)를 완파하고 왔던 것이다.

또한 이수연을 납치했던 히로야마를 비롯한 야쿠자들을 징

벌할 때 조금도 머뭇거리지 않고 백치로 만들어 버린 것이다.

"제기랄……! 마법이 있으면 뭐해."

일본을 박살 낼 수 없음에 한 말이다.

아무튼 정부에서 일본 대사를 초치하여 강력한 항의의 뜻을 전했다는 보도가 있었다. 또한 해군과 공군에 비상 경계령을 발령했다는 내용의 보도가 이어지고 있었다.

이후로도 속보는 계속되었다. 분통이 터졌으나 어쩌겠는가!

개인이 할 수 있는 일은 욕하는 것 이외엔 없었다.

사무실에 당도하자마자 인터넷을 검색해 보았다.

그 결과 일본 해자대와 대한민국 해군간의 전력차가 대단하다는 것을 확인할 수 있었다.

비관적인 의견을 가진 전문가의 의견에 따르면 한국 해군의 전력은 일본 해자대의 30% 수준이다.

다시 말해 바다에서 싸우면 이길 수 없다는 뜻이다.

지금보다 월등하게 전력 증강을 해야 한다.

그런데 일본 역시 이에 못지않게 전력 증강 중이라 나날이 격차가 벌어지고 있다고 한다.

공군력 역시 한국의 열세라는 의견이 지배적이다.

한국의 F-15K는 일본의 F-15J보다 성능이 뛰어나다.

하지만 한국은 F-15K가 39대인 반면, 일본은 F-15J를 200대나 보유하고 있다.

뿐만 아니라 한국엔 없는 조기경보기 E-767과 E2C를 각각 4대와 13대를 보유하고 있다.

E-767은 보잉 767을 개조한 것으로 AN/APY-2 레이더를 장착해 360° 전방위를 최대 800km까지 탐색할 수 있다.

E2C는 레이더를 APS-145로 교체하여 최대 560km까지 탐지가 가능한 AWACS이다.

현수는 한참 동안이나 한일간의 전력 비교를 해보았다.

그리곤 결론을 내렸다.

1. 우리나라 해군과 일본 해자대가 일대일로 붙으면 우리나라가 불리하다.

2. 우리나라는 자함 방어 기능을 가진 전투함이 너무 적다.

3. 잠수함의 배수량의 차이에서 오는 성능차로 인해 장기전이 되면 우리나라 잠수함은 제대로 힘을 못 쓸 수도 있다.

"제기랄! 그동안 지출한 국방비는 대체 어디에 쓴 거야?"

현수는 나직이 투덜거렸다. 그리곤 곧장 검색해 보았다.

2010년 국방비 내역이 뜬다.

전력투자비는 16.7%, 경상운영비는 83.3%이다.

쉽게 표현하자면 국방 예산의 대부분이 인건비 등으로 지출된다는 뜻이다.

"이런 미친……!"

저절로 터져 나오는 욕을 삭이며 다른 자료를 찾아보았다.

전전 대통령이 재임하던 2003년 자료를 보면 당시엔 전력투자비율이 34.2%였다.

그렇기에 KD-2 이순신급 구축함이 무려 5척이나 건조될 수 있었던 것이다.

이밖에도 214급 잠수함 2척, 아시아 최대 상륙함인 독도함 1척, 가장 중요한 KD-3 세종대왕함도 1척 건조되었다.

KD-3 이지스함과 PKX 윤영하 고속함은 노무현 정권 시절에 최종 결정된 것이다.

이것마저 없었다면 일본 해자대와 전력을 비교하는 일조차 허무하였을 것이다.

인터넷 포털사이트에는 일본의 독도영유권 주장 발언에 대한 성토가 이어지고 있었다.

수없이 많은 의견과 댓글들이 달렸다. 하나 그게 무슨 소용이 있겠는가!

아무리 떠들어도 벌어진 전력차를 좁힐 방법이 없는 것이다. 게다가 그 격차는 점점 더 벌어질 것이란 의견이 지배적이다.

"정치인들의 뇌엔 대체 뭐가 들었을까? 모조리 잡아다 해부를 해볼 수도 없고……. 쯧쯧쯧!"

한심한 정치인들의 행태에 화가 치솟았으나 그것 역시 해결할 방도가 없는 것이다.

"마법을 익혀서 7써클 마스터가 되었으면 뭐해? 이럴 땐 하나도 도움이 안 되는데……. 제기랄!"

현수는 모니터를 꺼버렸다. 그리곤 회전의자를 돌려 창밖에 시선을 두었다. 그러던 중 문득 떠오르는 상념이 있었다.

"알렉세이 이바노비치에게 핵무기를 팔라고 하면 팔까? …에이, 핵무기는 무슨……."

레드 마피아가 무기를 밀매한다고는 하지만 설마 핵무기까지 팔까 싶었던 것이다.

"흐으음……!"

현수는 고심을 해보았다. 하지만 방법 없음이다. 정부와 군대가 나서야 해결될 일이기 때문이다.

"참, 그 건은 어떻게 되었지?"

현수는 밖으로 나갔다. 그리곤 천지대학교 정문 부근으로 갔다. 공중전화박스가 그곳에 있기 때문이다.

번호를 누르고 전화를 걸었다.

"네에, 서울중앙지검 박새롬입니다. 무엇을 도와드릴까요?"

"네, 혹시 기억하실지 모르겠는데 일전에 장부를 보냈던 사람입니다. 어떻게 진행되고 있는지 궁금해서요."

"장부요……? 아, 정문부 검사장님 앞으로 세정 캐피탈의 장부 복사본을 보내셨던 분이시죠?"

"네, 그렇습니다."

"잠시만 기다려 주시겠습니까?"

"네, 그러죠."

현수는 수화기를 들고 기다렸다. 그렇게 3분쯤 지나자 누군가 전화를 받는다.

"여보세요."

"네, 말씀하십시오."

"아, 나는 서울중앙지검 이경천 검사입니다. 전화 주신 분은 곽해일 씨 본인이십니까?"

"네, 그렇습니다."

"그럼 하나만 여쭤보죠."

"네, 말씀하십시오."

"이 자료를 대체 어디서 얻으신 겁니까?"

"네……? 그건 왜요?"

"자료의 신빙성 때문입니다. 상당히 많은 부분을 복사해서 보내셨는데 원본을 보관 중이십니까?"

"물론입니다."

"그 원본은 나중에 증거 자료로 채택될 수 있으니 소중히 보관하셔야 합니다. 그러기 위해선……."

현수는 이경천 검사와의 통화를 하던 중 이상한 점을 발견하였다. 핵심은 없고 빙빙 말을 돌리며 시간 끌기를 하는 것 같다는 느낌을 받은 것이다.

"저어, 이 검사님! 말씀 중에 죄송한데 제게 급한 일이 있어 나중에 통화해야겠습니다. 이만 끊습니다."

"여, 여보세요. 곽해일 씨! 곽해일 씨! 전화 끊지 마시고……."

뚝—!

전화를 끊은 현수는 바로 옆 슈퍼로 들어갔다. 그리곤 음료수 한 박스를 구입했다. 그러자 건너편에 위치한 천지의료원에 병문안 온 사람처럼 보인다.

저쪽으로부터 경광등을 켠 순찰차 두 대가 쏜살처럼 달려온다. 현수는 천천히 걸어 주차장 입구 쪽으로 향했다.

이때 차에서 내린 경찰관 세 명이 공중전화 박스 쪽으로 뛰어간다. 어찌된 일인지 충분히 짐작된다.

"흐으음, 그랬군. 썩어빠진 놈들……! 짐작은 했지만 이 정도일 줄은 정말 몰랐네."

현수는 천지의료원으로 들어갔다가 후문으로 빠져나왔다. 그리곤 곧장 사무실로 향했다.

이때 핸드폰이 몸서리를 친다.

부우우웅—! 부우우웅—!

"여보세요."

"김현수 사장님이시죠? 역삼동 제일부동산입니다."

"네에, 안녕하세요? 뭐 좋은 소식 있나요?"

"네, 사장님! 공시가인 230억만 주면 팔겠답니다."

"세정빌딩을 230억에요?"

"네, 그렇습니다."

"귀신이 또 나왔나 보네요."

"아, 아셨습니까?"

"그렇지 않고야 그 가격에 나올 수가 없죠."

"그, 그렇지요."

부동산 사장이 당황하고 있다는 것을 느낄 수 있었다. 현수는 피식 웃고는 말을 이었다.

"귀신 나오는 건물이니 그 가격엔 살 수 없습니다. 최종적으로 그쪽에 통보해 주십시오. 220억이면 사겠다고요."

"220억 원이요?"

"네, 그 가격에 판다고 하면 사고 아니면 다른 동네 건물을 알아볼 생각입니다. 그 가격이면 싼 맛에 사지만 사면서도 귀신이 나온다 하니 조금 꺼림칙하기도 하네요."

"네에, 그건 그렇지요. 알겠습니다. 제가 연락드리겠습니다."

통화는 금방 끝났다.

"짜식! 급한 돈이 필요한가?"

갑자기 수십억에 달하는 돈이 필요한 일이라면 마약밀매밖에 없다. 하여 아공간의 장부를 꺼내 확인해 보았다.

"흐음, 그럼 그렇지."

예상대로 마약 자금이 분명하다. 이번에 들여오는 것은 삼합회 조직 중 하나인 흑룡방으로부터 오는 것이다.

영악하게도 마약 거래 상대가 한둘이 아닌 것이다.

이렇게 함은 두 가지 이득을 취할 수 있다.

거래선을 다양화해 놓으면 저쪽에 문제가 생겨도 아무런 영향을 받지 않는다는 것이다.

둘째, 거래 상대가 많은 만큼 보다 폭넓은 안면이 생긴다는 것이다.

현수는 장부를 샅샅이 살폈지만 어디에서 밀매가 이루어지는지는 알 수 없었다. 거래 장소가 기록되지 않은 것은 아니지만 매번 장소를 바꾸고 있음을 알 수 있었기 때문이다.

"흐음, 영악한 자식!"

유진기가 주관하는 세정파가 괜히 서울 강남 지역의 노른자를 차지한 것은 아닌 것이다.

현수가 확인한 바에 의하면 30억 원 정도는 있어야 한다. 지금껏 거래한 금액 규모로 추산한 것이다.

다섯 배 장사이니 무사히 들여오기만 하면 120억은 버는 알토란같은 사업이다. 물론 세정파 입장이다.

물론 이 돈이 없으면 문제가 된다. 상대로부터 신용을 의심받게 될 것이기 때문이다. 그러면 상대가 거래선을 바꿀 수도 있다. 이럴 경우 마약밀매 시장에 경쟁자가 발생된다.

따라서 반드시 마약대금을 지불해야 한다.

아무튼 조직원 가족 명의로 예금되어 있는 돈도 상당히 많기는 하다. 하지만 이것만으론 충당되지 않을 것이다.

의심 많은 놈이 남의 명의로 몇 십억이나 예금해 두지는 않기 때문이다. 현수가 파악한 바에 의하면 조직원 명의로 예금된 것은 10억 남짓이다.

모르긴 몰라도 부하들을 신임한다는 뜻으로 예금해 두었을 것이다. 다시 말해 이 돈은 언제든 찾을 수 있기는 하지만 그럴 경우 부하들의 충성도가 낮아질 수 있다.

급하긴 해도 케이먼 제도의 율리우스 바에르 은행의 비밀계좌의 돈은 빼내려 하지 않을 것이다.

자금 세탁을 또 해야 하기 때문이다.

따라서 지금은 건물을 팔아야 하는 상황이다.

사무실은 아무 데나 다시 얻으면 그만이기 때문이다.

"흐음, 세정빌딩으로 대출받은 게 182억이니까 220억을 받으면 놈들이 손에 쥐는 건 30억 정도 되겠군."

금액 차이는 38억이지만 세입자들의 임대보증금을 모두 제하고 나면 30억을 조금 넘길 것이란 예상을 한 것이다.

"후후, 한번 당해보라지."

현수는 나직한 웃음을 지었다. 이때 핸드폰이 진동을 한다.

부우우웅! 부우우웅―!

"허, 이 사람 보게. 그렇게 급했나?"

전화기에 뜬 번호는 역삼동 제일부동산 사무실 번호였다.

"네, 김현수입니다."

"김 사장님! 좋은 소식입니다."

부동산 사무소 사장은 상당히 흥분된 음성이다. 하긴, 일생일대의 부동산 거래를 주관하게 되었기 때문일 것이다.

"좋은 소식이요?"

"네, 저쪽에서 그 금액에 팔겠다고 합니다."

"그래요?"

현수는 짐짓 심드렁한 반응을 보였다. 그런데 그것을 느끼지 못한 듯하다.

CHAPTER 11
빌딩을 사다

"그런데 조건이 있습니다. 은행에 저당 잡혀 있는 금액과 임대 보증금을 뺀 나머지를 최대한 빨리 지급해 달라고 합니다. 그리고 전액 현금으로 달라고 합니다."

"현금으로요……? 좋아요. 그 금액이 얼마나 된다고 하죠?"

"31억 3천만 원입니다."

부동산 사장은 현수의 통장에 있던 잔고를 보았기에 이번 거래가 성사될 것이란 확신을 하는 듯하다.

"흐으음, 일단 알겠습니다. 잠시 후에 전화 드리지요."

"사, 사장님!"

저쪽에서 무슨 말을 하려는 찰나 전화를 끊었다.

그러거나 말거나 할 일은 해야 하지 않겠는가!

삐이잉—!

"네, 사장님!"

"이 실장님 잠깐 안으로 들어오세요."

이은정은 지시사항을 메모할 만반의 준비를 갖추고 안으로 들어섰다. 미니스커트에 얇은 티셔츠 차림이다.

생활 형편이 나아져서인지 패션에도 신경을 쓰는 듯 맵시있어 보인다.

"부르셨어요?"

"그래요. 현재 가용한 자금이 얼마나 되죠?"

"으음, 11억 2천 정도 됩니다."

"그럼, 그중에서 급하게 써야 할 돈은 얼마죠?"

"금요일에 인성제약과 대호약품 자금 결제가 있어요. 둘을 합쳐서 5억 8천만 원 정도 됩니다."

"그럼, 킨샤사에서 올 돈은 얼마나 되죠?"

"다음 주 월요일에 보내주신다고 했는데 72억 5천만 원 정도 됩니다."

"알았습니다."

현수가 고개를 끄덕이고 더 이상 말을 하지 않자 은정은 슬그머니 밖으로 나갔다.

잠시 후 현수는 드미트리와 통화를 했다. 그런데 자금 세탁엔 시간이 걸린다고 한다.

하여 다시 이은정을 불러들였다.

"이 실장님, 이 계좌의 돈을 회사 통장으로 이체한 뒤 그중

30억 원을 현금으로 인출하세요."

현수가 건넨 것은 영국에서 송금 받은 183억 원이 들어 있던 것이다.

이중 50억은 지난 17일에 사용하고 133억이 남아 있다. 통장을 받아 잔고를 확인한 은정은 놀라는 표정을 지었다.

엄청난 거금이 들어 있으니 어찌 놀라지 않겠는가!

"네에? 30억을 전부 현금으로요? 그건 쉽지 않은 일인데요? 은행지점에 그만한 현금이 없거든요."

"아, 지금 당장 필요한 건 아닙니다. 그러니 거래 은행에 협조를 요청하세요. 내일 점심 때까지 준비해 주면 됩니다."

"네, 알겠습니다."

"그리고 가는 길에 외화예금이 되는지 알아봐 주세요."

"네, 그러겠습니다."

이실리프 무역상사와 거래를 트게 된 우리은행 지점은 이은정 실장을 VVIP로 분류해 놓았다.

하여 언제든 기다림없이 은행 업무를 볼 수 있도록 배려하는 중이다. 그러니 전화로 부탁만 하면 즉각 처리해 줄 것이다.

"네, 알겠습니다."

은정은 더 이상 묻지 않고 물러갔다. 그런데 얼굴이 비장한 기운이 감돈다.

처음 이실리프 무역상사에 취업했을 때엔 좋은 사람을 만나 참으로 다행이라 여겼다.

게다가 가난으로 해방시켜 준 은혜를 베풀어주었으니 정말 열심히 일하여 보답하겠다고 마음먹었다.

그러다 대한약품 주식을 살 수 있게 해주었다. 오늘도 주가가 올랐으니 이젠 여유까지 있다.

그런데 점점 더 다루는 금액의 규모가 늘어나고 있다.

킨샤사의 천지약품에서 들어오는 오더는 물론이고, 드모비치 상사로부터 들어오는 오더 역시 상상을 초월한 금액이다.

수익률도 상당히 높은 편이다. 현수가 점점 더 부자가 되고 있다는 것을 누구보다도 잘 알고 있다.

그렇기에 현수의 마음을 사로잡아 보리라는 결심을 한 것이다. 돈 때문은 아니다. 현수의 너그러우면서도 부드럽고, 배려하는 마음이 더없이 좋았던 것이다.

"아아, 사장님……!"

은정은 입술을 잘근잘근 깨물었다.

그리곤 지시받은 대로 일처리를 시작했다. 전화로 통화할 일이 아니다 싶어 은행 먼저 들른 것이다.

"이은정 실장님! 어서 오세요."

우연히 시선이 마주치자 지점장이 반색하며 일어난다.

"아, 안녕하세요?"

언제나처럼 VIP룸으로 들어가라는 손짓을 한다. 알았다는 듯 고개를 끄덕여 주었다.

"오늘은 어떻게 오셨습니까?"

"네, 일단 이 계좌로 30억 원을 송금해 주세요."

"3, 30억 원이요?"

"네."

"잠시만요."

키보드를 몇 번 두들긴 지점장의 눈이 커졌다. 은정이 건넨 계좌에 133억 원이 입금되어 있었기 때문이다.

이 지점의 어떤 계좌에도 들어 있지 않은 거금이다.

지점장은 계좌번호를 찬찬히 확인해 가며 송금을 했다.

"그리고 어려운 부탁일지 모르는데 내일까지 30억 원을 현금으로 준비해 주세요."

"네에?"

"저희 사장님이 꼭 필요하시대요. 부피가 적은 5만원권으로 부탁드려요."

"네, 30억 원이요. 알겠습니다."

"참, 이 지점에서도 외화예금 통장 개설 가능한 거죠?"

"그럼요. 일반 예금과 마찬가지로 가능합니다."

"알았습니다. 내일까지 부탁드려요."

"네, 근데 아직도 사장님께서 사무실 방문을 하지 말라고 하십니까?"

"네, 저희 사장님이 번거로운 것을 싫어하셔서요."

"이렇게 큰 고객이신데 인사조차 못하게 하시니……. 아무튼 대단히 고맙다는 뜻을 전해주십시오. 그리고 이거……."

"어머, 이게 뭐예요?"

"여자들 피부에 상당히 좋다고 해서 이 실장님 드리려고 준비한 겁니다. 가져가십시오."

은정은 지점장이 내민 것이 무엇인지 단번에 알아차렸다. 태을제약에서 만든 듀 닥터였던 것이다.

"제가 이런 거 받아도 되나요?"

"아이고, 그럼요. 당연히 되죠. 가시거든 사장님께 말씀 좀 잘해주십시오. 앞으로도 저희 은행을 이용해 달라고요."

"네에, 알겠습니다. 감사합니다."

은정은 거절하지 않고 듀 닥터를 받아 들었다.

효능도 좋지만 현수는 이런 거 주는데 안 받았다고 뭐라고 할 사람이 아니기 때문이다.

"다녀왔습니다. 지시하신 대로 내일까지 현금으로 30억 원을 준비해 달라고 했어요. 그리고 외화 예금 계좌 개설도 가능하다고 합니다."

"그래요? 잘했네요."

"근데 지점장님이 이걸 주시더라고요."

"그건… 듀 닥터군요."

"네, 품질 확실한 거라 받아왔어요."

"잘 했네요. 그거 이 실장님이 쓰세요."

"정말요?"

"하하, 그럼요. 남자인 내가 그걸 쓰겠습니까? 그러니 이 실장님이 쓰세요."

"호호, 고마워요."

은정은 사양치 않고 냉큼 집어 들었다.

그렇지 않아도 샘플로 받아왔던 걸 거의 다 써가는 중이다. 하여 새 걸 사서 써야 하는 고민을 하던 참이다.

돈은 많이 생겼지만 이전에 가난할 때를 잊지 않기에 근검절약하는 마음 때문에 주저하던 중이다.

"나는 잠시 나갔다 올게요. 시간 되면 퇴근하세요."

"네, 사장님!"

은정이 나가자 전화를 집어 들었다.

띠리리링! 띠리리링! 띠리리리링―!

"민 사장님!"

"네, 김 사장님."

"오늘 사모님 치료를 시도해 보고 싶은데 어떠십니까?"

"저야, 그래주면 감사하죠."

"지금 출발하려고 하는데 댁에서 만나지요."

"그, 그럼 그럴까요?"

민윤서 사장과 통화를 마친 현수는 역삼동 제일부동산에 전화를 걸었다.

"사장님! 저 김현수인데요."

"네, 김현수 사장님!"

저쪽에선 이쪽의 결정만을 기다려야 하는 상황이라 그런지 침을 꿀꺽 삼키는 소리가 들린다.

"내일 오후 5시쯤 계약을 하죠. 계약과 동시에 잔금까지 모두 치를 테니 준비해 주십시오."

"그, 그러겠습니다. 차질 없이 명의변경 되도록 하겠습니다."

"이제 수수료를 정해야 할 것 같군요."

"네, 수수료요."

부동산 사장은 아무런 의견도 내지 않았다.

한편, 현수는 집을 얻으면서 부동산 거래에 대한 상식을 얻었기에 얼마나 줘야 하는지를 안다.

법에서 정한 최고 금액은 거래액의 1,000분의 9에 해당되는 1억 9,800만 원이다.

하나 이 금액을 다 주는 경우는 거의 없다.

금액이 큰 만큼 중개업자가 중개 의뢰인과 협의하도록 되어 있기 때문이다.

"법정 최고 수수료는 0.9%인 걸로 알고 있습니다."

"네, 그렇지요."

"근데 거래금액이 크면 협의하도록 되어 있지요?"

"그것도 그렇습니다."

"저는 0.6% 정도면 어떨까 하는데 사장님 의견은 어떠십니까? 조금 섭섭하신가요?"

"아이고, 아닙니다. 저는 만족합니다."

"그럼, 그렇게 하죠. 중개 수수료도 내일 드리겠습니다."

"감사합니다. 정말 감사합니다."

보나마나 전화기를 든 채 허리를 숙이고 있을 것이다.

"네, 그럼 내일 오후 5시에 뵙겠습니다."

"네, 알겠습니다."

통화를 마친 현수는 피식 실소를 지었다.

서민으로 살아보았기에 부동산 중개 사무소 사장이 어떤 표정일지 훤히 짐작되기 때문이다.

“그래, 가끔은 좋은 일도 있어야지.”

아마 다른 사람이었다면 중개수수료로 5천만 원 이하를 제시했을 수도 있다. 그래도 좋다고 했을 것이다.

그럼에도 1억 3,200만 원이나 주겠다고 한 것은 없는 집에 소 들어가는 기분을 느껴보라는 배려였다.

“어서 오세요.”

“네.”

15일 날 보았으니 딱 사흘이 지났다. 그런데 윤영지의 안색이 몹시 창백했다. 불과 며칠 사이에 병세가 악화된 모양이다. 그래도 손님이라고 웃는 낯이라는 것이 애처로워 보인다.

“그이는 조금 있으면 도착할 거예요. 차는 뭐로 드릴까요?”

“커피 한 잔 주세요.”

조만간 커피 농장을 할 생각이라 부러 청한 것이다.

“기력이 더 떨어지신 듯하네요.”

“네, 움직이는 게 조금 불편해요.”

목소리도 힘이 없었다.

그냥 놔두면 촛불 꺼지듯 그렇게 가물거리다 꺼질 목숨이다. 왠지 처연한 기분이 들었지만 짐짓 웃음 지었다.

“전에도 말씀드렸지만 제가 배운 건 제도권에서 가르치는 내용과는 다른 겁니다. 그래서 효과가 있을 수도 있지만 없을 수도 있습니다."

"네에."

"희망은 가지시는 것은 좋지만 너무 기대하지는 마십시오."

"네에, 근데 그거 하면 아픈가요?"

한때 브라운관을 주름잡던 당대의 여배우가 애처로운 표정으로 바라본다. 현수를 만나기 얼마 전 자칭 침술에 조예가 있다는 돌팔이를 만나 지독한 고통을 겪었던 때문이다.

현수는 싱긋 웃음 지었다.

"아뇨, 전혀 아프지 않습니다. 제가 드리는 약은 쓰지도 않을 거구요. 겁먹지 않으셔도 됩니다."

"그럼 오래 걸려요?"

"아뇨, 금방 끝납니다. 시간으로 따지면 길어야 30분쯤 걸릴 거예요. 약은 한 번만 먹으면 되고요."

"정말요? 정말 그렇게 해서 제가 나을 수 있을까요?"

"제가 가진 비방이 효과가 있다는 전제하에선 그렇습니다. 하지만 효과가 없을 수도 있으니 기대하지 마시라는 겁니다."

"네, 근데 그이 올 때까지 기다려야 하나요?"

"아뇨, 원하시면 지금 당장 해도 됩니다."

"그래요? 그럼 지금 하죠. 근데 어디서 치료하죠?"

"여기서 하면 됩니다. 일단 이걸 마시세요."

현수는 이곳에 오기 전에 그럴 듯한 용기에 회복 포션을 옮겨 담았다. 그것을 건네자 무엇이냐는 표정을 짓는다.

"치료에 앞서 복용하셔야 하는 겁니다. 몸에 해로운 성분은 전혀 없으니 한 번에 다 드십시오."

"네, 알았어요."

윤영지는 추호의 의심도 없는지 현수가 건넨 것을 천천히 들이켰다. 삶에 대한 의지가 확실하게 나타났다.

"다 드셨으면 소파에 누우세요."

"그냥 눕기만 하면 돼요?"

"네, 진맥을 하면서 침을 몇 개 놓을 거예요. 아프지 않을 테니 긴장하지 마세요."

"네에."

현수는 윤영지의 맥문 위에 손을 올려놓았다. 그리곤 나직이 중얼거렸다.

"리커버리!"

샤르르르릉—!

서늘한 푸른빛 마나가 맥문을 통해 윤영지의 체내로 스며들었다. 그리곤 이내 맡은 바 임무를 수행하기 시작했다.

전쟁으로 치면 내부의 저항군과 외부의 우방군이 손발을 맞춰가며 작전 수행하듯 했다.

그 결과 체내의 불합리한 부분들이 점차 본연으로 되돌아가기 시작했다. 막힌 곳은 뚫렸고, 기능이 쇠한 것은 성해졌으며, 스러져 가던 것은 생생함을 되찾았다.

이 과정 내내 현수는 맥문에서 손을 떼지 않았다. 그 결과 이전엔 모르던 것을 깨닫게 되었다.

회복 포션과 리커버리가 만났을 때 어떤 결과가 빚어지는지를 느끼게 된 것이다.

'우와……! 정말 대단하구나! 세상에 어떻게 이럴 수가……!'

윤영지는 중증근무력증 이외에 자잘한 질병들이 있었다.

그간 고생했던 불면증, 가슴 두근거림, 신경과민은 갑상선 기능항진증의 결과였다.

이밖에도 신장과 간의 기능 저하로 인한 여러 증상이 있었다. 또한 축농증과 변비도 있었다.

이것들은 햇살에 아침 이슬 스러지듯 리커버리와 회복 포션의 협공에 하나하나 항복한다는 깃발을 들었다.

체내를 휘돌아 모든 것을 정상으로 회복시킨 후 둘은 유기적인 협력을 하며 최후의 보루인 뇌를 점령하기 시작하였다.

뭉쳐 있고, 정체되어 있던 미약한 마나는 둘의 공격을 감당할 수 없다. 그렇기에 하나하나 풀어져 갔다.

현수는 눈을 감은 채 격전은 벌이고 있는 뇌에서의 마나 움직임을 체크했다. 소중한 임상 경험을 하는 중이었던 것이다.

이때 민윤서 사장이 집 안으로 들어섰다.

그리곤 그 자리에 멈춘 채 꼼짝도 하지 않았다. 방해해선 안 될 상황이라는 것을 인식한 것이다.

"휴우~!"

현수가 나지막한 한숨을 쉬며 물러앉았다.

"김 사장님!"

진료가 끝났다는 것을 직감한 윤영지는 자리에서 일어나 앉왔다. 이때 민윤서 사장과 시선이 마주쳤다.

하여 뭔가 말하려는 순간 민 사장이 둘째 손가락을 입술 앞에 대며 조용히 하라는 제스처를 했다.

둘은 입정한 고승처럼 눈을 감은 채 앉아 있는 현수를 바라보고만 있었다. 그렇게 10분 정도가 지났다.

"이제 시침을 하려 합니다. 다시 누워주시겠습니까?"

"네에."

윤영지가 눕자 현수는 부러 침을 놓았다. 통점을 피해 침을 놓았기에 잠시의 따끔함 이외엔 없었을 것이다.

5분쯤 지난 후 침을 모두 회수했다.

"제가 할 수 있는 건 다 했습니다. 효과가 있으면 차도를 보일 겁니다. 불편하거나 아프진 않으셨지요?"

"네, 고맙습니다."

윤영지가 정중히 고개 숙여 감사의 뜻을 표했다.

"고맙습니다. 사장님!"

민윤서 사장 역시 고개 숙여 사의를 표했다.

"동업자 좋다는 게 뭡니까? 제 능력이 되면 돕는 게 동업자 아닙니까? 그러니 너무 심려하지 마십시오."

"하하, 네에. 오신 김에 맥주나 한잔 하시지요."

"네, 날도 더우니 그럼 그럴까요?"

"제가 준비할게요."

"아이고, 아냐! 내가 준비할게. 당신은 그냥 쉬어."

민사장이 소매를 걷고 얼른 주방으로 갔다. 그리곤 뭘 하는지 딸그락거리는 소리를 낸다.

"이야길 들었어요. 수연이 언니하고 친하시다면서요?"

"아! 이수정 씨요?"

"네, 지금은 스튜어디스지만 연예인이 될 뻔했었지요."

"그래요? 처음 듣는 이야기네요."

현수는 짐짓 궁금하다는 표정을 지었다. 단둘이 앉아 있는데 마땅히 할 말이 없던 차이기 때문이다.

"이수정 씨는 길거리에서 캐스팅되어 제가 속해 있던 연예기획사에 왔었어요. 그때 우리 사장님이 수정 씨에게 연예인이 돼볼 마음이 없느냐고 물었지요."

"그랬더니요?"

"자긴 싫고 동생을 추천한다고 하더군요."

"아! 그래서 이수연 씨가 연예인이 된 거군요."

"네, 사장님은 둘 다 연예인으로 만들 생각을 했는데 끝내 거절하더군요. 자기 인연을 만나야 한다면서요."

"네? 그건 또 무슨 말씀이십니까?"

"예전에 아주 용한 점쟁이를 만나서 점을 쳤대요."

"그랬더니요?"

현수는 일부러 장단을 맞춰줬다.

"하늘에서 일생을 함께할 인연을 만나게 될 거라고 했대요."

"네에? 그래서 스튜어디스가 되었다고요?"

"거짓말 같겠지만 진짜 그래요. 비행기 안에서 만났지요?"

"그, 그렇긴 해도……."

현수는 수정이 적극적이었던 이유를 알았다.

"여보, 뭘 그렇게 재미있게 이야기해?"

"아! 여보."

민 사장은 환한 웃음을 짓고 있었다.

"자자, 준비 다 했으니 갑시다."

"그래요? 기대되는데요?"

"기대해도 됩니다. 자, 당신도 가지."

"네, 여보!"

식탁으로 간 현수는 눈을 크게 떴다.

웬만한 식당의 차림 정도는 되었던 때문이다.

"이걸 다 민 사장님이 만든 겁니까?"

"네에, 요리하는 취미가 있어서요."

"그래도 그렇지 얼마 되지도 않은 시간인데……."

얼핏 봐도 새로 만든 요리가 최소한 네 가지는 된다. 해물전골, 파전, 그리고 두부김치와 골뱅이 무침이 보였다.

그런데 어찌 짧은 시간 만에 만들었나 싶었던 것이다.

"재료가 냉장고 안에 다 있는데 어찌 못 만들겠습니까? 자아, 자리에 앉으십시오."

자리에 앉아 흥겨운 술자리를 했다.

민 사장은 일부러 시간을 내 부인을 치료하러 온 현수에게 진심으로 감사를 표했다.

현수는 아직 효과도 드러나지 않았는데 과분한 대접을 받는다면서도 주는 술잔을 거부하지 않았다.

오늘은 7월 18일이다. 24일에 휴가가 끝나니 25일부터는 이들 부부 얼굴을 보는 것조차 쉽지 않을 것이다.

임지인 콩고민주공화국으로 가야 하기 때문이다.

그래서 부러 너스레까지 떨면서 좋은 분위기를 만들었다. 그렇게 반시간쯤 지났을 무렵 누군가 초인종을 누른다.

띵똥—! 띵똥—!

“응? 이 시간에 누구지? 당신이 나가 볼래?”

“그럴게요.”

윤영지가 방문객을 확인하러 나간 사이에도 둘은 술잔을 주고받았다. 그러면서 회사 일을 이야기했다.

현수는 곧 휴가가 끝난다면서 대한동물의약품에서 축산과 관련된 의약품 생산 및 개발에 박차를 가해달라고 했다.

그리곤 회복 포션의 성분 분석이 끝나면 보안을 유지해 달라고 했다. 민 사장이 의아해했지만 두고 보면 안다고만 했다.

아울러 국내에 없는 동안에도 드모비치 상사로 보낼 의약품 생산에 차질이 없도록 당부했다.

그러는 사이에 누군가가 왔다.

“어라, 형님……! 형님이 어떻게 여길……? 언제 귀국했어요? 그리고 바쁘지 않아요?”

“며칠 되었네. 그리고 하나뿐인 여동생을 만날 시간은 있어. 그리고 이 사람아. 매제 만나기가 이렇게 힘들어서야 어디……. 그 동안 잘 있었지?”

“아이고, 형님! 물론입니다. 형님이 나라를 잘 지켜주셔서 잘 지내고 있었습니다. 하하하!"

술이 얼큰해서 그런지 민 사장의 말이 많아졌다.

어쨌거나 예고 없던 방문객은 윤영지의 사촌 오빠이다.

윤영지는 무남독녀이고, 사촌 오빠인 윤강혁은 무녀독남이다. 그러다 보니 어린 시절부터 친남매처럼 지냈다고 한다.

"형님! 저와 동업하고 있는 김현수 사장입니다. 김 사장님! 이쪽은 우리 집사람의 사촌 오빠인 윤강혁 소령입니다. 제겐 친형님 같은 분입니다."

"아! 네에. 반갑습니다. 김현수라 합니다."

"네, 저도 만나 봬서 반갑습니다. 윤강혁입니다."

퇴근을 한 후라 그런지 윤 소령은 사복 차림이었다.

"우와! 이게 웬 요린가?"

"하하, 오늘 모처럼 솜씨를 발휘했습니다. 자아, 앉으세요."

윤강혁 소령까지 가세하자 술자리는 더욱 화기애애했다.

"그나저나 영지, 너는 아프다더니 이제 좀 괜찮은 거냐?"

"네? 아, 네에. 지금은 괜찮아요."

보아하니 자세한 병명은 몰랐던 모양이다.

"매제, 자네 사업을 잘 되고?"

"네에, 요즘 아주 잘 나갑니다. 모두 여기 있는 김현수 사장님 덕분이죠."

"그래? 김 사장님도 대한약품 공동 대표이사인 거야?"

민윤서에게 물었지만 대답은 현수가 했다.

"아뇨, 전 조그만 무역상사를 운영하고 있습니다."

"그래요?"

"천지건설 최연소 과장님이기도 해요."

윤강혁의 눈이 커진다. 거의 대부분의 재벌 계열사들이 겸직을 허락하지 않는다는 것을 알기 때문이다.

"천지건설……? 그 회사에서 겸직을 허락했어요?"

"네, 어쩌다 보니 그렇게 되었습니다."

"아! 그랬군요."

대화를 하며 여러 순배 술잔이 오갔다. 민 사장도 그렇지만 윤 소령도 예의를 잃지 않았다. 가장 나이 어린 현수 역시 연장자에 대한 대우를 깍듯이 했다.

술자리를 파하고는 거실로 자리를 옮겼다. 이야기를 하던 중 현수가 눈빛을 빛냈다. 윤강혁 소령이 국방과학연구소에 근무한다는 이야길 들은 것이다.

"저도 군 생활을 거기서 했습니다. 소화기 개발팀이었는데 혹시 강진원 중령님을 아시는지요?"

"지상무기체계의 강 중령님이라면 알지요. 그런데 김 사장님 장교로 예편한 겁니까?"

"아뇨, 저는 사병으로 복무했습니다."

"흐음, 사병은 별로 없는데."

윤 소령은 인원 체계를 더듬는 듯한 표정을 짓는다.

"저는 소화기 개발팀에서 사수로 근무했습니다."

"아! 그래요? 그렇다면 특등사수이겠군요."

윤 소령은 현수가 어려 보이고 사병 출신임에도 말을 내리지 않았다.

"네, 어쩌다 보니 총을 잘 쏘게 되어 거기서 근무했습니다. 윤 소령님도 지상근무체계팀에 근무하십니까?"

"……!"

윤강혁 소령은 대꾸하지 않았다. 아마도 군사 비밀인 듯하다. 이때 민윤서 사장이 끼어들었다.

"형님! 학위는 따고 들어오신 거죠?"

"그럼, 그러니까 국방과학연구소에 발령이 나지."

"형님 전공은 뭡니까?"

"나……? 그건 말할 수 없네."

"아마도 군사 비밀인 모양이네요."

현수가 끼어들자 윤 소령이 고개를 끄덕인다.

"그럼 다른 이야기해요. 참, 오늘 뉴스를 보니 고이즈미가 독도가 일본 땅이라는 말을 했는데 군대는 어때요?"

"어떠긴……? 의중 파악과 대응 방안을 모색하고 있지."

민윤서의 물음에 대한 대답이었다. 이때 현수가 물었다.

"국방과학연구소에선 그런 거 안 하지 않습니까?"

"네, 우린 별로……."

"하긴, 그렇겠네요. 연구부서에 계신 분들이니까요."

"형님, 이젠 국내에 계시는 거죠?"

"아마도 그렇게 될 듯해. 하지만 자주 나오진 못할 거 같아."

"아! 그래요? 그럼 오늘 진탕 마셔요."

"하하, 그래! 그럼 그래볼까? 영지, 넌 먼저 들어가서 자라."

"오빠……!"

윤영지가 가볍게 째려보자 윤 소령이 익살스런 표정을 짓는다.

"깨갱! 아이고, 무서라. 그렇다고 그렇게 째려보냐? 아무튼 가서 술이나 더 내와. 모처럼 허리띠 풀어놓고 한잔하게."

"치이, 알았어요."

윤영지가 또 한 번 째려보고는 술을 가지러 나섰다.

"그나저나 저 녀석 무슨 병을 앓았던 거냐?"

가볍게 지나는 말로 물은 것이다. 그런데 이미 취기가 오른 민윤서는 곧이곧대로 이야길 했다.

"뭐어……? 중증근무력증? 그, 그거 못 고치는 병 아니야?"

윤강혁 소령은 너무 의외인 듯 말을 더듬었다.

"그렇죠. 근데 오늘 우리 김 사장님이 와서 치료를 해줬으니 아마 나을 겁니다."

"그럼, 김 사장님이 의사란 말이야?"

"아뇨, 그건 아니고요. 고명한 의원한테 침술을 사사하여……."

민윤서 사장의 말은 더 이상 이어질 수 없었다. 윤 소령이 말을 끊은 탓이다.

"설마 민간요법……? 지금 입증도 안 된 방법으로 영지를 치료 했다는 말이야?"

"네, 형님! 하지만 차도가 있어요."

"차도는 무슨……! 오늘 치료를 했는데 오늘 차도가 있다는 게 말이 돼?"

현수는 윤 소령의 마음을 이해하기에 섭섭한 마음을 품기보다는 말없이 듣는 쪽을 택했다. 나서서 말해봐야 변명밖에 되지 않기 때문이다.

"매제! 생각해 봐. 내가 그 병에 대해서 알아. 우리 팀장님 아들도 지금 그 병에 걸려 있어. 별의별 병원을 다 찾았고, 심지어 미국에 있는 병원까지 갔지만 치료가 안 돼서 죽을 날만 기다리고 있어. 이제 겨우 스무 살인데."

"……!"

민윤서가 아무런 대꾸도 하지 않자 윤 소령이 핏대를 세우며 말을 이었다.

"근데 딱 한 번 치료를 하고 차도가 있어? 그게 말이 돼? 말이 되냐고?"

어쩌면 사랑하는 사촌 여동생이 죽을지도 모른다는 생각이 든 때문인지 윤 소령의 음성은 커져 있었다.

이때 술을 꺼내오던 윤영지가 소리쳤다.

CHAPTER 12
인연의 끈

"오빠! 진짜예요. 많이 좋아졌단 말이에요."

"어……! 다 들었어?"

"그래요. 그러니 저이 좀 닦달하지 말아요. 하나뿐인 매제라면서 그렇게 소리치면 어떻게 해요?"

"아! 미안, 내가 조금 흥분했나 봐. 매제, 미안해. 그리고 김 사장님에게도 미안하구요. 근데 너 진짜 괜찮은 거냐?"

윤 소령의 관심은 오로지 윤영지에게 쏠려 있었다.

"네, 김 사장님 치료를 받기 전엔 몸이 무겁고 움직이는 게 힘들었는데 지금은 많이 좋아졌어요."

"정말?"

"아이고, 이 오빠가 맨날 속아서만 살았나. 진짜 괜찮다구요. 그러니 걱정 말아요."

윤강혁 소령에게 있어 윤영지는 자랑의 대상이다.

친구들은 물론이고 상사와 부하들에게도 하나뿐인 사촌 여동생이 톱탤런트 윤영지라는 걸 자랑스럽게 이야기했다.

흔한 스캔들 한 번 없이 좋은 이미지만 가져 안티가 거의 없는 탤런트이기에 모두들 그러냐고 하면서 부러워했다.

초급 장교일 때는 소개시켜 달라는 선배 장교들 때문에 몸살을 앓을 지경이었다. 그래도 좋았다. 너무나 예쁘고 착한 윤영지가 동생이라는 것이 흐뭇했던 것이다.

"네가 좋아졌다니 다행이다. 김 사장님, 고맙습니다."

"아, 네에."

"당신 정말 괜찮은 거야?"

"응, 이상해! 아까까진 몸이 무겁고 움직이는데 몹시 힘들었는데 지금은 아주 가뿐해. 김 사장님 치료가 효과가 있나 봐. 고맙습니다, 김현수 사장님!"

윤영지가 정색하고는 정중히 고개 숙여 감사를 표했다.

"어휴, 아닙니다. 그리고 아직은 더 두고 봐야 합니다. 최소 하루는 두고 봐야 정말 나아지는 건지 아니면 반짝하는 건지 알 수 있는 겁니다."

"네에, 아무튼 고맙습니다. 이렇게 움직일 수 있는 게 얼마 만인지 몰라요."

"네에."

무어라 하겠는가! 현수는 얼른 얼버무렸다.

"영지야, 뭐든 먹고 싶은 거, 갖고 싶은 거 있으면 말해라. 이 오빠가 군바리라 돈은 많이 못 벌지만 네가 갖고 싶은 거 정도는 사줄 수 있을 거다. 알았지?"

"알았어요. 그럼 다음에 올 땐 호떡이나 조금 사와요."

"호떡? 갑자기 웬 호떡……?"

"몰라요. 요즘 자꾸 그게 먹고 싶어져요."

'헐……! 그게 그거였던 거야?'

현수는 내심 당황했다. 며칠 전 마나 디텍션을 구현시켰을 때 윤영지의 체내 마나량이 턱없이 적다는 것을 알아냈다.

그러다 아랫배 쪽에 도달했을 때 마나가 뭉쳐 있는 것을 느꼈다. 하지만 양이 적어서 그냥 정체된 마나인 것으로 여겼다.

그런데 지금 하는 이야길 듣다 보니 번개처럼 스치는 상념이 있었다.

뭉쳐진 마나가 다른 생명체의 것이라면 임신이다! 유난히도 금슬 좋은 부부이기에 임신일 것이란 생각이 든 것이다.

"저어, 다시 한 번 진맥해 봐도 되겠습니까?"

"네? 왜요?"

윤영지는 혹시 뭔가 잘못되었다는 말을 들을까 싶었는지 화들짝 놀라는 표정을 짓는다.

"확인해 보고 싶은 게 있어서요."

"그게 뭔데요?"

"혹시 임신이 아닐까 싶어서 그럽니다."

"네에? 임신이요?"

"네, 그러니 진맥하게 해주십시오."

"그, 그러세요."

윤영지는 아픈 와중에도 할 일은 했다는 것이 부끄러운지 볼이 붉어졌다. 하지만 현수는 개의치 않고 맥문을 짚었다.

"흐으음……!"

웃고 떠들던 민윤서와 윤강혁 모두 지그시 눈을 감은 현수만 바라보고 있었다.

확인 결과 임신이 확실하다. 움직임 자체가 다른 마나를 느낄 수 있었던 것이다.

'역시, 그랬구나. 근데 회복 포션과 리커버리 때문에 어떤 영향이 생기진 않을까?'

현수는 내심 걱정이 되었다. 발생 시기에 영향을 받으면 자칫 장애가 발생될 수 있기 때문이다.

'모든 걸 원상으로 회복시키는 거니 그렇진 않겠지.'

현수의 이런 생각은 기우이다. 윤영지의 태아는 리커버리 마법과 회복 포션 덕에 벌모세수되고 있었던 것이다.

그 결과 IQ183에 신체 건강한 둘째 아들을 얻게 된다.

현수가 진맥을 마치자 모두의 시선이 쏠린다.

"제 느낌이 맞다면 사모님은 임신을 하신 듯합니다."

"이, 임신이요?"

"네, 얼마 안 된 거 같으니 몸조심하셔야겠네요."

"여, 여보!"

윤영지의 눈이 금방 글썽글썽해진다.

둘째를 갖고 싶어 온갖 노력을 다했는데도 생기지 않던 아기가 생겼다는 말 때문이다.

"축하하네, 매제!"

"하하, 여보! 만세다, 만세! 우하하하!"

민윤서가 기쁘다는 듯 환한 웃음을 지었다.

이날의 술자리는 이것으로 끝났다.

몸조심해야 하는 윤영지는 방으로 들어갔고, 윤서와 현수, 그리고 강혁이 설거지와 뒷정리를 했다.

늦은 밤, 현수는 세정빌딩을 들러 집으로 돌아갔다.

건물 내에는 아무도 없었지만 지하 1층과 12층엔 대걸레가 돌아다녔다.

다음 날, 아침 경찰이 출동했다. 그리곤 12층 복도에 기절한 채 누워 있던 도둑을 검거했다.

건물이 비어 있다는 것을 알고 잠입했던 도둑이 귀신을 만나는 바람에 혼비백산하여 기절해 있었던 것이다.

*　　*　　*

부우우웅—! 부우우우웅—!

"여보세요."

"아, 김현수 씨?"

"네, 그런데요. 누구시죠?"

현수는 듣기 좋은 나직한 저음이 누구의 목소리인지 알 수 없어 고개를 갸웃거렸다.

"하하, 이거 반갑소. 나 홍진표라 하는데……."

"아, 네에. 안녕하세요? 홍 교수님!"

"하하, 다행히 기억하는군."

"아이고, 그럼요! 그간 안녕하셨지요?"

"그럼, 김현수 씨 덕에 정말 많이 안녕했지."

"네……? 그게 무슨 말씀이세요?"

현수는 무슨 뜻인지 알았지만 부러 모르는 척했다.

"아무튼 서울에 볼일이 있어 왔는데 온 김에 우리 김현수 씨 얼굴이나 한번 볼까 싶은데 시간 있나?"

"그럼요. 지금 어디 계세요? 금방 달려가겠습니다."

현수는 홍진표 교수의 인품과 학식, 그리고 흉중에 품은 마음 모두를 존경한다.

때 타기 쉬운 세상 속에 머물면서도 오염되기보다는 다른 이들을 정화하는 정신적인 지주 같은 인물이기 때문이다.

그렇다 하여 마냥 고고하기만 한 것은 아니다.

본인의 말로는 한때 무협지에 빠져서 살았다고 한다. 이는 세류(世流)가 어떤지를 너무도 잘 알기에 적당히 몸을 실을 줄 안다는 뜻이다. 물론 정도(正道)이다.

"여긴 여의도인데 올 수 있나?"

"그럼요. 교수님이 계시다면 여의도 아니라 을숙도라도 달려갑니다. 근데 여의도 어디로 가면 됩니까?"

"차를 가져올 거면 KBC 방송국으로 오게."

"네, 지금 즉시 출발하겠습니다."

"아냐, 지금부터 녹화 중인데 한 두어 시간 지나야 끝날 것 같으네. 그러니 그때 오게."

보아하니 끝장토론에 출연하려 서울에 올라온 모양이다.

"네, 알겠습니다. 그럼 그때 뵙겠습니다."

현수가 홍진표 교수를 만난 것은 세 시간이 지난 후였다. 예상보다 토론 시간이 길어졌던 것이다.

"허, 그 사람 참……! 사람이 어찌 말귀를 그렇게 못 알아듣는지. 그런 사람이 어떻게 4선의원이 되었는지 이해가 안 되네."

"네? 누굴 말씀하시는 겁니까?"

"김충선 의원 말이네."

"아! 한심당 원대부대표 말씀하시는 거죠?"

"그래. 그런 사람을 부대표로 세워놨으니 정말 한심한 당이지. 안 그런가?"

"네, 정말 정이 안 가는 당이죠, 한심당은……! 맨 위부터 맨 아래까지 온통 썩어빠진 놈들만 우글거리는 쓰레기통이나 다름없다고 생각합니다."

현수와 홍 교수의 정치적 견해는 놀랍도록 일치한다.

여당인 한심당은 지극히 혐오하고, 제1야당인 민주실현당은 탐탁지 않게 여긴다.

군소 야당 역시 제대로 된 수권정당의 면모를 갖추지 못한 이익단체쯤으로 생각하고 있다.

다시 말해, 정치권의 거의 모든 인사들에 대해 낙제점을 주고 있는 것이다.

다만 몇몇 인사에 대해선 기대를 낮추지 않는다.

그러면서 그 사람들이 정권을 쥐거나 실세가 되었다면 나라꼴이 이렇듯 엉망이 되지는 않았을 것이라 여긴다.

한마디로 현실 정치가 상당히 아쉽다는 것이다. 그리고 그것은 대다수 누리꾼들의 견해와 일치한다.

사실 일치한다기보다는 홍 교수의 견해에 누리꾼들이 찬성하는 쪽이 맞다.

"오늘 토론의 주제는 뭐였습니까?"

" '영어 교육, 과연 이대로 좋은가' 였네."

"아! 영어요."

말을 하면서도 현수는 치를 떨었다.

초등학교 4학년부터 대학을 졸업하고 직장에 취직할 때까지 지겹도록 공부해야 했던 과목이다.

"나중에 방송 보면 알겠지만 영어가 글로벌한 언어라는 것은 나도 인정하네. 하지만 전 국민이 반드시 배워야 할 것은 아니지. 안 그런가?"

"물론입니다. 대다수 국민들은 학교를 졸업한 이후 영어와 별 관계없는 삶을 삽니다."

"그렇지? 그런데 중고등학교는 물론이고, 대학을 나와서도 입사시험을 보려면 영어를 공부해야 해. 심지어 입사 후에도 승진 시험에서 영어가 빠지지 않지."

"네, 영어가 국어가 아닌 나라치고는 너무 과잉교육인 것만은 분명합니다."

현수와 홍 교수는 죽이 척척맞고 있었다.

"그런데 지금 우리 어디로 가는 건가?"

"음식 맛있게 하는 집이 있습니다. 토론하시느라 시장하실 것 같아 제가 한 끼 대접해 드리려고 합니다."

"아! 그런가? 그래주면 나야 고맙지. 대신 나중에 내가 자네에게 두 끼를 사겠네."

"하하, 네에. 저도 고맙습니다."

현수가 환한 웃음을 지었다. 홍 교수는 잠시 창밖을 보더니 혼잣말처럼 다시 이야길 한다.

"휴우~! 도대체 어디서부터 뭐가 잘못되어 나라 꼴이 이런 지경에 이르렀는지."

"네? 뭐 말씀하신 겁니까?"

워낙 나직한 말이었는지라 제대로 듣지 못한 현수가 반문한 것이다.

"영어 말이네. 오면서 보니 웬 영어 학원이 이렇게도 많은지. 다른 나라 말을 잘한다 해서 나라가 발전하는 것도 아닌데 말일세."

"제가 이런 말씀드리면 어찌 생각할지 모르겠습니다만 우리나라 정치인들에겐 문화 사대주의가 계승되어 내려오는 것 같습니다."

"문화 사대주의?"

"네, 조선시대 때는 명나라나 청나라 문물을 못 받아들여 안달을 했잖습니까? 그러다가 왜정시대를 겪었고, 곧이어 6.25 전쟁이 있었지요."

"그렇지."

"이후의 정치판을 봐도 다른 나라의 문물에 대한 숭상이 너무 심했던 것 같습니다. 특히 미국에 대한 환상이 너무 커요."

"흐음, 그런가? 그럼 자네는 미국에 대해 어찌 생각하는가?"

"미국은 전 세계 200여 국가 중 하나지요. 현재로선 가장 강력한 군사력을 지닌 나라이구요."

홍 교수는 현수의 나머지 견해를 알아야겠다는 듯 대꾸하지 않고 다음 말을 기다렸다.

"우리나라가 전쟁을 할 때 많은 도움을 받은 것은 인정하지만 그렇다 하여 우리의 것을 포기해 가면서 그들을 도울 필요는 없다고 생각합니다. 내가 있어야 남이 있는 것이니까요."

"나도 그렇게 생각하네. 그럼, 미국과의 관계는 어때야 한다고 생각하나?"

"그냥 다른 나라와 크게 다를 바 없어야 한다고 생각합니다. 그런데 너무 의존하는 것 같습니다. 우리가……! 아니, 우리나라 정치인들이요."

"흐음, 그래? 어떤 면에서?"

"군사적인 부문을 보면 시스템 자체가 미국을 중심으로 하고 있습니다. 우리나라의 이익을 위해서라면 다양화할 필요가 있습니다. 그런데 그렇게 하지 않아 손해 보는 일도 있는 것

같더군요."

현수는 미국 이외의 국가에서 무기를 도입할 경우 이후의 거래에서 불이익을 당할 수 있음을 구체적으로 이야기하지 않았다. 그 정도는 알 것이라 여긴 것이다.

"……!"

홍 교수는 대답 대신 고개만 끄덕였다. 무기의 도입뿐만 아니라 수출에서도 불이익 당하고 있다는 것을 알기 때문이다.

한국은 T-50 고등훈련기를 인도네시아와 수출 계약을 맺었고, 다른 국가로의 수출도 타진 중이다.

또한, 우리 손으로 개발한 백상어와 홍상어는 미국 어뢰와 대잠수함 로켓 기술을 기반으로 만들어진 것이지만 더 뛰어난 성능을 지녀 수출이 추진되고 있다.

그런데 FBI, CIA 등 미 3대 정보기관이 우리 방산업체는 물론 한국산 무기 수입 국가들까지 조사를 벌였다.

한국이 자신들이 장악한 무기시장을 잠식하는 것을 결코 묵과할 수 없다는 입장을 분명히 한 것이다.

이에 대해 노골적인 반기를 들 경우 자국 무기의 수출 계약을 파기하거나 추가 계약을 하지 않는 등 제재를 가할 것이다.

어쩌면 이전보다 훨씬 비싼 가격에 무기를 도입하게 될지도 모른다. 실로 한심한 일이다.

"아무튼 국가 대 국가가 되니 국력에 차이가 있지만 동등, 내지는 비슷한 상태는 되어야 하는데 정치인들의 행태를 보면 우리가 미국의 식민지라도 되는 것처럼 하는 꼴이 보기 싫더군요."

"그렇지? 그건 나도 그렇게 생각하네."

"아무튼 영어 교육에 너무 많은 시간과 공을 들여서 국가 발전에 지장을 주는지도 몰라요. 그 시간에 과학과 공학을 열심히 했다면 지금보다 더 발전되지 않았을까요?"

"내 생각이 그러하네. 그런데 우리 사회 구조에 많은 문제가 있네. 그래서 불합리한 일들이 많지."

"네, 문과 전교 1등은 법대로 진학하고, 이과 전교 1등은 의대를 가는 세상이죠."

"그래. 가장 똑똑한 사람들이 국가 발전과는 거리가 있는 전공을 택하는 것이지."

"그런 사람들이 과학이나 공학을 전공한다면 대한민국의 현재는 지금보다 훨씬 더 높은 곳에 있을 것이라 생각합니다."

"그래, 동의하네. 그건 정말 잘못된 사회구조 때문이지."

홍 교수는 또 한 번 크게 고개를 끄덕였다.

실제로 법조인들은 범죄 행위로 먹고 산다. 그리고 범죄는 국가 발전과는 아무런 관련이 없다.

의사들은 생명을 구하지만 그 자체 역시 산업 발전이나 신기술 개발 등과는 거리가 있다.

현수는 고개를 끄덕이고는 말을 이었다.

"조금 더 현명한 사고를 가진 분들이 나라를 이끌었으면 하는 바람이 있습니다. 그런데 현재의 정치인들 가운데에는 그런 분들이 적은 것 같아 걱정입니다."

"그런가? 그런 면에서 나는 어떤가?"

"네? 갑자기 그게 무슨……?

현수는 홍 교수의 말이 무든 뜻인지 이해하지 못하였기에 고개를 갸웃거렸다.

"오늘 자네를 만나자고 한 것은 젊은이의 잣대로 재었을 때 나는 어떨까를 묻고 싶어서였네."

"무슨 말씀이신지 조금 더 자세히 설명해 주십시오."

"자네도 알다시피 나는 춘천에서 사네."

"네, 그렇지요."

"얼마 전, 우리 동네 국회의원의 유죄가 확정되었네. 그래서 의원 직을 잃었지."

"그 사람은 어떤 죄를 지었는데요?"

"이권에 개입하여 뇌물을 수수했네. 그에 대한 반대급부로 부당한 압력을 행사했지. 또한 불법 선거운동도 했지."

"그 사람 한심당 소속이죠?"

"어라! 그걸 자네가 어찌 아나?"

"한심당 사람 말고 누가 또 그러겠습니까? 하여간……!"

말끝을 흐리는 순간 떠오르는 상념이 있었다.

"그런데 혹시 보궐선거에 출마하실 생각을 하신 겁니까?"

"그렇네. 내 미약한 힘이라도 정치권에 영향력이 있을까 싶어 출마를 심각하게 고려하는 중이네."

"교수님! 출마하십시오. 후원금도 내겠습니다."

"되었네. 후원금 때문은 아니고 자네가 보았을 때 내가 정치인으로 성공할 수 있을까를 묻는 것이네."

"당연히! 당연히 대단히 바람직한 정치인이 되실 겁니다. 초심만 잃지 않으시면 말입니다."

"초심?"

"네, 방송에 나오셔서 하신 말씀들을 들어봤습니다. 저와 의견을 달리하는 부문도 있지만 대부분 교수님과 같은 생각입니다. 아마 제정신 박힌 사람들 거의 전부 그럴 겁니다."

"그런가? 그럼 한번 출마해 볼까?"

"네, 꼭 출마하십시오."

이야기하는 동안 목적지에 당도했다. 중구 순화동에 자리잡은 '이화고려정'이란 한정식 집이다.

3층으로 올랐는데 점심시간이 지난 시간이었는지라 손님이 없어서 마음 편히 대화를 할 수 있었다.

물론 대화를 방해하는 사람이 없었던 것은 아니다. 주인이 홍 교수의 사인을 받기 위해 왔었던 것이다.

이후엔 음식을 먹으며 도란도란 이야기를 나눌 수 있었다.

이야기 끝에 홍 교수는 출마하는 쪽으로 가닥을 잡았다.

마냥 남들의 손에 국정이 농단[9]되는 것을 두고 보기만 할 것이냐는 현수의 물음이 있었기 때문이다.

그리고, 장외에서 잘못된 것을 지적하고 그것에 대한 대안

9) 농단(壟斷, 隴斷): 이익이나 권리를 교묘한 수단으로 독점하는 것.

을 제시하기보다는 현실 정치에 참여하여 스스로의 손으로 뜯어고치는 것이 좋겠다고 했다.

그래서 출마 결심을 한 것이다.

현수는 유세 기간이 언제인지를 물었다. 상대로 나올 한심당 후보가 거물이라면 거물이기 때문이다.

그는 한심당에 있기는 아깝다는 평을 듣기도 한 이인지라 대중들로부터 미움이 덜한 인물이다.

다시 말해 한심당은 싫지만 그는 그렇게 나쁘지 않다는 평을 받는 인물이다.

홍 교수가 나름대로 인지도가 높지만 상대 역시 만만치 않다. 하여 현수는 여차하면 매혹 마법을 써서라도 유권자들로 하여금 홍 교수에게 투표하도록 할 생각이었던 것이다.

그런데 유감스럽게도 콩고민주공화국으로 간 이후의 일이다. 하여 차선책으로 홍 교수에게 마법을 걸어주었다.

굳건한 마음으로 유세를 하라는 뜻에서 아이론 윌(Iron Will) 마법을 걸어준 것이다. 이 마법은 결심한 것이 흔들리지 않도록 하는 의지를 키워주는 정신계 마법이다.

신관들의 신성력을 보고 멀린이 창안한 것이다.

두 번째 버프는 전신의 세포를 새롭게 하는 바디 리프레쉬 마법이다. 유세 기간 동안 건강을 잃지 않도록 하기 위함이다.

식사를 마치곤 가까운 찻집으로 이동했다.

그리곤 각종 현안에 대한 의견을 주고받았다. 주제를 홍 교수가 내놓으면 현수는 그것에 대한 생각을 내놓는 정도였다.

그렇게 꽤 시간이 흘렀다. 홍 교수는 찻잔을 들어 다 식은 차를 한 모금 들이켰다.

"마지막으로 하나만 묻겠네."

"네, 말씀하십시오."

또 다른 현안인가 싶어 현수는 눈빛을 반짝였다.

곧 국회의원이 될 사람에게 자신의 의견을 피력하는 것이 즐거웠던 것이다.

"그날 말이네. 우보와 내게 대체 무엇을 어찌한 것인가?"

"네……?"

"시치미 떼지 말게. 비록 단 한 번의 만남이지만 나는 자네에 대한 신뢰가 크네. 그래서 오늘과 같은 자리도 만들었고."

"……!"

무엇을 묻는 건지 어찌 모르겠는가!

현수는 사실대로 이야기할 수 없기에 대답 대신 물 한 모금 들이켰다.

"나는 중풍이었고, 우보 선생은 보청기가 없으면 벼락이 쳐도 모르는 사람이었네. 그런데 자네를 만난 다음 날 우리 둘 다 정상인이 되었네."

"그, 그러셨어요?"

"그 이틀 동안 내가 본 사람은 우보와 자네뿐이네. 말해주게. 대체 어떻게 하여 우리를 고쳐 주었는지."

현수는 대답 대신 주위를 살폈다. 현재 둘이 있는 곳은 전통 찻집이다. 그런데 손님이 없다.

주인도 잘 안 되는 장사에 미련이 없는지 잠시 자리를 비운 상태이다. 텔레비전에 출연하는 홍 교수가 설마 찻값 떼어먹고 도망가지는 않을 것이란 믿음이 있어서인 듯하다.

"병원에서도 뚜렷한 방법이 없어 산막골로 들어간 것이네. 우보 선생 역시 그렇고……. 그런데 어떻게 그랬는가?"

"……!"

현수는 속 시원히 대답을 해줄 수 없는 난감함 때문에 아무런 대꾸도 하지 못하고 있었다.

"비밀인가? 내게도 말해줄 수 없는가?"

"그렇습니다."

"그럼 자네에게 어떤 특별한 능력이 있어서 그러는 건가?"

"그것도 말씀드릴 수 없습니다."

"알겠네. 말하기 힘들다니 더 이상 캐묻지 않겠네. 아무튼 자네 덕에 다시 사회생활을 하게 되었네. 은둔하지 말고 참여하는 뜻으로 알아들었기에 출마하려는 것이네."

"네, 꼭 큰 정치인이 되어주십시오."

"노력하지. 기대에 부응하도록 나 자신을 채찍질하겠네."

"네, 그러셔서 썩어빠진 정치판을 쇄신해 주십시오."

"다음에 볼 때엔 어찌된 영문인지 알려주었으면 하네. 그래줄 수 있겠는가?"

이제 곧 러시아를 거쳐 콩고민주공화국으로 가야 한다. 그리고 언제 돌아올지 기약이 없다. 그렇기에 현수는 금방 고개를 끄덕였다.

"네, 그렇게 하도록 하겠습니다."

홍 교수와 헤어진 현수는 곧장 역삼동으로 향했다.

"아이고, 어서 오십시오. 김 사장님!"

부동산 사무소의 문을 열자 사장의 허리가 직각으로 꺾인다.

"제가 늦은 거 아니죠?"

현수는 핸드폰을 꺼내 시각을 확인해 보니 4시 58분이다.

"아이고, 그럼요. 자, 이쪽은 세정빌딩의 소유주이신 유국상 사장님입니다."

"아, 그러세요? 김현수라 합니다."

"반갑소. 생각보다 엄청 젊은 친구구만. 나 유국상일세."

"자자. 이제 자리에 앉으십시오."

"험, 그러지!"

유국상이 거들먹거리며 자리에 앉자 현수는 맞은편에 앉았다. 그런 유국상의 곁에는 얇은 입술에 매부리코가 잔인한 인상으로 보이게 하는 유진기가 앉았다.

"참, 이쪽은 유 사장님의 자제분이신 유 전무님입니다."

"아, 그러세요? 김현숩니다."

"네에, 유진기라 합니다."

형식적인 인사를 하자 중개인이 매매계약서를 꺼내놓았다. 그리곤 파일을 펼쳤다. 세정상사가 세입자들과 체결한 임대계약서이다.

"김 사장님! 이건 입주해 있는 병원 등의 임대차 계약서입니다. 이건 이것들을 요약한 겁니다. 검토해 주십시오."

서류는 아무런 이상이 없었다.

하나 돌다리도 두들겨 보고 건너라 하지 않았던가!

"죄송한데 잠시만 기다려 주시겠습니까? 저 혼자 계약을 체결하기엔 금액이 커서 변호사를 불렀습니다."

"네에? 그, 그럼……!"

중개인은 중개수수료를 변호사와 나눠야 한다 생각했는지 안색이 변했다. 다 된 밥에 초를 치나 싶었던 모양이다.

"아, 부동산 중개 건으로 부른 게 아니라 서류상 하자가 없는지 확인해 달라는 차원입니다."

"그, 그러세요?"

현수는 가급적 별일 아니라는 투로 이야기했지만 맞은편에 앉은 유진기에겐 그렇게 보이지 않은 모양이다.

'짜식! 돈 많은 부모 밑에 태어나 고생이라곤 한 번도 안 한 새끼인 모양이군. 계약하고 난 뒤에 뒷조사를 좀 해야겠어. 어느 집 새끼인지는 몰라도 만만하면 확 벗겨먹어야지.'

먹이를 노리는 하이에나 같은 눈빛으로 바라보고 있었지만 현수는 시선도 주지 않았다.

잠시 후, 주효진 변호사가 들어왔다. 예의상 유국상과 유진기와 인사를 했다.

"변호사님, 이게 그 서류입니다. 검토해 주십시오."

"네, 한번 보죠."

오는 동안 전화로 대강의 내용을 설명했기에 주 변호사는 두말 않고 서류들을 대조했다.

잠시 시간이 흘렀지만 어느 누구도 입을 열지 않았다.

주 변호사를 제외한 네 명 모두 이 거래가 정상적으로 끝나기를 바라기 때문이다.

"서류상 이상 없습니다. 도장 찍으셔도 되겠습니다."

"그래요? 알겠습니다. 그럼 계약을 하죠."

서류에 모든 도장을 찍은 후 현수는 부동산 사무소 앞에 세워둔 차로 갔다 왔다. 그리곤 현금 31억 3천만 원이 든 박스들을 꺼내왔다.

30억 원은 우리은행에서 찾아온 것이지만, 1억 3천은 이전에 세정상사 금고에서 꺼내온 것이다.

"자, 확인해 보십시오."

"그러지요."

유진기가 나서서 돈다발을 세기 시작했다.

세정상사에서 사용하던 지폐계수기를 두 대나 가져왔지만 5만원권 62,600장을 세는 것에는 상당히 많은 시간이 걸렸다.

그러는 동안 현수는 부동산 중개인에게 계좌번호를 물었다. 그리곤 은정으로 하여금 중개수수료를 송금토록 했다.

당연히 입이 쫙 찢어지도록 환한 웃음을 지으며 고개를 숙여 사의를 표했다.

잠시 이런 모습을 지켜보던 유국상이 중개인에게 수수료를 얼마나 주면 되겠느냐고 물었다.

현수가 1억 3,200만 원을 지불했다고 하자 세어놓은 돈다발에서 1억 3,200만원을 말없이 밀어놓는다.

그리곤 중개수수료에 대한 영수증을 요구했다. 중개인은 즉각 두 장의 영수증을 만들어왔다.

한참이 지나 금액이 정확하다는 것이 확인되자 유국상이 자리에서 일어난다.

"젊은 친구! 화통해서 좋았네."

"네, 귀신이 나온다 하여 조금 찝찝하기는 하지만 좋은 가격에 사서 저도 좋습니다."

"12층 사무실은 내일 비우겠네."

"네, 그렇게 해주십시오."

유국상과 유진기가 나간 후 현수는 주 변호사에게 등기를 의뢰했다. 서류 검토만 하고 수임료를 지불하겠다고 하면 안 받을 것 같아서이다.

부동산 사장은 이마가 땅에 닿도록 허리를 숙여 감사하다는 말을 했다. 그러면서 말하길 세정빌딩에 공실이 생길 경우 가장 먼저 채워지도록 노력하겠다며 환히 웃었다.

그간 부동산 사장은 상당한 어려움을 겪었다.

경기가 둔화되면서 수입이 많이 줄었던 때문이다.

게다가 자식들 둘 다 제법 비싼 수업료를 내야 하는 사립대엘 다니고 있어 허리가 휠 지경이었다.

지난 학기 등록은 학자금 융자를 받아 간신히 해결했다. 2학기 역시 그래야 한다 생각하고 있었다.

사무실 임대료조차 내는 것이 빠듯할 정도로 수입이 없었던 것이다. 그런데 오늘 말라비틀어진 논에 물이 콸콸 들어가듯 현금만 2억 6,400만 원이 들어왔다.

어찌 좋지 않겠는가! 속으론 환호성을 지르고 싶을 정도였으나 체면이 있어 애써 참고 있는 중이다.

CHAPTER 13
이거 살빼는 데 특효예요

"안녕하셨습니까, 사장님!"

"여어, 이게 누구신가? 김현수 과장. 오랜만이네."

현수가 인사를 하자 서류에 사인하고 있던 신형섭 사장이 자리에서 벌떡 일어나며 반색한다.

그리곤 다가와 현수를 와락 안아줬다.

"자, 자리에 앉지."

"네에."

현수가 소파에 앉자 조인경 대리가 찻잔을 들고 들어온다. 그리곤 잊지 않고 한마디 한다.

"몸에 좋은 더덕차예요."

"역시 우리 조 대리밖에 없어. 하하, 그런데 조 대리가 김 과장에게 관심이 있나 본데?"

"네? 그게 무슨……?"

"이거 나한테만 준다던 거였거든. 안 그래, 조 대리?"

"어머, 사장님은……! 호호, 제가 김 과장님에게 관심 가진 건 어찌 아셨대요? 들킨 거예요?"

높은 사람들과 많은 접촉이 있어 그러는지 조 대리는 농담처럼 진담을 이야기해 놓고는 쏙 빠져나갔다.

"그럼 말씀 나누세요."

조인경 대리가 나가는 동안 현수는 쓴웃음만 지었다. 헛물 켜고 있는데 어찌 말할까 싶었던 때문이다.

한데 어찌 마냥 그러고 있을 수만 있겠는가!

"출장 다녀오셨다고요?"

"그래. 독일에 다녀왔네. 참, 휴가 잘 즐겼나?"

"네, 덕분에 아주 편히 지냈습니다."

"언제까지지?"

"24일까지입니다."

"허어, 벌써 3개월이 흘렀나? 세월 참 빠르네. 안 그런가? 자네와 정글을 누비던 때가 엊그제 같은데."

"네에, 정말 빨라서 너무 아쉽습니다."

"하하! 그렇겠지. 참, 자네에게 미안하네."

"네? 뭐가요?"

"사실 자넬 비서실에 두려고 했네. 그런데 자네 같은 인재를 국내에서 썩히면 안 된다는 말들이 하도 많아서……. 그래서 여전히 해외영업부 소속이네."

"저도 그게 편합니다. 거기 천지약품도 있고 하니 국내에 있는 것보다는 그쪽에 있는 게 더 좋을 수도 있습니다. 아무튼 고맙습니다. 신경 써주셔서."

"그래, 그래! 그렇게 생각해 주니 내가 더 고맙네. 언제든 돌아오고 싶으면 연락만 하게. 알았지?"

"네에, 사장님!"

"자, 차를 들지."

"네, 사장님!"

더덕차라 했는데 일반적인 것이 아닌 듯하다.

더덕의 즙과 석청[10]이 섞인 듯하다. 달기만 한 것이 아니라 쓴맛과 신맛이 느껴진 때문이다.

"조 대리가 부쩍 내 건강에 신경을 써서 늘 좋은 걸 먹지. 어떤가? 더덕과 석청의 조화가!"

"달고, 쓰고, 신 맛도 나지만 건강에 아주 좋을 것 같습니다."

"하하, 그렇지? 그나저나 오늘은 무슨 바람이 불어 예까지 왔는가?"

"아까 말씀드렸던 대로 휴가가 24일에 끝납니다. 그런데 며칠 더 연장 받고 싶어서 왔습니다."

"흐음, 하계휴가 기간이니 그걸 쓰면 되겠군. 예서 바캉스를

---

10) 석청(石淸, Wild honey) : 벌이 깊은 산의 절벽이나 바위 틈에 모아 둔 꿀이며 일반꿀과 견주어 보았을 때 토코페롤, 칼슘, 게르마늄 등이 풍부하게 함유되어 있어 산삼에 버금가는 건강식품으로 애용된다.

하고 가게."

신형섭 사장이 너무도 쉽게 허락하자 현수는 조금 미안한 마음이 들었다. 사실 3개월이나 놀고 또 휴가를 달라는 말을 하려니 염치없다는 느낌이 들었던 것이다.

"왜? 조 대리랑 같이 가고 싶어? 그럼, 조 대리도 휴가를 내주지."

"네에? 아, 아닙니다."

"하하, 농담일세. 그나저나 저녁 식사 안 했으면 같이 하세."

"네에? 아! 네, 그러겠습니다."

"흐흠, 조 대리에게 퇴근해도 되는지 허락 좀 받아보세. 예서 잠시 기다리게."

신형섭 사장은 현수로부터 선물 받은 다이아몬드 덕분에 100점짜리 남편이 되었다.

그래서 전에는 늦게 퇴근한다면서 바가지를 긁었는데 이젠 새벽에 들어가도 그런 소릴 하지 않는다.

그래서 오늘 현수와 더불어 오랜만에 술 한잔할 생각이다.

너무 과분한 선물을 받았는데 마땅히 갚을 방법이 없기에 술이라도 사줄 생각을 한 것이다.

신 사장이 현수를 데리고 간 곳은 대치동에 위치한 '수담'이란 한정식 집이다.

전복죽으로 시작하여 활어회와 궁중송이신선로, 랍스터회와 찜, 그리고 대하 소금구이와 한우 꽃살구이까지 그야말로 거나한 상을 받았다.

이 자리엔 현수와 신형섭 사장, 그리고 조인경 대리가 있었다. 조 대리가 현수에게 흑심 품었음을 고백하고 신 사장에게 도움을 청했던 것이다.

신 사장은 입안의 혀처럼 마음에 드는 일처리를 해왔던 조 대리를 아끼는 마음이 각별하다. 그래서 윙크까지 해가면서 적극적인 지원을 약속했다.

현수는 곁에 앉은 조 대리가 약간 불편했다. 하나 신형섭 사장의 호의를 알기에 내색하지 않고 음식을 먹었다.

그러다 그간 있었던 일이 이야기되기 시작했다.

청담동 클럽 제이에서 있었던 일, 그리고 그후 경찰서 유치장에 갇혀 있었던 일들이 화제에 오른 것이다.

신 사장은 이야기 전개에 따라 인상을 찌푸리기기도 하고, 파안대소를 터뜨리기도 했다. 그러면서도 변병도와 그의 부친 변의화에 대한 노골적인 적개심을 감추지 않았다.

무조건 현수가 옳다고 생각하기 때문이다.

"자자, 늙은 나는 들어갈 테니 젊고 팽팽한 사람들끼리 2차를 가. 알았지?"

"네에, 사장님! 안녕히 들어가세요."

"그래, 김 과장! 우리 조 대리 잘 부탁해."

"네, 알겠습니다."

신형섭 사장이 탄 차가 떠나자 조인경 대리가 기다렸다는 듯 팔짱을 낀다.

조인경은 직장 동료이며 비서실에 근무하는 실세이다.

이제 콩고민주공화국으로 떠나야 하는 상황인데 내부에서 편들어줄 만한 사람이 필요하다.

그런데 자재과의 곽 대리는 별 도움이 안 된다. 인사부의 이준섭 차장 역시 큰 힘을 발휘하기엔 역부족이다.

신형섭 사장이야 어떤 부탁을 하든 다 들어주겠지만 사소한 것을 시시콜콜 이야기할 수 있는 상대는 아니다.

그렇다면 조인경 대리가 필요하다.

그렇기에 매정하게 팔을 떨쳐 내지 않았다. 그리고, 마음에 상처를 입을까 싶었던 것이다.

'허, 참! 내가 언제부터 이렇게 계산적이 되었지?'

현수는 조 대리의 순정을 이용하려는 속내가 마땅하지 않았다. 하나 내색하진 않았다.

"우리 이제 어디로 가죠?"

"그냥 조금 걷는 게 어떨까요? 배도 부르니."

"네에. 좋아요."

현수와 조인경은 간간이 대화를 하며 산책하듯 천천히 걸었다. 낮에 잠깐 비가 와서 그런지 기온이 약간 내려가 상쾌한 기분이었다.

조 대리는 회사 내의 일들을 조잘조잘 이야기했다.

현수는 간간히 맞장구를 쳐 주었지만 속내는 어찌하면 이 저돌적인 대쉬를 멈추게 할까를 생각했다.

'서로 호감 갖는 좋은 동료로만 남게 하는 방법은 없나?'

강연희 대리가 귀국을 하고 자신과의 관계가 드러나면 어쩌면 배반감에 치를 떨지도 모른다. 천지건설의 양대미녀로서 보이지 않는 경쟁을 하고 있었기 때문이다.

'흐으음, 사람의 마음을 어쩔 수도 없고……. 제기랄!'

조 대리와의 산책은 거의 한 시간 동안 이어졌다. 둘은 커피숍에 들어가 하던 대화를 이어갔다. 그리곤 각자의 집으로 향했다. 헤어질 때 아쉬워하는 표정을 지었지만 어쩌겠는가!

부우우웅! 부우우웅—!

샤워를 마치고 비망록에 무언가를 기록하고 있던 현수는 진동하는 핸드폰을 꺼냈다.

'흐음, 드미트리가 이 시간에……? 웬일이지?'

"여보세요."

"아! 김현수 사장님, 깊은 밤에 전화드려 혹시 실례가 되는 건 아닌지요?"

드미트리는 점점 저자세가 되어가고 있었다.

"아닙니다. 그런데 이 시각에 웬일이십니까?"

"네, 화물 확인 일정이 확정되어 알려 드리려고요."

"그래요? 언제지요?"

"7월 28일 일요일입니다. 괜찮으시겠습니까?"

"잠깐만요. 흐음……."

현수는 날짜를 확인해 보았다.

7월 24일에 3개월짜리 포상휴가는 끝났다.

그것에 이어 25, 26일과 29, 30일이 하기 휴가이다. 중간에 토요일과 일요일이 끼어 있어 6일간의 휴가인 셈이다.

날짜가 중간에 끼어 있어 어정쩡하지만 어쩌겠는가!

"알겠습니다. 그날 확인하는 것으로 하지요."

"네에, 전과 마찬가지로 항공편과 숙식은 저희 쪽에서 책임지겠습니다."

"고맙군요. 보스께 감사드린다 전해주십시오."

"네, 꼭 전하겠습니다. 그럼 편안히 쉬십시오."

드미트리가 전화를 끊자 현수는 상념에 잠겼다.

'가기 전에 회사를 만들어놓고 가야 하는데. 으으음!'

이실리프 무역상사와 별개로 이실리프 상사를 만들 참이다.

'내일 주 변호사님과 상의해야겠군. 그러기 전에 먼저 광고부터 해야 해.'

현수는 광고문안을 작성했다.

다음 날, 날이 밝자마자 신문사와 통화를 했다. 그 결과 1면 하단에 5단 통으로 광고가 나갔다.

당사는 콩고민주공화국에 대단위 커피 및 바나나 농장을 계획하고 있습니다. 또한 대단위 축산 및 가공을 계획하고 있습니다.

이에 다음과 같이 신입 및 경력사원을 모집합니다.

적극적인 지원을 바랍니다.

지원 요건:해외 근무에 결격 사유가 없을 것.

신체 건강한 대한민국 국민이어야 함.

국내직

1. 총무부:행정 제반 업무 유경험자 및 신입사원

2. 경리부:경리 제반 업무 유경험자 및 신입사원

3. 건설부:건설 제반 업무 유경험자 및 신입사원

4. 조달부:조달 제반 업무 유경험자 및 신입사원

국외직(콩고민주공화국 근무)

1. 총무부:행정 제반 업무 유경험자 및 신입사원

2. 경리부:경리 제반 업무 유경험자 및 신입사원

3. 조달부:조달 제반 업무 유경험자 및 신입사원

4. 설비부:각종 설비 실무 유경험자 및 신입사원

5. 농무부:커피, 바나나, 야자수 재배 유경험자

6. 축산부:육우, 비육우, 양돈, 양계 유경험자

7. 비료부:축산분뇨를 이용한 유기질 비료 제조 관련 경험자

8. 도축부:도축 유경험자

9. 가공부:축산물 가공 유경험자. 우유 가공 유경험자

10. 의료부:내과, 외과, 정형외과, 피부과, 비뇨기과, 산부인과, 소아과, 방사선과, 영상의학과 의사 및 간호사. 한의사, 치과의사, 간호조무사 면허증 소지자

11. 통역부:프랑스어, 스와힐리어 회화 가능자

당사는 특별한 학력을 요구하지 않습니다. 4년제 대학을 나오

지 않았더라도 능력만 인정되면 채용할 계획입니다.

출신 대학과 영어 실력은 전혀 고려치 않습니다.

참고로, 콩고민주공화국 근무의 경우엔 1년에 한 번 귀국할 수 있습니다.

이실리프 상사 대표이사 김현수

이전 비망록엔 건설 부문 사원 모집이 있었다. 그런데 이번엔 뺐다. 모든 일을 혼자서 다할 순 없기 때문이다.

게다가 건설 부문은 초창기에만 필요하기 때문이다. 이후엔 유지, 보수 정도만 감당할 인원만 필요하다.

그래서 천지건설이 기왕에 콩고민주공화국에 진출하는 상황이니 그곳에 맡기려고 마음먹었다.

아침 일찍 현수는 천지건설 본사로 갔다. 그리곤 곧장 최규찬 해외영업부장을 찾아갔다.

해외에서 벌어질 공사이기 때문이다.

예상대로 토요일이지만 거의 모든 직원들이 출근해서 업무를 보고 있는 상태였다.

"최 부장님, 안녕하십니까?"

"아이고, 이게 누구신가? 우리 해외영업부의 영웅인 김현수 과장 아닌가! 그래, 휴가는 잘 즐겼나?"

"네, 아주 잘 즐겼습니다."

"그래, 우리 김 과장이 여긴 웬일인가? 옳아, 이제 휴가가 끝나 임지 배정받으러 왔는가?"

"임지야 콩고민주공화국 킨샤사 지부가 아닙니까?"

"그렇지. 그 공사 끝날 때까지는 자네 도움이 필요하네."

가에탄 카구지 내무장관과의 관계를 알기에 하는 말이다.

"네, 그리고 이건 제 여름휴가 신청서입니다."

현수가 내민 서류를 받아 든 최 부장이 확인도 않고 한쪽에 밀어놓는다.

"사장님께서 지시하여 알고 있네. 그래, 여기서 여름휴가를 즐기고 가는 게 낫겠지."

"네, 그리고 이것도 검토해 주십시오."

이번에 현수가 내민 것은 제법 두툼한 서류였다.

"이게 뭔가?"

"제가 콩고민주공화국에 농장 하나를 개설하려 합니다."

"호오, 농장을……?"

"네, 거기에서 일할 사람들을 위한 숙소 및 축사 등을 건축해야 합니다. 그래서 이 일을 천지건설에 맡기려 합니다."

국내 공사일 경우에도 그렇지만 천지건설이 나서려면 일정 규모 이상이 되어야 한다.

그렇지 않으면 타산이 맞지 않기 때문이다.

따라서 어느 정도 이상의 공사가 되어야 하는데 농장 숙소와 축사라는 말에 떨떠름한 표정이 되었다.

그래도 넘겨준 서류인데 면전에서 검토조차 하지 않을 순 없다. 그렇기에 최 부장은 시큰둥한 표정으로 표지를 넘겼다.

"자네도 알겠지만 우리 회사가 시공을 맡으려면 어느 정도 이상의 규모가 되어야…… 허억!"

첫장을 넘기고 다음 장을 넘긴 최 부장의 눈이 튀어나오려는 듯 커졌다.

20평 규모 주택 건설 3만호라는 글귀가 보인 때문이다.

현수는 주먹구구식이긴 하지만 얼마만한 인원이 필요할지를 계산해 보았다.

최초 계산은 약 3만여 명이었다. 그런데 어림없을 듯하다.

이런저런 계산을 해보니 대략 6만여 명이 필요하다는 결론을 내렸다. 노동자와 그들에게 필요한 사람들의 숫자이다.

아무튼 초창기엔 많은 노동력이 필요하다. 그런데 그들 모두에게 숙소를 제공할 수는 없다.

그렇기에 부부 위주로 고용할 생각을 해보았다.

따라서 그들에게 제공할 숙소 3만호가 필요한 것이다.

어제 이춘만 지사장은 팩시밀리를 전송했다.

콩고민주공화국 정부가 김현수에게 반둔두 지역의 땅 5,000만 평을 무상으로 불하한다는 법률이 제정되었다는 내용이다.

기간 또한 명시되어 있는데 사업을 지속하는 한 100년간 사용을 보장한다고 되어 있다.

이것에 대한 법률적 뒷받침을 하기 위해 외국인 투자에 관한 특별법안이 마련되는 중이다.

한시적 특별법이기에 거의 현수에게만 적용되는 임시 법안을 만드는 셈이다.

대신 조건이 있다. 콩고민주공화국 국민들 가운데 최소 1만 명을 고용하여야 한다는 것이다. 애초의 인원에서 대폭 감소한 것이다. 물론 가에탄 카구지의 영향력 덕이다.

또한 농장 및 축산단지에서 생산되는 것 가운데 최하 5%는 콩고민주공화국 내수에 사용되도록 하여야 한다는 것이다.

최초 법안엔 20%였으나 가에탄 카구지 내무장관이 현수의 운신 폭을 넓히기 위해 은근한 압력을 넣은 결과라 한다.

어쨌거나 6만에 달하는 종업원들에게 대통령 경호원에 버금가는 급여를 제공할 수는 없다.

권력에 대한 도전으로 비춰질 수 있기 때문이다.

대통령 경호원의 급여가 월 10만원 선이다.

그러니 한 달 월급이 8만원이라면 48억이고, 9만 원이라면 54억 원이 소요된다. 한국에서 이 정도 인원을 고용하려면 최소 1,200억 원 이상이 필요할 것이다.

그렇지만 콩고민주공화국에서는 고수익이라 할 수 있다.

단순 노동에 고용되는 민간인 급여가 월 40$ 수준이기 때문이다. 한화로 환산하면 6만 원이다.

사람을 뽑는 것엔 문제가 없을 것이다. 실업률이 무려 50%나 되는 국가이기 때문이다.

"저, 정말 이런 공사를 할 생각인가?"

"일단 숙소 건설이 먼저이고, 차츰 탁아소, 학교, 보건소, 도서관, 영화관, 슈퍼마켓 등을 지어나갈 겁니다."

"……!"

"뿐만 아니라 냉동 창고와 냉장 창고도 필요하고, 육우, 젖소, 돼지, 닭을 기르기 위한 대단위 축사도 지어야지요."

"……!"

"또한 통조림 공장도 있어야 하고 육가공공장도 필요합니다. 그리고 농장이 유지될 수 있을 각종 시설물들이 있어야지요."

최 부장의 눈은 더 이상 커질 수 없을 만큼 커져 있는 상태이다. 그럼에도 현수는 계속해서 생각을 이야기했다.

그러던 중 최 부장이 입을 연다.

"기, 김 과장!"

"네? 왜요?"

왜 하던 말을 끊느냐는 표정을 짓자 최 부장은 심각한 표정으로 묻는다.

"이거 장난 아니지?"

"물론입니다. 혹시 오늘 아침 신문… 아, 여기 있네요. 여기 이 광고가 사원을 뽑기 위해 낸 겁니다."

최 부장은 5단 통으로 나 있는 광고를 보았다.

맨 아래에 '이실리프 상사 대표이사 김현수'라 쓰여 있다.

"이, 이게 정말이란 말인가?"

"네에, 정말입니다. 지금 콩고민주공화국에선 5,000만 평을 제게 무상으로 불하해 주는 법안이 국회를 통과했다고 합니다."

"끄으응! 5천만 평이라니……."

상상을 초월하는 규모에 입이 딱 벌어진 최 부장을 본 현수는 빙그레 미소 지었다. 어떤 마음인지를 짐작한 것이다.

"아무튼 이 정도를 지어야 하는데 우리 회사에서 해야 하지 않겠습니까?"

"무, 물론이네. 그리고 고맙네. 자넨 우리 해외영업부에 필수불가결한 인물이네. 하하! 하하하!"

최 부장이 호탕한 웃음을 터뜨리자 직원들이 웬일인가 싶어 기웃거린다.

어찌 이 기회를 놓치겠는가!

즉각 작은 프레젠테이션이 있었다. 직원들 모두 놀랍다는 표정을 지었다. 아무리 인건비와 물가가 싼 콩고민주공화국이라 할지라도 3만호 건설은 엄청난 일이기 때문이다.

뿐만 아니라 부대시설도 어마어마한 규모이다.

예를 들어 돼지 70만 마리를 기를 돈사의 경우 약 7,000여 동이 지어진다. 이것의 연면적만 약 22만 평이다.

최 부장은 즉각 사장실로 보고했다.

현수는 쑥스럽지만 다시 한 번 브리핑을 했다. 모여 있던 임원들은 대체 어디서 재원을 마련할 것인지를 물었다.

이에 가에탄 카구지 등과 적당히 나눈다는 말을 했다.

수천억이 들지도 모를 일을 개인 돈으로 한다고 하면 아무도 믿지 않을 것이기 때문이다.

현수가 회사를 나선 이후 임원들이 모여서 회의를 했다.

전례가 없는 일이지만 현수를 차장, 또는 부장으로 승진시키자는 안건이 제시된 때문이다.

이 일은 조금 더 추이를 보고난 뒤에 결정하는 것으로 일단락되었다. 이실리프 상사와 시공 계약을 맺은 것도 아니고, 계약금을 건네받은 상황도 아니기 때문이다.

한편, 기획3팀장 박진영 과장은 들리는 소문에 이마를 짚은 채 털썩 주저앉았다.

과장으로 진급한 지 겨우 석 달 된 김현수를 차장 또는 부장으로 승진시키려는 움직임이 있다는 말을 들은 직후였다.

'이런 빌어먹을……! 대체 김현수 이놈은……! 끄으응! 미치겠군.'

박진영 과장은 예정에 없던 월차 휴가를 냈다. 그리곤 곧장 술집으로 향했다. 끓어오르는 속을 시원한 맥주로 달래려 한 것이다. 하나 어찌 그렇게 되겠는가!

박 과장은 진정한 다크호스가 된 김현수를 어찌 견제할지를 고심했다. 안 그러면 마음속의 연인 강연희 대리를 빼앗길 것이라는 위기감을 느낀 때문이다.

* * *

"사장님, 이 돈 전부 은행에 넣어요?"

"네, 일단 입금시켜 두세요."

은정은 현수가 가져갔던 30억 원 전부를 다시 가져오자 고개를 갸웃거렸다.

이실리프 상사 사옥 마련을 위해 가져간 돈이라 하였기 때문이다.

“건물 안 사신 거예요?”

“아뇨, 샀지요.”

“그런데 어떻게 이 돈을 다시…….”

“아, 이 돈은 러시아에서 들어온 거예요.”

현수의 말은 사실이다. 차에 싣고 온 돈은 전액 드미트리를 통하여 가져온 것이기 때문이다.

세정파의 두목 유국상과 계약한 것은 어제 오후 5시 30분쯤이다. 그때 전액 현금으로 매매대금을 지불했다.

이 돈은 마약 밀매 자금으로 사용될 예정이었다. 유진기의 비망록에 기록된 대로라면 새벽 2시쯤 지불되었을 것이다.

하나 그 돈은 그렇게 사용되지 않았다.

7월 19일 저녁 9시 30분!

그러니까 현수가 조인경 대리와 한가롭게 거닐던 그 시각.

유진기의 집 안방에 놓여 있던 박스 속의 현금 전부는 이슬처럼 증발해 버렸다. 그리곤 곧장 현수의 자동차 트렁크에 모습을 드러냈다.

물론 귀환 마법이 걸린 때문이다.

그것도 모르고 유진기는 부하들을 닦달하고 있었다.

이번 거래에 실수를 하면 치명적인 영향이 끼쳐질 것임을 직감한 듯하다.

밤 12시 30분, 부하들과 함께 약속 장소로 나가려던 유진기는 박스가 가볍다는 것을 느끼곤 대경실색했다.

"아악! 어떤 새끼야? 어떤 새끼가 내 방에서 돈을 빼돌렸어?"

유진기가 비명에 가까운 고성을 지르자 잠들어 있던 유국상이 나왔다. 그리곤 왜 그러느냐고 물었다.

돈이 없어졌다는 소리에 깜짝 놀라 이리저리 뒤져 보았으나 어찌 찾을 수 있겠는가!

집 안에 들여다 놓은 후에 현금이 있음을 확인했다. 그래도 혹시 몰라 CCTV가 있는 방에 박스들을 보관했다.

따라서 누군가의 손을 탔다면 분명 집 안에서 일어난 일이다.

하여 녹화된 테이프를 찾아 확인해 보았으나 그야말로 귀신이 곡할 노릇이다. 아무도 드나든 바 없는 방에서 박스 속의 돈만 쏙 빠져나간 것이다.

박스 안에는 바닥에 깔아놓은 신문지만이 있을 뿐이다.

그 신문지에는 주식 투자를 하라는 광고가 실려 있다.

그리곤 오른쪽 위에 가로세로 3㎝ 정도 되는 문양이 인쇄되어 있다. 겉보기엔 광고한 기업의 홈페이지와 연계되는 QR인 것 같지만 사실은 아니다.

움직임이 멈춘 채 10분이 지나면 현수의 자동차 트렁크 속의 박스 안으로 이동하게 하는 1회용 마법진인 것이다.

그래서 마나석 대신에 가루가 약간 사용되었다.

"어떤 새끼야? 어떤 새끼냐고?"

유진기가 길길이 날뛰었지만 누가 나서겠는가!

잠시 후, 유국상이 거래 상대에게 전화를 걸어 양해를 구했다. 흑룡방에서 뭐라 떠들었지만 이틀 뒤로 거래를 미뤘다.

그리곤 곧장 케이먼 제도 비밀계좌의 돈을 인출하려 했다.

하여 인터넷에 접속하여 순서에 따라 계좌번호와 비밀번호를 입력했다. 그리곤 잔고 확인 버튼을 눌렀다.

다음 순간 유국상과 유진기는 눈을 비볐다. 도저히 믿을 수 없는 글귀가 보였기 때문이다.

화면엔 다음과 같이 쓰여 있었다.

『Your account balance is zero.』

'당신의 잔고는 0원입니다' 라는 뜻이다.

또 다른 계좌도 확인했으나 같은 결과가 나타났다.

즉시 국제전화를 걸어 확인했다. 그랬더니 7월 16일 화요일에 전액 인출해 놓고 무슨 소리냐는 이야길 들었다.

그런 적 없다고 길길이 뛰었지만 담당자의 음색은 냉정했다.

정상적인 절차를 거쳐 비밀번호를 입력한 뒤 다른 계좌로 송금했다는 말만 되풀이했다.

그러므로 은행엔 아무런 책임도 없음을 분명히 했다.

그래서 송금된 계좌번호가 무엇이냐고 물었다. 은행원은 상대 계좌번호를 불러주었다.

다음 날 아침, 유진기는 모든 인맥을 동원하여 사실 확인을 했다. 그 결과 러시아로 돈이 갔음을 알아냈다.

그리고 그것으로 끝이다. 한국 내에서 아무리 힘을 쓴다 한들 러시아의 계좌까지 알아내기엔 역부족이었던 것이다.

유국상과 유진기 부자는 졸지에 모든 것을 잃었다.

남은 것은 조직원들의 명의로 해놓은 것뿐이다. 그런데 부하들의 눈치가 심상치 않다. 하여 끙끙 앓기만 했다.

세정 캐피탈에는 충분한 자금이 있지만 인출할 수 없는 상황이다. 어떤 미친놈이 세정의 장부를 중앙지검에 보내는 바람에 내사가 진행 중이기 때문이다.

유진기로서는 이래저래 미치고 환장할 상황인 것이다.

*　　*　　*

"이은정 실장님!"

"네, 사장님."

"요즘 이 실장님도 그렇고 수진 씨나 지혜 씨도 살이 좀 쪄 보이네요. 내 눈이 잘못 된 건가요?"

"네……?"

웬 실례의 말이냐는 표정을 짓고 있다. 여자들이 민감하게 생각하는 부분이 아니던가!

"그냥 물어보는 거예요. 그렇게 보여서."

"아! 네에. 사실 조금씩 불었어요. 요즘 야근하는 재미에 푹 빠져서 매일 밤마다 뭘 좀 사먹었거든요."

이전 생활에 비해 넉넉한 월급이 가져다 준 부작용이다.

은정과 수진, 그리고 지혜는 업무가 끝나도 곧바로 퇴근하지 않는다. 대신 모여서 수다 떠느라 여념이 없다.

그러면서도 내일 할 일을 미리 당겨서 조금씩 한다. 그러다가 출출해지면 인근 음식점들을 섭렵했다.

그 결과 대략 2㎏ 정도 몸무게가 늘었다. 그래서 고민을 하는데 현수가 지적했던 것이다.

"내게 살 빼는 데 좋은 게 있는데 조금 줄까요?"

"어머, 정말요? 효과는 어느 정도인 건데요?"

"그건 본인이 직접 확인해 보세요. 자, 여기요."

현수가 넘긴 것은 투명한 유리병 속에 담긴 분말이다.

"이건 어떻게 하는 건데요?"

"자기 전에 티스푼으로 하나를 물에 타서 마시면 돼요."

"매일 밤이요?"

"네, 한 이십 일 정도 먹으면 효과가 있을 거예요."

"고맙습니다. 사장님!"

은정은 자신의 몸매까지 걱정해 주는 현수를 보며 생끗 미소 지었다. 이때 현수가 두 병을 더 꺼낸다.

"이 실장님만 드리면 수진 씨와 지혜 씨 삐치지요? 자, 이건 두 사람 들어오면 전해주세요."

"네? 아, 네에."

은정은 두 병을 더 받았다. 그런데 안색이 조금 그렇다.

자신만이 받아야 할 관심을 수진과 지혜가 빼앗는다는 느낌이 든 때문이다.

'치이, 괜히 그 계집애들 취직시켜 줬어. 이럴 줄 알면 아주 호박만 추천하는 건데.'

은정이 나가자 현수는 비망록에 다음과 같이 기록했다.

2013년 7월 20일.

쉐리엔 분말 300g 이은정 실장에게 지급.

『전능의 팔찌』 제9권에 계속…

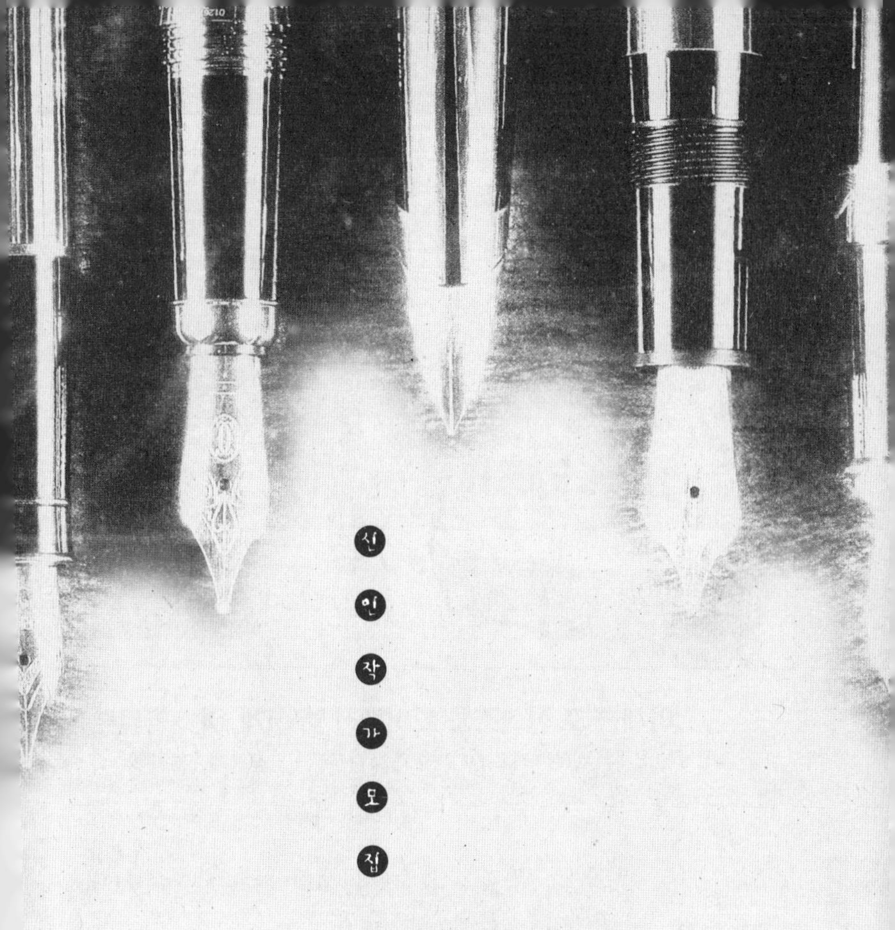
신
인
작
가
모
집

1월 0일